黄泉坂案内人

角川文庫
18665

目次

第一話　スワンボートタクシー

一

窓から顔をのぞかせた男からは猛烈な口臭がした。指先について乾いた人糞《じんぷん》をかがされたような悪臭が、夏の澱《よど》んだ空気に乗って鼻腔《びこう》を襲う。

「なあ、お前何口のるよ」

カフェインとニコチンと、それに不摂生と無気力が入り交じった臭いだ。口臭だけではない。中年男の肉体が放つ異臭に、いやらしいコロンの臭いが覆いかぶさって吐き気を催さんばかりだ。

「今回はやめておきますわ」

新人タクシードライバーの磐田《いわた》速人《はやと》は、目を合わせないようにして断った。新人ではあるが、もう三十代半ばを超えている。

目の前には黒塗りの、似たようなテールランプを光らせた高級乗用車が群れをなして停まっている。片側三車線のうち二車線は、空車の赤灯をつけた各社のタクシーが辛抱強く目的地を指示してくれる客を待っている。その光景を初めて見た夜は、それはそれできれいだな、と思ったものだ。

「ふうん、元社長だってのにケチだねえ磐田さんは」

早くいなくなってくれないか、という速人の願いはなかなか果たされない。

「色々と厳しいんですよ」

「ああ、ああ、そうだったそうだった」

わざとらしく脂光りする額を叩《たた》いて、男は去って行った。速人はバックミラーに映る己の顔を見て、ため息をついた。目の下の肉は連日の深夜勤務にたるみ、頬にはしみが浮いている。

(臭いな)

ポケットの中から口臭よけのタブレットを三つ取り出して口に放り込む。磐田速人は自分の全身からもやはり悪臭を発しているような気がして気が滅入《めい》る。ぼんやりと歩道側を行きかう楽しげな男女の群れを眺める。

ほんの一年ほど前まで、彼はあちら側の人間だった。車道側ではなく、歩道側で店から店へと渡り歩く男女の流れこそ彼の居場所だった。

(元社長、か)

以前それなりの会社を転がしていた肩書きなど、こちら側では何の役にも立たない。実車率が高ければそれなりの給与が支給され、低ければフリーターなみだ。

「なあ、のれよ。千円でいいからよ」

中村《なかむら》という先輩ドライバーは執拗《しつよう》にもまたやって来た。

（どうしてこんなことに）

苛立《いらだ》ちを表情に出さないようにして、速人は考え込むふりをする。

実感のない好景気が終わって、実感のある不景気がやってきた。しかも親の代から付き合いのあった元請けのメーカーの態度が豹変《ひょうへん》し、聞いたことのない別の下請けと相見積もりさせられた揚げ句、仕事の大半を持って行かれてしまった。

あちら側の人は相変わらず夜の街に繰り出しているように見えても、こちら側に並ぶ車の動きは鈍い。

速人は面倒くさくなって千円札を一枚取り出し、黙って男の前に突き出した。

「誰に賭《か》けるんだよ」

挑発するような口調の男に、速人はモンゴル人の横綱の名を告げた。

「なんだよ。それだとほとんど配当ねえぞ」

と中村は倍率の書かれたコピー用紙を広げている。そんな男のまばらな生え際を、速人は無感動に見ていた。

「ま、仕事で失敗したんだから、そうやって堅くなるのも無理ねえか。ほんじゃな」

〝磐田速人、一口、領収済み〟と書き込んで男は再び去って行く。ハンドルを殴りつけたくなるのを我慢して、速人はたばこを咥《くわ》えた。

しばらく禁煙していたたばこをまた始めてしまったのは、今の仕事に変わってからだ。妻の美里《みさと》が結婚の条件の一つにしていた禁煙を破ったことで、家での居心地は相当悪い。深夜に乗っているのは、家から離れていたい、ということもある。

ヘッドレストに頭をもたせかけて目を閉じると、頭の中で通帳の数字が回りだす。会社を清算する時に、資産という資産はほぼ失った。二回の不渡りを出して銀行が会社を見放してから、家も株も車も、およそまとまった金に換わるものは焼け石に水程度の返済に充てられて消え去った。

娘の雪音《ゆきね》はまだ四歳。これから物入りになっていくというのに、妻は数日前にパート先のスーパーをクビになった。

「俺がパートさんをごっそり切った罰なのかも知れないな」

「そんなことないわ。あなた、会社をもたせるために頑張ったじゃない」

「すまん……」

「私も社長夫人でふんぞり返ってないで、何か手に職つけておけば良かったな」

励ましてくれた時の疲れ切った顔が忘れられない。最近の美里は、かつて日本人形のように白かった肌が心労で黒ずみ、笑うとへの字になる愛嬌《あいきょう》のある目は下を向いてばかりだ。

彼女は何とか運送会社のバイトを見つけてはきたが、時給は下がる上に勤務は短い。今月は最低でも六万は収入が減る。

もう借金は出来ない。会社が倒れる間際には十日で一割の利息をとる街金にも手を出して、夫婦ともどもコーヒー色の小便が出るところまで追い詰められた。

「はあ」

不意に無線が速人の車番を呼ぶ。出ると、営業部長が勤務時間の終わりに本社の応接室に顔を出すようにと無愛想な声で命じ、勝手に切れた。応接室に呼び出されるとなれば、相当なお説教を覚悟しなければならないと聞かされていた。

「帰ろう」

お小言を頂戴《ちょうだい》する前にちょっとでも娘の顔を見れば気も晴れる。速人は荻窪《おぎくぼ》の団地へと車を向けた。

丸ノ内線の荻窪駅から程近いところにある、間取り2LDKの古い公団住宅が速人の自宅である。

モスグリーンの塗装に所々錆《さび》の浮いた鉄のドアを静かに開け、ダイニングの電気をつける。前の家から唯一持ってきた家具である食器棚の前に、家族三人で写した写真が飾ってある。

会社に本格的な危機が襲い掛かる直前、河口湖《かわぐち》のスワンボート乗り場で撮ったものだ。何気ない家族の写真だったはずが、今では三人が揃って笑顔でいる最後の一枚となってしまった。

ネクタイを緩めようとして、やめる。この後会社に顔を出さなければならない。こっそり妻と子の寝室をのぞくことにした。速人は明け方帰ってきて、妻たちが目覚めるまでは居間で寝る。そして妻子が起きてくれば毛布を抱えて入れ替わりに寝室に入る。神経が尖《とが》っているのか、最近の美里は速人がどれほど物音に気をつけていても目を覚ますようになった。

美里は小柄で大人しそうに見えるが、芯《しん》の強いところもある。だが心の強さは無限ではない。美里の精神が磨《す》り減っていくのを目の当たりにしながら、速人は何も出来なかった。

障子をゆっくりと開ける。

「ただい……」

急速に口が渇いていくのが、自分でもわかった。

妻と子の名を呼ぼうとするのに、二人の名前が喉《のど》にはりついて出てこない。震える手で灯《あか》りをつけ、八畳の和室に目を走らせる。一見、何の変化もない。出勤する前と同じに見えた。速人の洗濯物も、きちんとたたまれて簞笥《たんす》の前に置いてある。

しかし妻が遠出するときに使っているボストンバッグがない。鏡台を見ると、化粧水や保湿美容液などが根こそぎなくなっていた。

いつかこういう日が来るのではないか、という怖れはいつもあった。

　吐き気を抑えながら携帯を取り出し、履歴から妻の番号を呼び出してかける。しかし無機質なメッセージが、その携帯に電源が入っていないことを告げていた。続いて、妻の実家にかけようとしてようやく少し冷静になる。

　妻の実家には、事業が苦しくなったときに相当な負担をかけた。畳で額が擦り切れるほど頭を下げ七百万ほど借りて、全く返せていない。元サラリーマンが老後のためにこつこつ貯めていた虎の子を使わせてしまった。

　何度かためらったすえ、妻の実家にかける。夜半にもかかわらず、数回の呼び出しで義理の父が出た。速人は夜遅くに電話をした詫《わ》びを言いつつ、妻と子が行っていないか訊《たず》ねる。

「ああ、美里と雪音はこちらにいる」

　妻の父はあっさりと、しかし冷たい口調で言った。

「もうあんたといるのは耐えられないそうだ。後は弁護士を立てるから、そちらと話を進めてくれ」

「いや、でも……」

「家には近づくな。それから美里の携帯やこの家に電話もしてくるなよ。してきたらストーカーとみなして訴えるからな」

　電話は乾いた音と共に切られてしまった。

　衝撃でぼんやりした頭を振りつつ、家を出る。

もっと他にやらなきゃいけないことがあるはずだし、考えなきゃならないこともあるような気がするのに、なにも頭の中でまとまらない。速人はふらつきながら団地の階段を下り、タクシーのエンジンを回していた。

二

しばらく行くうちに、速人は見覚えのない街に迷い込んでいる自分に気付いた。

速人が働く東関東タクシーの本社は桜上水《さくらじょうすい》にあり、荻窪からは高井戸《たかいど》を経由してそれほど遠くない距離にあるから、本来なら迷うはずのない道だ。

十数メートルおきに現れる十字路と一方通行が連続して、速人は現在位置を見失う。カーナビの画面で本社の位置を設定しようとしたら、ナビの現在位置を示すアイコンは自宅の団地から動いていない。

往々にして夜の住宅街の風景は単調だ。ベテランでも道を見失うことがあるが、この街のわかりにくさは尋常ではなかった。さすがに焦り始めた速人が一つの十字路を通り過ぎようとしたとき、手を挙げている人影が視界に入った。深夜、繁華街以外の場所で客を拾うことは、ある種の恐怖を伴う。だがこの時の速人には、安堵《あんど》の気持ちが先に立っていた。

「君が村長の言うてた人かな。上湯《かみゆ》川《がわ》までやって」

乗り込んできたのは七十前後の、黒のシルクハットを目深にかぶった男だった。なにか葬式にでも出ていたのか、黒の背広に白いシャツだ。ネクタイはしていない。

「すみません、上湯川ってどちらでしょうか」

まだキャリアの浅い速人は、ドライバーとして東京の地理に精通しているわけではない。しかも今回はナビに設定しようとしても、入力を受け付けない。

「入日《いりひ》の上湯川なんやけど。聞いたことあらへん？」

男の声にはそんなことも知らないのか、という怪訝《けげん》な響きが含まれている。聞いたことのない地名だった。いつもなら夢に出るくらいありがたい遠距離の客も、今日ばかりは勘弁して欲しい。

「まちごうたんかな……最近は辻《つじ》にも色んなもん出るようになったからな。まあええわ。他あたるさかい」

態度に出たのか、と背筋が冷える。またタクシーセンターに苦情が行って、部長から雷を落とされるのかと思うとやっていられない。

「お客さん」

行き方さえ教えて下されば、と言う前に男はドアを自分で開け、降りた。慌てて速人も車を降りる。するとその男の姿はもうどこにもなかった。

首を捻《ひね》りながら運転席に戻る。

「直ってる……」

カーナビの表示が桜上水の会社近くを示している。周囲を見回してみると見慣れた光景へと変わっている。同じところをぐるぐると回っていたせいか、時間は間もなく午前五時を指そうとしていた。ちょうど終業時間でもある。

営業所の配車センターの片隅に建つ、コンクリ造りの三階建ての本社に速人は向かった。

扉を入ってすぐの所では、社長の姪《めい》の太った女が白塗りのファンデーションを蛍光灯の光に反射させながら、各車への指示を行っている。

その女が速人を見て露骨に嫌な顔をし、奥へ行けと二重あごで指し示した。いつもなら口先だけでも、お疲れさまです、の一言くらいは口にする。むっとしながらも、速人は少し頭を下げて奥の応接室へと向かう。

（よほどきつい苦情がいったんだな）

覚悟しながら応接室をノックすると、中から営業部長の不機嫌な声が、入れと命じた。

調布インターから中央道に乗り、河口湖で降りるまで、自分が何を考えてハンドルを握っていたのか、よく憶《おぼ》えていない。

部長は言った。客も乗せず社にも戻らず、丸一日行方をくらましているとは何事だ、と。客は乗せていなかったのは確かだが、社にはきっちり戻ってきているからこそ部長の前でお小言を聞いているのだ。その旨を告げると、部長は顔を怒りでさらに青黒くして応接室の壁にかかっている日めくりを指差した。

確かに一日よけいに経っている。速人が混乱している間にも、部長は延々と嫌味と小言を言い、一週間ほど謹慎していろと命じた。

「一週間も謹慎、ですか」

「クビにならないだけましだと思えよ。ああ、それから、わかってるだろうが給料も削るからな」

タクシーの運転手の給与は歩合による部分が大きい。一週間車に乗れないのは、速人のように家族を抱えるものにとっては死活問題だ。

車を湖畔に停め、静まり返った水面を眺める。

水の匂いが濃く漂っている。湖畔のペンション村には暖かそうな灯りがともり、濛気《もうき》の中でちらちらと瞬いている。

河口湖畔のキャンプサイトには、雪音がかたことの言葉を話し始めた頃から、暇を見つけては天幕生活をしに来ていた。美里はシャワーがないなどと文句は言いつつも一緒に来ていたものだ。食器棚のスワンボート乗り場での写真を撮った時が、三人で来た最後だった。雪音のお気に入りは親子でする鬼ごっこだった。

最後に三人でここを訪れた時、もう会社は危機に陥っていた。だが妻と娘と心からキャンプを楽しむために、力を尽くそうと誓ったものだ。

暗い湖面に、十数羽の大きな白鳥が浮かんでいる。古ぼけた、いたみの目立つスワンボートも朝日の中にあると、新しく見える。

（また雪音を連れて来てやらないと）

湖を取り囲む木立から漂ってくる清らかな木の香りの中にいると、まとわりついてくる嫌な雰囲気が流れて行くようだった。

「大丈夫、大丈夫、大丈夫……」

口の中で何度も唱える。

苦しいことも口惜《くや》しいことも、日々の暮らしの中には無数にある。でも生きていれば何とかなる。建前かも知れないが、誰かが自ら死んで、周囲が幸せになったという話を速人は知らない。

だから生きている限り大丈夫。会社はなくとも家族はある。たとえ出て行ったとしても、また帰ってくるかも知れないじゃないか。仕事で怒られて謹慎になったって、クビじゃないんだ。

大きく伸びをして、桟橋から戻ろうとした時、不意にぐにゃりと目前の光景が歪《ゆが》んだ。強烈な光が歪んだ光景を包んで、瞼《まぶた》に突き刺さる。抗《あらが》う術《すべ》もなく、体が桟橋から滑り落ちて行く。

水の中に体が落ちる。水しぶきが立ち、体が冷たい液体の中に沈み、視界の片隅で桟橋が浮き沈みしている。

手を伸ばせば届くはずなのに、何故か届かない。ねっとりとした液体が五体の自由を奪い、誰かに引っ張られているような気がして、思わず速人は下を見る。人の顔に似た何かが、足首に巻きついていた。悲鳴を上げようと開けた口に体を覆うねっとりした液体が流れ込み、口も耳も目も鼻も塞《ふさ》いでしまう。高いところから落下するような感覚の中で、彼は意識を失ってしまった。

車は夜の山道を走っている。

速人の目の前には、うねうねと蛇行する山沿いの坂道がある。ヘッドライトに照らされて道はどこまでも続いている。

「やっぱりあんた、村長の言うてた入日のタクシー運転手やないの」

後ろから声をかけられて、速人は思わずルームミラーを見た。そこには、礼服を着て、シルクハットを目深にかぶった男が座っている。速人の視線を受けて、男は少しくちびるの端を上げげた。鼻から上が陰になってよくわからない。

「入日のタクシー……」

ハンドルを左右に忙《せわ》しく切りながら、速人は何とか状況を把握しようと試みた。いつも乗っているセダンとは違い、車のボンネットの先端には外車のようにエンブレムがついている。大きな鳥形のものが取り付けられているようだった。

（どうしてこんなとこで客を乗せてるんだ）

袖《そで》を見るが、濡《ぬ》れた気配はない。

「上湯川な。頼むで、わしちょっと眠たいさかい」

男はシルクハットをさらに目深にかぶると、シートに深く体を沈める。

「あの、ちょっとすみませんが」

「なんや」

男は帽子の庇《ひさし》を上げ、ルームミラー越しに速人を見た。男の言葉には関西人独特のイントネーションがある。

「ここ、どこですか」

「はあ？　タクシーの運転手の言うせりふやないで。ボケるのも大概にせんと」

「ボケるなんて」

カーブに気を取られながら、速人はこれまでの混乱した流れを話す。

「ふうん……」

男は話を聞き終えても笑いも驚きもしなかった。ライトにわずかに照らされる道は片側一車線のよくある山中の国道のようだ。右側にはガードレールがあり、崖《がけ》でもあるのか真っ暗だ。左側は法面《のりめん》やネットで補強されている。

延々と続く上り坂の左右には清流でもあるのか、蛍火が無数に舞っている。

「あんた、話通ってへんのかいな」

と男は呟《つぶや》くとしばらく考え込み、

「ええか、これから前の鴉《からす》が指す方に運転しいや」

と急に眠気から覚めたようなはっきりとした声で命じた。

「どういうことですか」

「ええから言うこと聞き。おい、やったん」

男が窓から顔を出して声をかけると、ボンネットの先端についていた鴉が振り向き、一つ鳴いた。速人は驚いて急ブレーキを踏みそうになるが、その肩を男が摑《つか》んだ。

「何をびっくりしとるねん。あの子がおらんと村に帰り着かへんやろ。優しい運転を心がけてや」

速人は何とか車を安定させると、ボンネットの上でよろめいた鴉は振り返り、抗議するかのように激しく鳴いた。

「やったん、新入りやさかいに許したって。村までの道案内頼むわ。ほらあんた、間違えたらあかんで」

「は、はい」

速人はどうなっているのかわからないまま、とりあえず頷《うなず》く。

鴉は目の前に現れる分岐を迷いなく右、左と羽を広げて指示してくる。それに従っているうちに、車は小さな集落に入っていた。道はいつの間にか未舗装の細いものへと変わっている。灯《あか》りのついた人家が数軒道沿いに建ち、人の手の入った田畑が若干なだらかになった山肌に貼り付いているのが見えた。しかし見えるのは十数メートル先までで、そこからは濃い霧と深い闇に覆われて見えない。

「止めぇ」

道に面した一軒の屋敷の前で止めさせた男は、勝手知ったる様子で門内に入っていく。

そこで速人はぎょっとした。

門の上には魔除《まよ》けのためなのか、小さな鬼の彫像が二つ、門の外を向いて置かれている。だが山里の暗闇の中でその目は金色の光を放ち、速人を凝視していた。

電球でも入っているのだ、と自分を納得させようとした速人の前で、二匹の子鬼はもぞもぞと動き出して何やら囁《ささや》きあい、くすくすと声を立てて笑っている。ごくりと唾《つば》を吞《の》む彼の足元を、ぬるりとした温かい何かがすり抜けていった。

悲鳴を上げかけた速人の耳元で、

「入日村にいらっしゃい。ゆっくりしていってや」

と楽しげな少年の声がして、すぐに離れて行った。速人は身構え、あたりを警戒するが、それ以上の怪異は起こらない。門柱の上にいる子鬼たちも、動きを止めている。

疲れているのかと頭を振り、車に目をやる。

よくよく見ると中には料金メーターすらない。ステアリングは細く、鉄で出来ているような冷たい質感だった。

「これ……」

車体は長く、会社に一台だけあるリムジンのようだ。磨き上げられた長大なボディーは黒一色に塗られ、街灯に照らされて鈍い光を放っている。古くて豪勢な造りの、いわゆるクラシックカーというやつだ。

「ブガッティの強烈なエンジン積んでるんやで」

周囲を見渡す。屋敷を照らすぼんやりとした灯りの根元に小さな人影が立っている。

「デューセンバーグいう車やねん」

近付いてくるにつれて、その人影が小柄な少女であることに速人は気付いた。白い作務衣《さむえ》を身につけ、柄が少女の背丈ほどもある、大きな金づちのようなものを肩に担いでいる。

「コード社のデューセンバーグ……」

運転席から降りて車の外観を改めて見てみる。黒の鋼材と鋼板を丁寧に加えて組み上げられた重量感のある車体には、速人の頭ほどもある丸いヘッドランプが四基ついている。横から開く形のエンジンルームを見てみると、年代ものではあるがよく手入れされた巨大なエンジンが積み込まれていた。

自動車メーカーの下請け会社を創業しただけあって、速人の父親は車が好きだった。その部屋に、ジグソーパズルを組み上げたデューセンバーグのパネルが飾ってあったことを思い出す。

そんな骨董品《こっとう》に乗っていたような気はしなかった。アクセルを踏んだ感覚は最新の高級車に引けをとらないほどレスポンスが良かった。

「おじちゃんが新しい人？ うちは今西彩葉《いまにしいろは》。よろしゅうね」

いつの間にか助手席に納まっている少女は、そう言ってにこっと笑ってみせた。屋敷の前にぼんやりともっている灯りでもはっきりとわかるほどによく日に焼け、白い歯をしている。

「俺の名前は……」

と言いかけたくちびるを少女が手のひらで押さえた。

「あかんあかん、ちょっと待ってんか。おじちゃん、まだ大国《だいこく》村長に登録してもらってへんやろ。まだ誰にも名前呼ばせたらあかんよ」

「名前を呼ばせたらだめ？ どういうこと？」

「それはやなあ……吉埜《よしの》先生に聞かへんかったん？ さっき一緒に車に乗ってた人」

「いや」

「ナトリに襲われるかも知れへんやろ」

少女はちょっと声をひそめるように言った。

「ナトリ？」

目深にシルクハットを被《かぶ》っていた男は、速人の話を聞いていただけで特に何か教えてくれたわけではなかった。続いて口を開きかけた少女を、建物の中から落ち着いた女性の声が呼んだ。

「お母はんが呼んでるわ」

と快活に手を振って少女は消える。

少女が入っていった建物の玄関には額が揚げてあり、そこには「武蔵《むさし》」と刻まれていた。

（入日村の上湯川……）

どれほど頭の中をさらっても記憶にない地名だ。しかも客として乗っていた男も、先ほど顔を出した少女も関西弁だった。河口湖で水に落ちて、なぜ関西にいるのか速人にはわけがわからない。

「おやおや、こんな遅うに、よう来はったね」

吉埜という男と一緒に出てきたのは、萌黄《もえぎ》色の着物を上品に着こなした三十代半ばと見える艶《えん》な女であった。先ほどの少女を呼んだのは彼女らしい。

「事情は吉埜先生からうかがいました。あなたさんのことは明日、村長に訊《き》いてみますよってに、今晩はうちで休んで下さい」

「いや、でも」

「大丈夫。うちは旅館ですさかい」

そういう問題ではない、と言い返そうとしたときに、不意に膝《ひざ》から力が抜けた。疲れが肩にのしかかる。

「いきなり黄泉坂《よみざか》を上って来たんや。慣れとっても疲れるのに、見事な運転しよったで」

吉埜のそんな声が聞こえていたが、速人はもはや眠気を我慢することが出来なかった。頭のどこかで、この一くさりは夢か何かで、次に目を覚ましたときには荻窪の公団住宅の自室にいるはずだ、出来ることなら、美里と雪音の姿もそこにあればいい、そんなことを考えていた。

三

窓は開いていて、ひんやりとした風が入って来ると同時に、誰かが自分を見ている気配を感じて目が覚めた。

「おじちゃん、誰？　見ない顔だけど、名前は？」

初めその声は水の中のようにくぐもって聞こえた。その窓を背に、小柄な人影が立っている。星の光だけでは明るさが足りず、その表情ははっきりとは見えない。

「……ああ、俺？」

寝起きのぼんやりした頭で答えようとしてためらう。そのためらいの正体が眠気の向こうに隠れている。

「ねえ、名前を教えてよ。遊ぼうよ」

幼児独特の甘い声だ。娘の雪音の声に似ているような気がした。速人は夢の中にいるような違和感を覚えながらも、自分の名前を答える。

「磐田速人……ありがとう。名前、もらっておくね」

小さく笑って、少女は姿を消した。

よくわからないまま、もう一眠りしようと布団を被りかける。すると、今度は強引に布団を引き剝《は》がされた。周りをよく見ると、夜はすっかり明け、窓からは夏の青空が見える。

「いつまで寝とんねん」

「あれ、さっき来たんじゃ」

「へ？」

真っ黒に日焼けし、大きな金づち風のものを担いだ少年のような少女は、首を傾げる。

「ここに来てこんな寝ぼける人は初めてや」

「さっき来て、俺の名前訊いていったじゃないか」

少女の顔色がさっと変わった。

「……おっちゃん、もしかして名乗ったんか」

「あ、ああ。ちょっと寝ぼけてたし、思わず」

と最後まで言い終わらないうちに、どあほう、と蹴《け》りを一発背中に食らわされた。

「ほんま、ナトリのやつこんなとこまで……」

ああー、と腕組みしたまま彩葉は難しい顔をして速人を見下ろし、

「まあええわ。いや、ええことないけど。とりあえず朝ご飯お食べ。お母はんにも朝の

お仕事終わったら一緒に村長とこ行こう言うてあるから」

そう言って出て行きかけた。

「ちょ、ちょっと待ってくれ」

速人はどうにも事態がつかめず、少女のシャツの裾《すそ》をつかんだ。

「一体どうなってるんだ。ここはどこなんだ」

その表情を見てしばらく黙った彩葉は、

「うちもそんなに詳しいことは説明でけへんけど、簡単に言うたる」

あんた、あの世との境におるんや。

そう言って身を翻し、階段を下りて行った。


速人は混乱しつつ布団から体を起こし、窓から外を見る。自分が来たことのない山里にいることを思い出した。

夜にはわからなかったが、村は広大な山肌に貼りつくように築かれていた。見上げると圧倒されるような、上下も左右も端の見えない斜面はくまなく鮮やかな緑に覆われている。風が吹き抜けると、山肌の一部が生き物のようにうねった。呆然《ぼうぜん》としている速人を女将《おかみ》が呼びに来て、言われるままに朝食を摂《と》る。炊きたての白いご飯に、絶妙の漬け具合の沢庵《たくあん》、ほくほくの卵焼きに麩《ふ》と三つ葉の味噌《みそ》汁《しる》が出た。

部屋の窓から建物を眺めると、山肌を削って石垣を組んで造られた平地に、長方形をした木造二階建ての建物が中庭を囲んでいる。中庭には濃緑の葉を茂らせた木々が程よく植えられており、時計草だけがあざやかな薄紺色の花をつけ、目をひく。

旅館というだけあって、中庭を囲む建物はそれなりに大きく、速人の部屋を含めて八部屋はありそうだった。

中庭を挟んで向かいはちょうど台所らしく、炊事の煙が上がっている。その台所の隣にある十畳ほどの食堂で朝食を摂っている。

部屋に戻った速人に、彩葉という少女はさっさと外出の準備をしろと急《せ》かす。

彼女は彼の手を引っ張るようにして坂道を下って行く。家並みは山肌を拓《ひら》いて築かれており、その間に蛇行した坂道が延々と続いている。一人の少年が竹竿《たけざお》を担いで道を行くのを見て、速人は思わず身を乗り出した。

「あれは……」

背格好は少年そのものであったが、その頭頂部は鈍色《にびいろ》に光り、その口にはアヒルのようなくちばしが付いている。昔話から出てきたような河童《かっぱ》であった。

「ごうらの岩松《いわまつ》くんや。今度紹介するわ」

彩葉がにこりと笑った。

宿の周囲はすっきりと晴れているのに道は霧に覆われて、道沿いに何があるかわからなかった。そして十五分ほど下り、再び明るい場所に出た先に小学校の校舎ほどの建物が建っていた。木造の古い校舎のような、大きな二階建ての建物だ。

屋内に入って目が慣れてくると、多くの人間が忙しそうにたち働き、ひっきりなしに出入りしているのが見える。村役場や、と彩葉は言った。

村長室、と札が出ている部屋にいたのは、白髪交じりの髪を七三に分けた、五十過ぎと見える男である。

大きな椅子に体を沈ませるようにして座っている小柄な男は、見ていた書類を黒光りする木の机の上にきちんとそろえて置いた。

「入日村村長の大国です」

立ち上がって速人に右手を差し出す。

「あ、ど、どうも。……あれ？」

名乗ろうとして、速人はどうしても自分の名前が出てこないことに困惑した。

「あなたの名前は磐田速人、東京都杉並区の荻窪在住です」

大国は本人の代わりにそうすらすらと述べた。

「え？　そ、その通りです、よね」

何だこの違和感は、と速人は戸惑った。速人は自分の名前を相手から告げられることに、気味の悪いほどの居心地の悪さを覚えた。

「ナトリ、に会いましたね」

「ああ、彩葉ちゃんが言っていた。何なんです？」

「あなたにわかりやすく説明すると、このあたりに出没する名を取る妖怪《ようかい》、といえばよろしいでしょうか」

「せやから村長に登録してもらうまで名前呼ばせたらあかんで、って教えたったのに。村長に名前を預けといたら、ナトリに取られることもあらへんかったのになあ」

ぱん、と彩葉が速人の尻《しり》を蹴る。

「ナトリはたまに村に現れて、名を奪って喰《く》ってしまいよんねん」

「よ、妖怪？」

話がますますわからなくなってきた。

「ま、お座り下さいな。あなたはこの村では、そうですな、扱いに慎重を期さなければならない特別なお客さんのようですから。根津《ねづ》くん、お茶持ってきて。三人分」

村長は部屋の隅で書き仕事をしていた明治の書生風の男に命じ、速人と彩葉を来客用のソファに座らせた。若者が持ってきたお茶を一口すすると、村長は小さいが聞き取りやすい声で村のあらましについて話し始めた。

「この入日村、もともとうつし世では大和《やまと》の果無《はてなし》山中にありました。明治二十二年、紀《き》伊《い》半島を襲った大水害で村ごと流され、ここに移動したのです」

大国は速人に自分の言葉が浸透するのを待つように一度言葉を切った。

「その大水害は自然のものだけではなかった。そうですな、速人さん、あなた、河口湖のスワンボート乗り場で湖に落ちましたよね」

「ええ……」

そうだ。そもそもの発端はそこにあった。水とは思えない粘り気のある液体の中でもがくうちに、気付けばデューセンバーグのステアリングを握っていたのだ。

「あれと同じことが、大規模に起こったと思って下さい。入日村全体が、世と世の間にある裂け目に落ち込んでしまった」

「世の裂け目、ですって？」

既に正気の沙汰《さた》ではないが、大国の目は穏やかな光をたたえて速人を見ている。

「本来消えるべきでないものが、その裂け目に落ち込み、大量に消えてしまったのです。肉体ごとこちらに来たのなら戻すことも出来たのですが、村のあった山ごとここに来た際、その衝撃で物理的な肉体は消滅してしまったので、戻そうにも戻す器がなくなってしまったのです」

「ちょ、ちょっと」

黙って聞いていれば恐ろしく奇妙な話を滔々《とうとう》とされてしまっている。

「その時開いたうつし世の裂け目があなた方が言う死後の世界、あの世のバランスまで崩しました。その修復を急いでいるうちに、入日村の人々の行く先が完全に失われた。まったく、我々の不手際です」

大国は申し訳なさそうに首筋を叩《たた》く。速人は呆気《あっけ》に取られながら村長の話を聞いていた。相手の頭がおかしいのか、自分がおかしくなったのかどちらかだと思うしかない。

「うちはここ、気に入ってるで」

彩葉は村長を慰めるように、優しい口調で言った。

「ありがとう彩葉。とにかく、入日村は村ごと、この世とあの世の間に漂う浮き島のようになってしまった。その処置に、あちらのお偉いさん方も頭を悩ましていたのですが、最近、うつし世とあの世を結ぶ黄泉坂の距離が延びるという事態が起こりました。未練を抱えた魂はその重さに耐えかねて坂を登りきることが出来なくなってしまった」

「訳がわからん」

思わず速人は呟《つぶや》いてしまっていた。だが村長は構わず続ける。

「生きるを得ず、死ぬこともかなわない魂はマヨイダマとなって永遠に世と世の境をさまようことになる。我々としてはそのような魂を作りたくはない。そこでこの村が中継地点にちょうど良いことが明らかとなったのです」

「はあ」

真顔で聞き続けるのがそろそろ難しくなってきた。

「そこで速人さん、あなたさえよければ村人を手伝ってやってはくれませんか。村の鍛《か》冶《じ》神さんに生者のうつし世と村を往復する車を造ってもらったのはいいのですが、村人は肉体がなくて坂の端にある辻《つじ》にまでしか行けない。だが肉体を保っているあなたと彩葉なら、うつし世まで行って迷える魂を救うことが出来る」

「あの、そろそろ冗談はやめにしていただけるとありがたいのですが」

あまりにオカルトな話を真顔でする村長の顔を見ているうちに、速人は本格的に気味が悪くなってきた。

「ま、冗談に聞こえますよね」

大国は肩を落とした。

「そうですよ。あの世とこの世の間なんて、ばかばかしい」

速人だって妻も子もいるいい大人である。会社をつぶしてはしまったが、現実的な判断を常に問われ続ける経営者だったのだ。こんなよた話を信じろというほうがムチャな話だ。

「もう一度訊《き》きますが、あなたのお名前は」

大国は眼鏡の奥からじっと速人を見つめながら問うた。

「い、い……」

また不快な違和感が意識を搦《から》め捕って自分のものであるはずの名前が出てこない。

「そう、その違和感はナトリに名を取られてしまっていることから生じるもの。だが、普通の人間ならナトリに名を盗まれた時点で正気を失うか、絶望に囚《とら》われて命を絶つのです。なのにあなたは正気を保っている。それも特異だ」

医者が診断を下すような口調で大国は続けた。

「ともかく、現状を納得するにはあなた自身の決断が必要でしょうから、とりあえずこの村での注意点をお話ししておきます」

大国村長は事務的な口調になって、いくつかの事柄を速人に憶《おぼ》えさせた。

「村の境に立つ大鳥居を、一人で、そして丸腰で潜《くぐ》ってはいけません。蛇を見たら指を差してはいけません。この役場の下に流れる川を渡ろうとしてはなりません。そんなところでしょうか」

「はあ、ありがとうございます」

速人も事務的に礼を言った。

「そのうち暇を持て余すでしょうから、いつでもここに遊びに来て下さい。彩葉、速人さんを頼んだよ」

日に焼けた少女は、任せとき、と胸を叩く。最後に少し表情を緩めて、大国は二人を送り出した。

「ねえ、彩葉ちゃん」

役場から旅館武蔵に戻る坂道を登りながら、速人は訊《たず》ねた。

「あの村長が言っていた注意点って、本当なの？」

「ほんまや。無事でおりたかったら言われたこと守りや。備えなしで村出たらすぐに迷ってマヨイダマの餌食《えじき》になる。この村の蛇の中には呪い神さんが含まれとるから、指さしたら呪われてまう。そして村の下に流れてる川は〝遠《とお》つ川〟言うて肉体がきっちり滅んで魂も引導渡されてあっちに行く資格持ってるもんだけが渡れるねん」

やはり速人には意味不明である。

村役場である建物を出て、宿に帰るまでの間、速人は少女の機嫌を損ねないよう口調に気をつけながらもう一度訊ねた。ここはどこで、どういう経緯で自分がここに運ばれてきたのか。そして出来ることなら平穏に荻窪に帰りたい、と。

一週間の謹慎をくらってはいるものの、このまま帰らないでいると本当にクビになるのは間違いない。この不景気にこの年齢で、ハローワークで四苦八苦するのもきつい話だ。

「なんやおっちゃん、村長の話、聞いてへんかったんか」

「聞いてた聞いてた。でもね、俺は東京に帰らないといけないんだ」

「無理や」

少女はにべもない。

「どうして？」

「朝言うたやんか。おっちゃん、あの世との境におる上に、ナトリに名まで取られとるんやから」

「俺は死んでなんかない」

思わず語気を荒らげてしまう。自分は呼吸しているし、トイレにも行った。出された朝食もしっかり食べたし、呼吸もしているし、胸を触れば心臓だって動いている。

「誰も死んだとは言うてないやろ。あーもう、ほんま信じへんやっちゃな」

彩葉は苛立《いらだ》つ。すたすたとぞうりを鳴らして足を速めた。

「聞いてくれ、彩葉ちゃん。俺は家に帰りたいだけなんだ」

「おっちゃんはここに来ただけやのうて、ナトリに名を取られてしもたんやで。どこに行こうが、居場所なんかあらへん。もう入日村におるしかあらへんのや」

これはもう話にならない、と速人もとりあえず納得したフリをすることにした。

四

名も知らない山の夜はしんとして物音一つしない。携帯を確かめると電源も入る。だが圏外の表示になっている。これで携帯がどこかに繋《つな》がれば、彩葉という少女と大国とかいう自称村長の言っていることはたわごとだとわかるのに、と残念に思う。しかし自分の貴重品が見つかったことで、速人は相当心強くなった。死の世界にいるのなら、そんなものが手元にあるわけがないのだ。

速人は足音をしのばせ、部屋を出る。いまどきの旅館には珍しく、障子一枚で廊下と隔てられているだけだ。廊下には大きな窓が取ってあり、昼間は燦々《さんさん》とした夏の日差しが庭の木立に遮られて柔らかく屋内へと降り注いでいた。

何度も深呼吸して、落ち着こうとする。

とりあえず、東京に戻ることだけを考える。

磨き上げられた廊下を抜き足差し足で歩く。それぞれの部屋の障子はぴっちりと閉められ、人の気配が確かにする。しかし話し声はせず、さすがに部屋に入り込んで事情を訊くのは憚《はばか》られた。

迷っている速人の前で、すっと障子が開く。出てきた三十前後の女は、ぎくりとして足の動かない彼の横を無表情に過ぎていく。肩まで茶色がかった髪を下ろし、ジーンズにグリーンのチュニックを身に着けてまっすぐに前を向いている。

「あの」

声を掛けても、女は速人を無視して階段を下りて行こうとする。

「あの、すみません！」

大きな声で呼び止めようとしても、女はわずかに歩を止め、あたりを見回しただけで階段を下りて姿を消した。

「どうなってんだ……」

「ナトリに名を取られた人間は、名を取り返すまでうつし世とあの世でおらへんものとして扱われます」

いつしか背後に立っていた女将《おかみ》はゆったりとした所作で、袖《そで》を女性の背へと向けた。

「あのお方はごく普通に生を終えられました。せやけど未練をお持ちで、黄泉坂を登りきれんかったんです。それを村人の手助けでようやくここまで辿《たど》り着きはりました。間もなく渡し舟に乗って遠つ川を渡り、あちらの岸へと旅立たれます。坂を上り切った方にはもう、あなたの姿は見えへんのです。あなたのことがわかるのは、私ら虚実の狭間《はざま》に暮らす入日の村人だけなんですよ」

「だから……」

いい加減にしろと言いかけて口をつぐむ。帰る方法を一つ、思いついた。

速人はじっと人々が寝入るのを待った。

食事をとり、風呂《ふろ》に入るよう勧められてもおとなしく従った。

そういえば、かつて母に聞いた昔話に、こういうのがあった。小僧さんが山の中で迷って助けを求めた小屋には親切なおばあさんがいて、食事をして風呂に入っていると、刃を研いでいる音がする。その老婆の正体は山姥《やまんば》で、小僧を喰《く》おうとした。小僧は師からもらったお札をまきながらやっとのことで助かるとか何とか、そういうストーリーだった。

「……まさかな」

天井から落ちる雫《しずく》の音にびっくりしながら、恐ろしい妄想を振り払う。

朝が来て、昼になって夜になったではないか。やはりここはあの世なんかではない。

何のカルト集団かは知らないが、こういう怪しげなところの仲間になる気はない。

浴衣《ゆかた》ではなく、服を着る。ハンガーに掛けられていたタクシー運転手としての正装は、クリーニングに出されたように清潔だった。

「お代は置いていきますから、見逃して下さいよ……」

玄関の見えるところに一万円札を二枚おく。今の自分にこの金額を失うことはあまりにも痛い。それでも、ここから逃れることが出来るのなら、安いものだ。

そっと引き戸を開け、車庫へと向かう。竹で葺《ふ》いた木造の馬小屋のような車庫の中に、デューセンバーグがきれいに磨かれて置いてある。

速人はかつて自動車関連の下請けをしていた手前、車の構造には多少通じている。エンジンを直結させるワイヤーを探す。イグニッションキーのカバーに手をかけ、力を入れる。額に汗が流れ、動悸《どうき》がやたらと大きく耳に響く。

開いてくれ、と念じながらさらに力をかけると、がこ、と音がしてカバーが取れた。キーから繋がるワイヤーとスパークプラグからのワイヤーを慎重に探し当て、繋げる。

一瞬の沈黙の後、闇の中ではとんでもなく派手な音を立てて、エンジンが始動した。

旅館の一室に灯《あか》りがともる。速人は焦って運転席に乗り込み、ギアを入れてアクセルを踏む。外観も内装も二十世紀はじめのクラシックカーだが、長年乗っている愛車のようにスムーズに動いた。

玄関の引き戸が開くのを横目に、速人は目を見開いてアクセルをさらに踏み込む。未舗装の振動をサスペンションが吸収しきれず、尻《しり》が痛い。しかしそんなことには構っていられない。さっさと家に帰るんだ、と気合いを入れる。

集落を出ると、延々と下り坂のカーブが続く。やがて道は舗装路にかわったものの、相変わらず左は山、右は崖《がけ》が落ち込んでまっくらの険しい道だ。猛スピードで飛ばしていた速人は、あることに気付いてブレーキを踏み、車を止めて周囲を確かめた。

いつの間にか道は上っていたのだ。

「左に山、右に崖……」

入ったところから出たはずなのに、来た時と同じ向きなのはおかしい。

「そうや。この道そのまま行っても村に帰るだけやで」

驚きのあまり速人は叫び声を上げた。

「い、いつの間に」

「いつの間も床の間もあるかいな。はなから乗ってたちゅうねん」

少女は後部座席の上で膝《ひざ》を抱えてくちびるを尖《とが》らせた。

「やめときやめとき。ナトリに名を盗まれたもんが、一人であっち行っても悲しいだけやて言うたやん」

もうこういうばかげたやりとりには付き合いきれない。速人はことさら怖い顔を作って、バックミラーに映る彩葉をにらみつけた。

「いいか、もう一度だけ言うが俺は家に帰りたいだけなんだ。車だって盗むつもりはないし、人里へ出たらきちんと置いておく。その後で村の人が取りに来ればいい。ガソリン代を払えって言うのなら払うし、もちろん君を傷つけるつもりもない」

「ふうん……」

彩葉はフロントガラスの周囲をちらちらと飛ぶ小さくおぼろげな光を目で追いながら、興味なげに相槌《あいづち》を打つ。

「俺は真剣なんだぞ！」

と怒鳴ってみる。しかし彩葉はちらと目線を速人に向けたのみで怯《おび》えた様子もない。

「わかってんがな。まあ見てみ」

窓の外を彩葉が指差す。ちらちらと舞っている光の数が増している。

「蛍か」

「蛍なあ……そんな風流なもんやあらへん。あれがマヨイダマさんや」

「マヨイダマ？」

一つの光がぴたりとフロントガラスに貼りつく。速人が顔を近づけてまじまじと見ると、古びた日本人形のような白い顔が彼を見返した。

「ひ！」

思わずのけぞってシートに体を押し付ける。よく見ると、その光は集まって、一つの形をとろうとしていた。それが何かの顔であることに気付いた速人は再びアクセルを踏み込み、その場を去ろうとする。すると風に吹かれるススキのように、その光の集合体は再び小さな粒子へと戻って行った。

「しっかり運転せんと、崖の下にはもっとおっとろしいモンがおるでえ」

彩葉はころころと笑う。

「こ、怖くないのか」

「怖いことあらへんがな。うちらとこのあたりにいてる連中は親戚《しんせき》みたいなもんや。ま、仲がええわけやないけど」

窓から手を出して光の一つをつかみ、見るか、と速人に差し出そうとする。その手を押し戻しながら、

「なあ、いい加減に恐ろしい手品かなんかで惑わすのやめてくれないか」

「手品、なあ……。まあそう思とった方が心穏やかでおられるもんな。真実はいつも一つで、ほんでもって残酷や」

まるで子供扱いだ。しかし、妙なものを見せられて速人は慎重になっていた。口封じをしようかとか、人質にしようかなどと一瞬考えたものの、そんなことが出来る性格でもない。何とか丁重に、人里への道筋を訊《き》いた。

「ほんだらお願い聞いてえな」

彩葉はそう甘えた声を出した。

「聞く。何でも聞くよ」

あちらに帰っても経済的に苦しいし、何を買ってやれるとも思えなかったが、それは交渉しだいだ。子供相手だから何とでもなる。

「よっしゃ、ほんだらまずはおっちゃんの気のすむようにしぃ。人里への下り方やな。任せとき」

入日村に入る時にボンネットの上にいた鴉《からす》がそうしたように、彩葉は道の分岐が目の前に現れる度、右、左と迷いなく指示した。その通り運転していくと、車は突然住宅街の中に出た。

「ここに来たかったんやろ？」

「ああ、ありがとう」

「せや、これだけではあかんねん。おっちゃん、もううつし世の人でもあの世の人でもないのやから、うつし世で人に会うんやったらこうせなあかん」

彩葉はおもむろに担いでいた金づちを振りかぶった。

「な、何するんだ！」

「玉置《たまき》の神さんから授かった虚実自在の〝かぐつち〟や！　じっとしとき」

大金づちは狙い過たず速人のこめかみに当たる。こおん、と鉦《かね》を打ったような音がして、速人は目を回しかける。何とか踏みとどまって体を検《あらた》めるが、何もかわったところはない。しかし彩葉は得意満面で、

「どや、これで速人くんは実の世界の人間になった。言うとくけどそんなに長い時間はもたへんよ。半日もしたら元に戻ってまうさかいな。村から逃げようとか……」

彩葉が胸を張って言っているが、速人は最後まで聞かず車から飛び降りると、一散に

走った。

同じようなつくりの一戸建てと、無数に続く四つ辻《つじ》を数え切れないほど過ぎる。出られないのではないかという恐怖、同じところをぐるぐる回っているのではないかという怖れ、それらを呑《の》み込んで、運動不足の体に鞭《むち》を打つ。

「や、やった……」

必死に走り回り、もう膝に力が入らないというところでようやく、桜上水の駅に続く商店街に出た。向こうに二階建ての駅舎がぼんやりと見える。さすがに夜半となれば店の光も消えているが、見慣れた光景にほっとする。

流して来た空車のタクシーを止め、乗り込んだ。

「近くて悪いんだけど、荻窪の公団まで」

運転手は頷《うなず》いて、ドアを閉める。車は首都高下の道を西に向かって走り始める。速人は嗅《か》ぎ慣れたタクシー独特の匂いにさらに安堵《あんど》した。正直、公団の影が見えた時にはほっとした。住む棟まではまだしばらくあったが、投げ捨てるように千円札を二枚置くと、速人は逃げるようにそのタクシーから遠ざかった。公団に入る際にふと振り向くと、まだそのタクシーは止まっていた。運転手がおぼろげに見えたが、速人は我が家へと急ぐ。

キーケースから鍵《かぎ》を取り出し、鍵穴に挿すが回らない。

部屋を間違えたのかとがちゃがちゃやっていると、中からチェーンを外す気配がした。わずかな隙間から怪訝《けげん》な顔で覗《のぞ》いているのは、美里である。

「あ、帰ってたのか。良かった、開けてくれよ。疲れちまった」

しかし美里はますます訝《いぶか》しげな顔をして、一度ドアを閉めた。すぐにでも開けてくれるのかと思えば、なかなか開けない。苛《いら》立《だ》って扉をどんどん叩《たた》くと、ようやく開く。しかしそこには、木刀を持った男が仁王立ちになっていた。その木刀は家族で河口湖に行った際、速人がふざけて買ったものだ。

男は速人の顔を見て、一瞬はっとした表情を浮かべたが、すぐに睨《にら》みつけるような顔をしてみせる。

「なんだあんた」

速人は思わずそう言う。人の家に寝巻きで上がりこんで。しかも逃げる気配もなく木刀など持っている。

「それはこっちのせりふだ。誰だか知らんが、もう警察に通報したからな」

「はあ？　何言ってるんだ」

もう一度表札を見る。そこには確かに、磐田と書いてある。だが速人はそこで混乱した。用もないのに他人の家の前に立っているような違和感だ。ここは自分の家、これは自分の名前、そのはずなのに……。

「こっちこそ警察呼んでやるよ」

妻が家に戻ってきて男を引っ張り込んでいるのは腹立たしかったが、それよりも男の妙に堂々とした態度が気に食わない。

階段の方から声がするので振り向くと警官が二人見えた。これでわけのわからない男を家から追い出せる、と速人が安堵していると、不意に腕をつかまれた。

「こっちや！」

「え？」

「ええから走れっ！」

彩葉の剣幕に速人は浮き足立った。それを見て警官が急に速度を上げる。警棒に手をかけ、その形相は尋常ではない。ようやく相手の目指している相手が部屋の中にいる男ではなく自分であることに気付いた速人は、彩葉に引っ張られるようにして階段を駆け下りる。

「右！　次も右！」

入日村から出る時のように、狐の鳴くようなきんとした声で少女は指示を飛ばす。そうこうしているうちに、二人はようやくデューセンバーグの前へと戻ってきた。後ろに警官の姿はない。

「な、なんで逃げるんだよ」

ぜえぜえと息を切らしながら、速人は彩葉をなじった。逃げたらまるでこちらが悪いみたいだ。

「いい悪いの問題やない」

形の良い鼻をふんと膨らませて彩葉は腕組みをした。

「よう考えてみ。夜中に、どこの誰ともわからないおっさんが現れて、部屋開けてくれて言うんやで。気持ち悪ないか」

「確かに気持ち悪い。いや、待て待て。だから俺はあの家の……」

「誰や」

彩葉の挑むような目つきに、言葉が詰まってしまった。目つきのせいだけではない。己の名前を言おうとすると、どうしても引っかかってしまう。

「わかるまで何回も言うたる。あんたはナトリに名前を盗まれた。せやから磐田速人やったあんたはもうおらんねん。せやけど本来空くべきやないところに空きが出来たから、空きを待っとった何かが取って代わった。椅子取りゲームの椅子をあんたは取られたんや」

「いいかげんにしろよ！」

「せえへん！」

「どうして！」

「あんたは百数十年ぶりに現れた、村の仲間になれる人間やからや。あんたを名もないままマヨイダマさんにしとうない。な、おとなしゅう村においで」

まっすぐに瞳《ひとみ》を射貫《いぬ》くような目線に、速人は黙り込むしかなかった。二人の間の沈黙は長く続いた。速人はそれでもまだ、あきらめきれなかった。

「会社……」

「ほんま、ええ歳こいてあきらめの悪いやっちゃな」

肩を怒らせた後、呆《あき》れたように彩葉はため息をつく。それほど愛着のないところであるにせよ、社会との繋《つな》がりを証明してくれるところだ。

「ま、あきらめがつくんやったら好きにしたらええわ。せやけどここでとっつかまったらただの頭のおかしい人やで」

どちらの頭がおかしいのか、これではっきりする。家に見も知らぬ男がいたり知らぬふりをされたり、冗談としか思えない。

速人はデューセンバーグを運転して、東関東タクシーの杉並営業所の前に止める。車好きな連中も多いというのに、誰かが寄ってくる様子もない。

「……あの、どちらさまでしょうか」

営業所の扉を開け、夜勤明けの青黒い顔をこちらに向けた女は、速人が半ば予想し、半ば怖れていた反応を示した。

「謹慎後の勤務シフトをうかがいに参ったのですが」

女は肉の余った首を傾げる。

「新しく入った方かしら。ここ、杉並営業所ですよ。お名前は？」

名前を名乗ろうとしてどうしても出来ない。不快さともどかしさで速人の表情は歪《ゆが》む。

「ええと、ここで働いている者なのですが。お疲れ様です」

無理やり愛想笑いを浮かべる速人に、ぶよぶよとした顔の女は気味の悪いものを見るような視線を向ける。そこに加齢臭を放ちながら、男が入ってきた。執拗《しつよう》に相撲賭博《とばく》を勧めて来た男だ。

「ああ、中村さん、今場所どうなってます？」

速人の問いには答えず、じろじろとわざとらしい身振りで速人を眺めた男は、誰だいこいつは、と女に訊《き》いた。速人は自分でも不思議なことに、怒りや焦りみたいなものが消えつつあることを自覚していた。逆にもっと静かな、体全体が冷えていくような重い感覚に包まれていく。

「あ、そうだ。俺、練馬《ねりま》の営業所所属だったのを忘れていました。いや、夜シフトにはまだ慣れていないもので。失礼しました」

先ほど自宅でも浴びせられた訝しげな視線というやつを背中に浴びながら、車に向かう。

運転席に乗り込み、助手席で膝《ひざ》を抱えていた彩葉に、

「お前らの勝ちかも知れないな」

そう声をかけた。少女は勝ち誇るかと思えば、そうでもない。むしろ感情を押し殺したような声で、

「しんどいもんや。自分が消え去ってるっちゅうのを確認するのは。死ぬよりひどい。死んでも大抵は、周りに憶《おぼ》えてる人間がおるもんやからな」

やっぱり認められない。速人はくちびるを噛《か》み、公団の見える道に車を止める。

「なあ、彩葉は腹減らないのか」

「こっちではな。おっちゃんはまだ減るやろ」

「……コンビニにでも行ってくる」

旅館で出された夕食をとってから、何も口にしていない。喉《のど》は渇いているし、腹もぺこぺこであった。財布は何とかある。コンビニにあるATMを使ってみようかと思ったが、もし自分が自分でなくなっているのなら、トラブルのもとになりかねない。

「三千円か……」

財布の中を眺めて呟《つぶや》く。何日もつことやら。そう顔をしかめた彼の前に、彩葉が一万円札を二枚突き出した。

「お母はんが返しとけ言うてた」

「ばれてたのか」

「そらそうやん」

ありがたく頂戴《ちょうだい》し、店内でパンとコーヒーなどを買う。いつも目を合わせない店員は、いつも通り機械的にバーコードをスキャンし、口の中で接客用語を唱えるようにしてつり銭を寄越《よこ》す。

「普通に買い物出来たぞ」

「コンビニなんかはあんたがあんたである必要はないからな」

ああ、なるほど。速人は少しずつわかってくる。

「俺が名前を必要とすると、それはもう自分のもんじゃないって、わからされるってわけか」

「そういうことやな。で、何するん」

速人には最後の望みがあった。雪音である。どれだけごまかそうと子供は自分の血を引いているのだ。鬼ごっこで背中を追い掛けてくる雪音の姿を思い出して危うく涙ぐみそうになる。それをぐっとこらえ、彼は公団の敷地内にある小さな公園に車を止めた。

昼間、元気のあるときには子供にせがまれてよく遊びに来ていた。

そこにある白鳥の置物がお気に入りの河口湖のスワンボートに似ているという理由で、娘はいつもそれにまたがってはまた湖に行こうとせがむのであった。

「なあおっちゃん、やっぱりやめとかへんか」

「いや、だめだ」

どういう理屈かはわからないが、このまま自分の痕跡《こんせき》を全て消去されたままでいるのはたまったものではない。せめて子供にだけは自分を認めて欲しかった。

速人が車の中で簡単な朝食を食べてから二時間ほど経った。時間は午前十時過ぎ。いつもなら、美里が娘を連れて公園にやってくるころである。

空は薄く雲に覆われ、所々青空も出ている。時折さらりとした風も吹き、子供が遊ぶにはもってこいの日和だ。

団地の中に造られたこの公園は子供の遊び場というだけでなく、同じ年頃の子供を持つ母親たちの社交場ともなっている。複数の大人の目があるということもあって、安全な遊び場を求める親子連れで賑《にぎ》わっていた。

美里たち三組の親子連れが公園にやってくる。

それぞれの子供たちは公園の中を走り回り、滑り台やブランコをひとしきり楽しんだ後、砂場に入った。

このあたりの順番は変わっていないな、と速人は思わず頰を緩める。子供には子供なりのルールがあるらしく、最後は砂場で何かを築いて終わることが常だった。

柵《さく》のある砂場は親たちにとっても安心な遊び場だ。ベンチに座って話し続ける母親たちの表情は明るいものに変わり、話に興じているらしい。そのうち雪音が砂場から出てブランコで遊び始めた。

大きく漕《こ》いで、ブランコを揺らし、雪音は母親を呼ぶ。きいきいと鳴るブランコの揺れ幅はどんどん広くなり、娘は風を切る感覚を楽しんでいるようだった。

「なあ」

彩葉が速人の袖《そで》をつかむ。

「ちょっと危ないんちゃうか」

美里が振り向いてくれないからだろうか、雪音は意地になったようにブランコを力一杯漕ぎ続ける。前後に揺れる鎖がほとんど地面と平行になったように見えたその時、雪音の手がするりと鎖から離れた。

「あ……」

速人の視界の中にいる美里は、まだ娘に起こった異変に気付いていない。あまりのことに、目の前の光景がゆっくりと動いているように思えた。

速人は反射的に車から飛び降り、駆け出す。

必死に駆けているのに、足が前に進んでいかない。雪音の目が驚きと恐怖に見開かれ、その小さな体が硬い地面へと放物線を描く。その視線が速人を捉《とら》えた。娘が助けを求めている。

あれは自分の子だ。名を失おうと、妻に忘れられようと、絶対に守るべきものだ。

速人は懸命に手を伸ばす。だが、はるか向こうで宙を舞う娘の体はあまりに遠い。

速人は娘の名を叫んだ。転びそうになりながら、空間を見苦しいほどに掻《か》き分けても雪音に届かない。

間に合わない。絶望が重くのしかかる。大切なものを、これ以上失いたくない。速人は娘の名を何度も叫びながら、駆け続けた。

と、その時である。こおん、と高く澄んだ音が耳に響いた。

もどかしいほどに進まなかった背中に衝撃が走り、気付くと目の前に雪音の体が飛んでいる。小さな塊を速人は何とか受け止め、地面に倒れこんだ。

はっと気付くと、娘は速人の腕の中で、眠っているように瞼《まぶた》を閉じている。

「ゆ、雪音、雪音!」

軽く頬を叩《たた》く。恐怖とショックで真っ白になった顔に微《かす》かに赤みが差すと、娘は小さなうめき声と共に目を覚ました。雪音は速人を見上げ、

「お父さん……」

微かな声で父と呼んだ。その声が耳に届いたとたん、速人の涙腺《るいせん》は決壊した。

「もう大丈夫だ」

何度も抱きしめて、その温かさを確認する。

「おじさん、誰？」

今度はもう少ししっかりした声で、娘は言った。速人はもう衝撃を受けなかった。

「お前のことを大切に思っている人だよ」

そう言って娘の頬に手をやり、そして立ち上がる。雪音は不思議そうな顔で、速人を見つめている。背後から数人の気配が近づいて来た。振り向くと、そこには妻であるはずの女性、自分の座を占めている男、そして数人の制服警官の姿がある。

「急ぎや！」

速人は彩葉に促されて車に駆け戻り、大きく息をついた。

名前を取られて、生きてもいない。でも自分はここにいるし、死んではいない。そして何よりも大切な娘は、一瞬でも自分のことを父として思い出してくれた。

望みはある。

速人はデューセンバーグの運転席に乗り込むと、クラクションを一度鳴らしてその場

から立ち去った。

見覚えのある桜上水の交差点を一つ曲がると、車は四つ辻《つじ》が続く路地へと入りこんだ。よくよく見れば、先ほどまでの街並みと明らかに雰囲気が違う。生の気配のない、異様な住宅街だ。異界の入り口かと速人が訊《たず》ねると、彩葉はこくりと頷《うなず》いた。

「彩葉が雪音を助けてくれたのか」

「今回はうつし世に穴開けて近道を造って、速人くんを娘さんとこへぶっ飛ばしたんよ。娘さん、助かって良かった」

速人は深いため息をついて一度車を止め、助手席の方に体を向けた。

「な、何やの？」

「ありがとう」

彩葉に礼を言うと、照れ臭そうに鼻の頭をかいてそっぽを向いた。速人は再びハンドルを握り、アクセルを踏み込む。無限に四つ辻が続く住宅街の中を走り抜け、道は山の中へと入っていく。

「村の人になる気になった？」

「しばらくはそうするしかないんだろうな」

頷きながら、彩葉はいつまでも続く坂道の分岐を右、左と誘導する。

「村のみんなは寂しがりや。村に来る人はいずれは川の向こうに行ってまうか、マヨイダマになって正気を失う」

彩葉に頷きながら、わが身に起きた不思議を思い起こす。自分がどうなっているかはわからないにせよ、入日村に住む者たちは悪い人ではなさそうだ。一人でうろついていては本当に刑務所か病院に入れられかねない。かぐつちの効力も限られているとあれば、家族のところに戻るための道筋は一本しかないように思われた。

「で、俺は何をしたらいいんだい」

「せやなあ……」

彩葉は首を傾げてしばらく考え込み、

「村長が言うてたように、うつし世でタクシーの運転手やってたんやったら、入日でもやったらええがな」

と勧めてきた。

「そう、だな」

そうするしかないだろう、と速人も頷いた。

「なあ、屋号決めよ。昔から商売してる人はみな屋号もっとるで」

考えに沈んでいるうちに、雪音の顔がぱっと脳裏に浮かんだ。

「決めた。黄泉坂タクシーにするよ」

「なんや辛気臭い屋号やな。ま、でもらしいてええんちゃう」

彩葉はそこで初めて、ぱっと輝くような笑顔を速人に見せた。誰かのこういう顔を見るのは久しぶりだな、と彼はどこか懐かしく思った。

第二話　ねこのこ

一

速人がこの奇妙な村に来てから、一週間が経つ。

ふと大相撲の経過が気になって、村に来てからテレビも見ていないことに気付く。毎日親しんでいたテレビや新聞を忘れるほど、ここでの暮らしは不思議で、そしてこの上なく静かであった。

居候している旅館「武蔵」の女将《おかみ》と娘が何やら言い争っているのが聞こえる。言い合いも暢気《のんき》に思える村の風情である。

木々を揺らすひんやりとした風が、車庫の後ろにある木立から吹いてくる。蟬時雨《しぐれ》がわずかに反響する車庫の中には長大なボンネットを誇るクラシックカー、デューセンバーグが速人に磨き上げられて停まっている。車を隅々まで清め、最後にオイルタンクと燃料タンクの中身をチェックした。

この車、生者の世界であるうつし世と死者の世界であるあの世、この二つを結ぶためだけに、ただガソリンを燃やして走っているのではなさそうであった。匂いを嗅《か》いでも油くさくない。給油は村役場の者がしてくれるので、速人はその燃料が何で出来ているのかは知らなかった。

村長の大国は速人にこの車を預け、自分の車のように大切に扱ってやって欲しい、とまず言った。もともと車は好きなのでそれは構わなかったが、もう一つの依頼はどうしてもしっくりこない。

未練を抱えた魂たちを救って欲しい、つまり彼らの成仏を手伝って欲しい、と村長は速人に頼んでいた。

自分が見ているものが幻ではないと信じられるようになるにつれて、速人の頭の中には別の心配が湧きあがっていた。一介のタクシー運転手だった自分に出来るような、いや、第一やっていいことなのか、そんな不安を彩葉にぶつけると、

「普通の人間やったらうちらかてやってるやん」

と軽くかわされた。

車の点検を終えて布を絞っている速人の前を、大きな影が横切っていく。身長百七十センチあまりの速人の倍はありそうな、全身が黒く長い毛に覆われた化け物が街道から現れ、ほたほたと柔らかい音で扉を叩いた。

「だいだらさん、この前お願いした……」

女将のゆかりが玄関から顔を出してその化け物に応対する。

だいだらさん、と呼ばれたそれは人語を理解しているかのように頷くと、女将の声に耳を傾けるように身をかがめた。そしてもぞもぞと身を探ると、長い毛の間から刃渡り六十センチはありそうな大きな鉈《なた》を取り出す。

刃の長さと白さにはっとした速人だったが、だいだらさんはその容貌《ようぼう》に似合わないほどにうやうやしい手つきで、ゆかりに柄の方を差し出した。

「おおきにだいだらさん。いつも助かります」

女将は大きなおにぎりを三方に載せて差し出す。浅漬けにした高菜の葉でおにぎりを包んだめはり、という郷土料理であるらしい。

めはりを二つ受け取って嬉《うれ》しそうに体を揺らし、だいだらさんはまたゆっくりと街道を進んでいった。その様子を眺めている速人に気付くと、ゆかりはちょっとはにかんだように微笑んで近づいてくる。

「ハヤさん、もうあんまり驚きはりませんねえ」

ハヤさん、とは名を盗む妖《あやかし》、ナトリに襲われた速人に、彩葉がつけてくれた呼び名である。

「ええ、いちいち驚いていると間に合わないというか」

速人は苦笑する。

「私らも初めは驚いたもんです。おとぎ話でしか聞いたことのないお化けやら妖怪《ようかい》やらが村を歩いてるんですから」

でもしばらくすると慣れた、とゆかりは言う。

「だって、あちらさんも驚いてはるんですもの」

それまでうつし世の人間からは見えない世界に住んでいた妖と呼ばれる存在が、村が世の狭間《はざま》に落ち込むことによって村人全てに見えるようになった。それは人々だけでなく、妖たちにも大事件であったらしい。

「いたずら好きなんもいてはるけど、みなだいだらさんみたいにええ方なんですよ」

ゆかりは品よく袖《そで》で口を覆った。

三十半ばに見える女将は、いつも落ち着いた色彩の着物を身にまとって宿を切り盛りしている。今日の着物は、薄紫の生地に竜胆《りんどう》が一輪あしらわれていた。

宿と言ってもただの宿ではない。生者の世界であるうつし世と、死者の世界であるあの世を繋《つな》ぐ黄泉坂を越えてきた魂が、休息をとる旅館だ。

「あのだいだらさんは村の鍛冶《かじ》の神さんなんですよ。鉄ものは何でも、あの方にお願いしてるんです。そのお車の部品も、足りない部分はみんなだいだらさんが造ってくれはったの」

確かに、デューセンバーグの部品はみな新調したように輝いている。

「でも、まだ完璧《かんぺき》やないんですって。大きな未練を背負った魂までは運びきれないのが口惜《くや》しいって」

だいだらさんはなかなかの職人気質《かたぎ》であるらしい。

「ほならもうじきお昼ですよってに、居間の方にいらして下さいな」

速人はふと気になって、彩葉はどこかと訊《たず》ねた。しかしゆかりは、口を覆って目を細めると、速人に背を向けた。

「お腹がすいたら帰って来るでしょう」

上品に腰をかがめ、ゆかりは去ろうとする。

「あの」

速人はその背中に声をかけた。

「彩葉の持ってるあのかぐつちっていうのは、村の皆さんも持ってるんですか？」

「いいえ、彩葉だけです」

振り返った女将はつつつと速人に近づき、声をひそめるようにして言った。

「それはまたどういうわけで？」

つられて速人も声をひそめた。

「あの子は玉置さんに気に入られてんの」

速人はゆかりから漂う伽羅《きゃら》の香りに引きこまれそうになり、わずかに身をそらした。

「この村のあるお山の頂上には、玉置神社というそれは古いお社があります。村の皆は親しみを込めて玉置さん、て呼んでます。私の姓も玉置ですが、神職だったご先祖がお社の神さまからいただいて、名乗ったらしいですよ」

女将はすっと袖を上げ、村が貼りついている広大な山肌を指す。

「入日がうつし世とあの世の狭間に落ち込んだ大水の時、あの子は一人山に登って皆を助けてくれるように祈ってくれたんです。玉置の神さんも異常事態に気づいて何とかしようと力を尽くしたんやけど、どうにもでけんかった」

責任を感じた玉置山の主神は姿を現し、その際彩葉にかぐつちを託して村の神から退くことを告げて修行に出たのだという。

「神さまが修行に出たんですか……」

「村を何とか元に戻したい、て彩葉には言い残していたみたいですけど。入日が世の狭間に落ち込んでしばらくして大国さんらがあの世から来てくれはって、混乱してた村人たちも落ち着きを取り戻したんです」

「その神さまは今どこにいるんです？」

「さあ、どこに行きはったんやら……」

肌荒れ一つない指を頰に当て、女将は首を傾げる。

「ともかく、かぐつちを託されたのはええけど、うつし世にまで行かれへん私らではあの子の役には立たなんでね。ハヤさんが来てくれてようやく本来の役割を果たすことが出来るようになるんです。ほんま、ありがたいことです」

丁寧に頭を下げて、ゆかりは武蔵へと帰って行く。速人は車を拭《ふ》いた布をもう一度絞り、車庫の物干し紐《ひも》に引っかけた。

った。

二

速人はこの村の生活になじみつつある一方で、早く元の世界に戻りたくて仕方がなかった。

車の手入れが終わればすることは何もないのだが、それでも速人は車庫にいることが多かった。村での一日はのどかで退屈だとはいえ、部屋に戻って美しい木目が流れる天井を眺めていると、頭の中が妻の美里と娘の雪音のことで一杯になって切なくなる。

「くぉら」

物思いにふける速人の尻《しり》に、何か硬いものが叩《たた》きつけられた。尻を押さえてうずくまる速人を、小麦色の肌をした少女が見下ろしている。その肩には巨大な槌《つち》、かぐつちが担がれていた。

「帰って来たのか」

「当たり前やろ。家に帰らんでどうすんねん」

彩葉の表情と声は明るい。

「あのな、いきなり人を殴っちゃだめってお母さんに教えてもらわなかったか」

「ちゃんと力は抜いてあるで。全力で叩いたら、今頃あんたはまっぷたつや」

「怖いこと言うなよ」

「この村で虚実の揃ってるうちらを叩いたら割れてまうって、先代の玉置さんが言うてた」

「そういう話じゃなくて……」

と怒りかけた速人の額に、今度は尖《とが》ったものが突き立つ。くらくらした速人の目に映ったのは、小さな三本脚の鴉《からす》であった。

「やったん、手加減したって。初仕事の前やで」

少女はくちびるを尖《とが》らせて鴉を咎める。

「彩葉に合わせたんだ」

鴉は少女の肩に止まって赤い口を開け、少年のような高い声でけたたましく笑った。

やったんという名の鴉はデューセンバーグのエンブレムへと姿を変え、さっさと準備しろと促す。

この鴉のやったんもだいだらさんと同じく、玉置のお山に住まう妖怪の類《たぐい》である。かつては山に住む神々の道案内を務め、今はデューセンバーグのナビが仕事だ。

「もう夕方だぞ」

「お腹は空《す》いたけど仕事となれば話は別。辻《つじ》では迷える魂はんが待っとるんやで。さっさと運転席に座らんかい」

少女はかぐつちを振り回す。速人は仕方なくハンドルを握り、エンジンを吹かす。七リッターの排気量を誇るエンジンが上げる音が腹に響いてくる。

「どこに行くんだ？」

「まずは村長とこ。初仕事やねんから、依頼主の話をよう聞いておかんと」

速人の胸からはやはりためらいが消えない。

「なあ、俺には無理なんじゃないか？　どうしても気が乗らないんだ。神さまでも仏さまでもないんだぞ」

彩葉はしばらく顔を逸《そ》らし、役場へと続く九十九折《つづら》りの山道を眺めている。古びた街灯がカーブごとに点《つ》いていた。

「うちらかて神さんでも仏さんでもない。こういう所にはおるけど、元は普通の人間やよ」

速人は胸の内にあるもやもやした何かを表現しようと奮闘し、やがて一つの言葉に行きあたった。

「バチ、当たらない？」

彩葉はきょとんと速人を見上げると、けたけたと笑い出した。

「知らんがな。車に乗って向こうに行けるのはハヤくんだけやねんから、やらなしゃあないやろ」

と、ことさら明るい声を放つと、大丈夫やと拳《こぶし》を振り上げた。

最後に大きく山を回り込むカーブを過ぎると、大きな二階建ての村役場が見えてきた。前回来た時には多くの村人が出入りしていた庁舎の中に入ると、がらんとして寂しい。

カウンターの奥で残業している者もいない。

廊下の一番奥にある分厚い扉を開けると、村長の大国が速人たちを待っていた。速人が村に来る時デューセンバーグに乗っていた吉埜という老人が来客用のソファに座り、二人に向かって気軽に手を挙げる。

（夜に見た時は不気味なおっさんだったけど……）

駄洒落《だじゃれ》を言いながら彩葉に構っている男の横顔は優しく、そして明るかった。

「いよいよ初仕事ですね」

大国村長の顔が、速人にはどことなく緊張しているように見えた。その生真面目そうな顔を見ていると、やりたくないとも言い出しづらい。

「それで、俺はどうすればいいんでしょう」

速人の問いに、村長は小さく何回か頷《うなず》き、苦みを帯びた笑みを浮かべる。

「あなたにお願いし、デューセンバーグまで託していながら肝心なことを忘れていました。私もよほど慌てていたと見えます。あなたに村人の仕事を見ていただくために、吉埜先生にも来ていただきました」

「頭の中をのぞかれるのははなはだ不本意やけどなぁ」

吉埜は村長と彩葉を交互に見て肩をすくめた。大国はすみません、と小さく頭を下げ、彩葉に目くばせする。彩葉がかぐつちを振ると、槌は巨大な元の姿へと変わった。

「前にも述べましたが、村人たちには重い未練を背負った魂がつつがなくあの世に旅立てるよう、手伝いをしてもらっています。吉埜先生はこの村でもっとも優れた導き手であり、多くの魂を遠つ川へと送りだしました」

「だがこの百数十年、特に黄泉坂が延びた最近は失敗も多い。失敗を表に出すのはやめてや。思い出すのは辛《つら》すぎるさかいに」

吉埜は自らそう言い添え、大国は沈痛な表情をわずかに浮かべて頷いた。

「ハヤさん、言葉で説明するよりも見ていただいた方が話が早いと思います。これから彩葉に、吉埜先生の経験を出してもらいますので、ご覧になって下さい」

「経験を、出す？」

速人は首を傾げる。

「ええ。彩葉のかぐつちはあなたたちの虚実を入れ替える力を持ちます。その力は先日、目にされましたね」

「ええ」

確かに彩葉の大金づちで殴られることによって、速人はつかの間うつし世で実体に戻った。

「かぐつちの力は肉体の虚実だけでなく、精神の虚実を変えることも出来ます。普段記憶の中に隠れているものを、目に見えるよう変化させられるのです」

「ただ、思い出は見えへんから狙いをつけるのがちょぃと難しいねん」

彩葉はかぐつちの槌の部分を吉埜の頭に置き、片目をつぶって何かを探すようなしぐさを見せた。

「何か見えるのか？」

彩葉は手を止め、速人にかぐつちを手渡した。同じように槌の部分を先にして、のぞいてみるが何も風景は変わらない。

「何も見えへんやろ。かぐつちは玉置さんと契ったうちにしか懐いてないからな」

と彩葉は得意げだ。

「このかぐつちは人の虚、つまり心の中にあるもんを見ることが出来るんや」

「そりゃ便利だな」

「だがそうそう都合のええもんやない。人の心は混沌《こんとん》の海や。ただのぞくだけでは何も見えん。せやから相手さんにも力を貸してもらわなあかん」

そう言うと、彩葉は速人の手からかぐつちを取り返すと吉埜に声をかけた。

「吉埜のおっちゃん、うまいこと表に出してや」

「焦らしな。一番お気に入りの仕事を一つ思い出してる」

吉埜は目を閉じ、集中する。大国は椅子に座ってじっとその様子を見つめ、速人も彩葉たちのただならぬ様子に息を吞《の》む。

「どうだ、彩葉」

村長が小さな声で訊《たず》ねる。

「見えてきた見えてきた……」

舌なめずりをした彩葉はかぐつちを振り上げると、力一杯吉埜の頭にたたきつけた。透き通った高い音が村長室に響き渡る。振動が空気を震わせ、思わず目を閉じた速人が瞼《まぶた》の隙間から吉埜を見ると、その頭は無事である。

だが周囲の光景が一変していた。

「これは……」

四方を見回した速人は、村長室にいた自分たちがいつの間にか不気味な住宅街の中にいることに気付いた。その辻の一つには、一人の老女が立っている。黒い着物姿の、頭髪が半ばなくなってはいるが、ふっくらとした頬のかわいらしい感じのする人だ。

「うまいことといったわ」

彩葉が額に浮かんだ汗をぬぐい、速人の隣に立った。吉埜はその老女に近づき、何事か話しかけている。

「これまで村の人らがやってたことを、吉埜さんの記憶が再現して見せてくれるで」

彩葉が囁《ささや》くように言う。

老女は吉埜の言葉に頷いたり、何やら言い返したりしていたが、やがて吉埜の先導に従って一軒の家の扉を開けた。彩葉に促されて速人もついて行き、大国も数歩遅れて続く。見慣れているのか、彩葉と村長の表情に驚きはない。

「ハヤくん、吉埜先生らに近づいて見てみ」

彩葉に促されるまま、速人は二人に近づく。吉埜はかがみながら老女の背中に手を回し、優しい口調で何かを語りかけている。その背中越しに、扉の向こうの景色が見えた。マンションの一室なのだろうか、六畳ほどの仏間の壁にこぢんまりとした仏壇がはめ込むように設けてある。活《い》けられた花は瑞々《みずみず》しく、電気灯明にも灯《あか》りがついていた。

「あの写真は……」

老女は呆然《ぼうぜん》として、仏壇に飾られてある自分の写真に見入る。仏壇の前に幼い子供が二人、慌ただしく走って来て、ぱちんと手を合わせてすぐに立ち上がる。

「天国のおばあちゃんに手を合わせた？」

仏間の隣にある居間の向こうの台所から母親の若い声が聞こえた。居間のテレビから流れてくる曲に速人は聞き覚えがあった。数年前のヒット曲である。

子供たちは元気に返事して食卓に座り、父親は仏間に入って仏壇に軽く合掌してからそのまま食卓につき、缶ビールの蓋《ふた》を開けた。

いつもの日常が、何事もなく過ぎている風景だ。

老女は両手を差し伸べ、その風景に触れようとしてもがき、それがかなわないと知るや肩を落とした。

「……ずっとあの子らを見てるわけにはいきませんか。孫の行く末がどうしても気になるんです」

老女は懇願するが、吉埜はゆっくりと首を横に振った。

「死んだもんの魂は、いつまでもここにおるわけにはいかんのや」

「まだあの世には行きたくないんです」

苦しげに老女は呟《つぶや》く。老女の着物から立ち上るように、黒い霧がその全身を覆いつつあった。

「あんたの気持ちはわかる。ようわかるで。でもな、あんたここにおったら化け物になってしまう。マヨイダマっちゅう化け物になって、子供も孫もわからん魂になってしまうんや」

「化け物？」

「そうや」

吉埜が頷くなり家族の情景の上半分が一変し、黄泉坂の光景へと変わる。デューセンバーグで走っている時よりもはっきりと、マヨイダマの様子がわかる。ふわりふわりと漂う雪玉のようなものに、無表情だったり苦悶《くもん》の表情を浮かべた顔が貼りついていた。

速人はごくりと唾《つば》を飲み込む。髪の伸びる古い日本人形のような、薄気味悪いマヨイダマの姿である。

「これがうちらの力やねん」

彩葉は小声で説明する。

「六道辻《つじ》からうつし世を見せ、坂の様子を見せ、その人に死ぬことを受け入れてもらうんや。ただしうちらに出来ることは、見せることだけやった」

見ていられず、坂の風景から速人は目を逸《そ》らした。車窓に流れているのならともかく、じっと見ていると不気味さに吐き気すらしてくる。

「あの霧は？」

「うちらはトラワレって呼んでる。強烈な執着心から湧き出すマヨイダマの素《もと》と言うてもええ。あれに捕まったら終わりや」

吉埜は慌てず、穏やかに語りかけている。

「こんなもんになりたいんか」

という問いに、老女の顔が恐怖に凍りついた。

「ひ、ひとだま……」

「そんなかわいいもんやない。執着と未練に食いつぶされた魂の残骸《ざんがい》や。さ、家族の人らが願ってくれてるように成仏しょ。わしが遠つ川のほとりまで、あんじょう連れて行ってやるさかいに」

かなり長い時間、老女は家族の光景とマヨイダマに満ちた黄泉坂を交互に見つめていた。だが吉埜は急《せ》かさない。彼女の気がすむように、じっと待っている。やがて一度俯《うつむ》いて顔を上げた彼女は、

「あなたは仏さまなんですか？」

と吉埜に訊ねたが、彼ははっきりとは答えず曖昧《あいまい》に笑った。

「どうやろな。でもあんたが導いて欲しいと願ってくれるんやったら、力を尽くさせてもらうで」

「いつか行かなければならない道、なんですね……」

老女の声は震えている。

「そうや。でも寂しいことはない。あんたはよう生きた。川の向こうは苦しみも悲しみもない安楽の世界や。わしが保証する。一緒に行こう」

吉埜の言葉はあくまでも静かで優しかった。彼を見上げた老女が、ゆっくりと手を合わせる。彼女の黒かった着物が輝くような白へと色を変える。吉埜が懐から何やら玉のようなものを取り出すと、それは一枚の写真に姿を変えた。

「あれは？」

速人が訊ねると、

「『引導』や。この方の場合、家族の写真になってる」

と彩葉が答える。引導はあの世への手形みたいなもんやと彩葉は説明した。

「わかりやすう言うと、この人は死を受け入れたという証明なんよ」

「見えないのによくわかるな」

「だってあのおばあちゃん、引導持って川渡ってるの、うちらが送り出したんやもん」

「なるほどね」

吉埜の記憶を再現したものであることを忘れていた。

写真を受け取った老女は満足そうに微笑むと、胸に抱く。吉埜と老女の体が眩《まばゆ》い光に包まれ、光が収まった時には二人の姿は消えていた。と同時に風景も暗転し、もとの村長室へと一同は戻っていた。吉埜は汗をぬぐい、ああしんど、と息をついている。

「どうです？　わかりましたか」

「わかりましたけど、あれなら俺ではなくても……」

「そうです。皆があのように未練を持っていても物わかりのいい魂であれば、我々も苦労しない」

あのように自分が死んだ姿を見せ、マヨイダマになる危険を教えても、納得しない人間が増えているという。

「それに加えて黄泉坂が延びるという異常事態まで起きておりまして、マヨイダマになる魂が続出し、辻まで迎えに行くだけでは不十分になって来たのです。彩葉とハヤさんは村とうつし世を行き来出来る稀有《けう》な存在。どうか辻に立つ未練を背負った魂が旅立てるよう、手伝って下さい。ちょうど一つの魂が辻に立っているとの報が入りました」

どうかお願いします、と村長は深々と頭を下げた。

三

延々とカーブが続く下り坂を左右にハンドルを切りながら、車は山を下り続ける。右側に急な山肌、左手には底の見えない深い谷がある。車の周囲には人の頭ほどもありそうなものから指先ほどのものまで、さまざまな大きさの白くおぼろげな光が浮かび、後方へと流れていく。うつし世から村に延びる急坂、黄泉坂には無数の分岐がある。一度誤った方に入り込んでしまうと永遠に抜け出ることは出来ず、さまよっているうちに魂も正気を失い、マヨイダマとなって漂い続ける破目になる。そう村長に脅かされている速人の運転は真剣そのものだ。

「何だか前に来た時と道が変わっているような気がするんだけど」

速人は首を捻《ひね》る。

彼がこの坂を下るのは、まだ二度目である。一度目はこの村から逃げ出そうとした時で余裕がなかったが、それでも明らかに様子が違っているのがわかった。道幅もカーブのきつさも坂道の斜度も異なっている。

「黄泉坂は生き物みたいなもんや。その時々によって顔を変えよる」

彩葉が面倒臭そうに答えた。

「坂が長くなってるってのは本当なのか」

「大国村長が言うてるんやから、そうなんちゃうの」

先日村長室を訪れた時、大国村長は茶飲み話のついでのように言っていた。

「あの世には魂の往来を取り仕切っている者がいましてね」

閻魔《えんま》さまですか、と速人が訊《き》くと、そんな感じですと頷《うなず》いた。

「私と秘書の小津《おづ》、根津はあの世の門番兼交通整理といったところでしょうか。あの世への入り口に変事があれば、上の者から命じられて復旧にあたるというわけです」

大真面目に村長は説明した。

「会社みたいですね……」

「当たらずとも遠からずですかね。人の生き死にを司《つかさど》る者がいて、私たちは命じられて働いているのです」

それは誰なのか、という問いに大国は答えなかった。

かつてはうつし世とあの世を結ぶ坂の距離は今よりずっと短かった。だから未練を持つ魂でも、そのほとんどが祈りやお払い、そして先ほどの吉埜の説得のような後押しを受けて、安らかにあの世へと旅立つことが出来た、という。

「何やハヤくん、さっきから物思いにふけって。おっさんの物思いは今一つ風情に欠けるで」

「運転中にちょっかいかけると危ないぞ」

速人が指先で彩葉の横腹をつつき返すと、少女はけらけらと笑った。

世界には虚と実がある。そして魂にも虚と実がある。

生の世界から見れば死の世界は虚であり、触れることは出来ない。逆もまたそうなのだという。そして虚の世界にいながら実を保つことが出来た稀有な存在が、彩葉や速人であるらしい。二人の力があれば、迷える魂が坂を登る手助けをする際により深く踏み込んで手を尽くせるはずだ、と大国は速人に告げた。

デューセンバーグは大国と村の鍛冶《かじ》神だいだらが造り上げた、黄泉坂を行き来するに十分な力を持った車だ。だが彩葉は幼すぎて車の運転が出来なかった。そして肉体は虚となっている村人も、生の世界と死の世界を分ける辻の向こうにまでは、運転しては行けないのだ。

「だから俺、なのか……」

うつし世に居場所がない以上、今はこうしているしかない。

速人はため息をついてステアリングを握り直す。

坂は徐々に緩やかになり、道は住宅街の中へと入る。住居表示もなく、道を歩く人の姿もない。十字路が延々と続く街には灯《あか》りの灯《とも》った家々が続いているが、その中から楽しげな笑い声が聞こえることもない。

そここそが迷える魂が入日村からのタクシーを待つ、六道の辻《つじ》である。

「さあて、うちらの初めてのお客さんはどんな人かいな」

彩葉は額に手をかざし、辺りを見回していると、やったんが羽を上げてひと声鳴いた。

四

「うそ……」

彩葉から事情を聞いた女性は、呆然《ぼうぜん》として自分の手のひらを見つめ、小さくそう言った。

「まだ私にはやらなきゃならないことがあるのに……」

「お気の毒やけど、おばちゃんは死んでもうたんよ」

そういった会話の往復が何度かあって、信じられない、と女性はくちびるを噛《か》んで呟《つぶや》いた。証拠を見せたろ、と彩葉は彼女を扉の前に連れて行き、吉埜がやったようにうつし世と黄泉坂の様子を見せてはみるが、女性は頑として納得しなかった。

彼女は紺色のスーツ姿だった。背中までの髪を全てまとめて額を出し、細く描かれた眉《まゆ》と引き締まった薄いくちびるが気の強そうな印象を与える。もともと長身なのにヒールをはいているせいか、百七十センチあまりの速人と視線の高さが変わらない。

やったんが飛んで来て速人の肩に止まる。羽の間から一枚の書き付けを取り出し、速人に手渡す。彼が開くと、かっちりとした楷書《かいしょ》で書かれた一札だった。

「今回のお客さんについてだ。村長から預かってきた。ハヤくんも目を通しておいてくれ」

「何でもわかるのか」

「お役所に届けてあるようなことぐらいはね」

そこには目の前に立つ女性の情報が羅列してあった。

「塚越《つかごし》、和子《かずこ》さんっていうのか。名古屋市守山《もりやま》区在住、享年三十五、くも膜下出血により急逝……」

夫と六歳の娘一人、というところで速人は書状から目を逸《そ》らした。

「若いな」

「人の生き死にに老いも若いもないよ」

つい自分と引き比べてしんみりしてしまう速人に対し、長年死者を見ているせいか鴉《からす》の声に感傷はない。

「あの、あなたたちは誰？」

和子は気を取り直したのか、速人たちを訝《いぶか》しそうに見る。

「おばちゃんを迎えに来てん」

彩葉が答える。

「迎えに来たって……」

「あの世へや。うちらがおばちゃんの前におるっちゅうことは、おばちゃんにごっつい心残りがあるゆうことやねん」

「心残り……」

細い目をさらに細めてしばらく考え込んでいた和子は、不意に速人の胸倉を摑《つか》むように詰め寄り、今日は何日かと訊《たず》ねた。

「うつし世の日付は九月二十五日だ」

やったんが答える。日付を聞いた和子は一度目を見開き、心底ほっとしたように長いため息をつく。

「よかった、間に合った」

「何にです？」

彼女は、娘の受験が明日《あした》に迫っていることを話し出した。速人も美里と娘の教育をどうするかで喧嘩《けんか》になるほど話したことがあるだけに、つい話の続きを促した。

「小学校なの」

なるほどそれは気になるだろう、と速人は納得する。

「大変なんですよね、確か」

「ええ、親子ともども頑張ってきたの。だから、一目会えたら……」

弱々しく答える母に、速人は心から同情した。女性を助手席に招き入れるとハンドルを握り、気合いを入れる。ここから先は自分でないと行けないところだ。

「やったんは道がわかるのか」

「わからん道などないさ」

と鴉の言葉は力強い。

「私をあの世に連れて行くの？」

和子は不安げである。

「あなたは未練を背負ってるし、このまま黄泉坂を登っても車が耐えられない。魂がマヨイダマになる前に、未練を下ろしてもらわなければ」

やったんがマヨイダマの説明をすると、和子は俯《うつむ》き、

「私はそんな物にはならないわ。これからもずっと陽毬《ひまり》を見守っているもの」

そう呟いた。

「どうしてわかる?」

やったんの口調は厳しさを帯びる。

「……そう思うからよ」

呆《あき》れたように鴉はため息をつく。

「死んだ魂があの世に行かなかったら、必ずマヨイダマになって永遠に迷い続けることになるんだ。マヨイダマになる魂は、みんなその時になっても気が付かない。まだいける、正気だ、大丈夫だ、という執着に囚《とら》われているうちに、マヨイダマになってしまう」

実感が持てないのだろう、和子はそっぽを向いて黙りこんだ。

速人はデューセンバーグを操り、辻を抜けた。するとそこは、片側三車線の広い国道だった。交差点には国道十九号の表示がある。愛知と長野を結んでいる国道だ。

やったんは的確にナビをして、デューセンバーグを中央本線の新守山駅付近へと導いた。

「あのでかい煙突は?」

駅の北側に、円筒形をした銀色の建物が群がり集まった巨大な工場が見える。

「ビール工場があるのよ。夫はあそこで働いているの」

だが和子の目は工場の方角とは違う、一棟のマンションに向いていた。外壁はコルク色の煉瓦《れんが》を積み上げた階段状で、周囲の県営住宅と比べても一際瀟洒《しょうしゃ》な印象を与える高層住宅だ。

「あそこに家があるんですか？」

「そう、六〇二号室。３ＬＤＫの家賃十一万円」

「結構安いんですね」

東京の家賃しか知らない速人は感心した。

「名古屋駅からはわりと遠いからね。でも便利なのよ。どこに行くにも電車一本で行けるし。私は気に入ってるわ。夫は春日井《かすがい》の向こうあたりで一戸建てを買いたがっていたけど、あっちまで行っちゃうと塾へ通うにも陽毬が狙ってる私立に通うにも不便だから」

あくまでも娘の受験が生活の基本らしい。

「陽毬に会えるの？」

和子は気が気でない様子だった。

「会えるけど、言葉を交わしたり触れたりは出来へんよ。向こうからもこっちは見えへん」

「親子でも？　ほら、よくあるじゃない。夢枕に立つとか、幽霊が見えるとか。私が成仏してなければチャンスあるんでしょ」

「どんな関係であっても、死んだもんと生きてるもんの間には、越えられへん溝があるで」

何が気に入らないのか、彩葉の口調は硬い。そして声が届かないことを何度も確認していた和子も、落胆した様子であった。

十五階建てのテラスマンションの下に着いたデューセンバーグはふわりと宙を舞い、六〇二号室のベランダに横付けする。

名古屋の九月は残暑が厳しい。空調の室外機が唸《うな》りを上げて回り、窓にはレースのカーテンが引かれている。南向きのベランダには照りつけた太陽の余熱が残っている。カーテンの向こうはリビングらしく、四十インチはありそうなテレビと紺色のソファが置かれていた。

「暑いの？　私全然感じないんだけど」

「あなたはもう肉体がないからですよ」

「そっか。そうだったわね」

寂しげな笑みを和子は浮かべた。そしてためらうようにベランダに近づいた彼女は、何かに気付いてはっとした。

「またあの子、勉強もしないで……」

和子がするりと窓を通り抜け、部屋の奥へと踏み込んで行く。続いて中に入った速人は、そんなことが出来る自分に驚いた。六歳くらいの子が何事か歌いながら、折り紙に何か書いている。書き終わると立ち上がり、父の手をしきりに引っ張っていた。

「こっちでは虚の身やからな。壁抜けも思いのままや。その代わりこちらの姿はあっち人の家に勝手に入っている違和感でむずむずしている速人に、彩葉が説明した。

娘の隣に背中を丸めて座っている男は、速人と同年代に見えた。痩《や》せぎすの父親は疲れた表情で、娘に座るよう諭している。机の上にある折り紙を見てため息をつき、折りたたんでポケットにしまった。

その様子を見ている和子の表情が険しくなる。

「何やってるの。前日なのよ！」

「ちょ、ちょっと和子さん……」

速人は先ほどまでのしおらしい母親が急に怒り出したのを見て驚く。娘を叱り夫をなじるその口調は厳しい。

父は何とか娘を宥《なだ》めて座らせる。

小学校に上がる前だというのに、しっかりした勉強部屋だ。サイズを変えて高校生まで使えるという、フリーレイアウトの学習机には、問題集とノートが広げられている。

前髪を切りそろえた瞳《ひとみ》の大きな少女は、足の届かない椅子に座らされて鉛筆を握ったものの、集中出来ないでいるようだ。

「わったしーは、はいパパ」

手を叩《たた》き、歌おうと父を誘っている。

「陽毬、最後の復習だけやっておこう。これで終わりだから」

「だめ。わったっしーは！　続けるの！」

「ママがお星さまになって陽毬を見てるんだよ。頼むから頑張ってくれ」

「……パパと一緒に遊びたい」

「だから……いや、ともかくママに喜んでもらえるように勉強しよう、な？」

父親は娘の頭をテキストに向かせようとするが、陽毬はぐずぐずして取り掛かろうとしない。和子はベランダに出て来ると、呆れたように腕組みをした。

「あの小学校は気合いの入った子供たちが集まるのに。大体、塾の月謝にいくら使っていると思ってるの。これで受からなかったら終わりだわ」

ぶつぶつと愚痴を言い続ける和子に、速人は苛立《いらだ》ってきた。自分の今の仕事は、未練を背負った彼女を優しく導くことだ。なのに相手を怒らせていいのかというためらいが浮かんだが、どうにも我慢出来ない。

「ちょっといいかな」

愚痴を断ち切るように、速人が口を挟んだ。

「そりゃ子供の受験は気になるだろう。でもさ、母親が死んで間もない六歳の子が勉強する気になんかなるか？」

和子は顔をしかめ、そっぽを向き、

「何にも知らない癖に」

そう吐き捨てた。

滔々《とうとう》とお受験の大変さを語る和子に圧倒されていた速人は、彩葉の表情がみるみる不機嫌になっていくのに気付いた。

「もうね、陽毬のために全てを投げ出して来たの。お金も自分の時間も全部、この受験のために犠牲にして親子で頑張ってきた。その結果を見るまでは死ねないわ」

と鼻息も荒く言う。彩葉は、あほくさ！　と一言吐き捨ててそっぽを向いた。速人も納得がいかず黙り込む。やったんは疲れ果てたように速人を振り向き、

「こういう手合いが増えてるんだ。死ぬということを全然わかってない。マヨイダマも多くなるわけや」

と嘆く。デューセンバーグへ乗り込んで新守山の高架下を潜《くぐ》ると、再び辻《つじ》へと戻っていた。室外機と高架を走る電車の音に慣れた耳が、静けさに驚いている。

辻とうつし世の間に気圧の差のようなものでもあるのか、速人は耳が詰まるのを感じた。一度大きく口を開けるとぽかん、と音がして、耳が通る。

ふと助手席を見ると、和子がこめかみを押さえて俯いていた。バックミラーを見ると、彩葉は我慢出来なかったのかもうおにぎりにかぶりついていた。

「死んでも頭痛ってするのね」

「いや、肉体もないのに痛みはあらへんはずやで。記憶の中に残るほどの痛みがあるんやろ。まあ死んだ魂がうつし世をうろうろしたから疲れとるんやとは思うけど」

彩葉がおにぎりを頬張りながら説明してくれる。そうなんですか、と和子を見ると、

「陽毬を産んでからひどい頭痛持ちになっちゃってね」

と苦笑する。

「私と夫はね、三人は子供を作ろうって話していたの」

しかし陽毬を産んだ和子は、妊娠高血圧症候群にかかってしまい、医師は二人目の子供を産むのは避けた方が良い、と彼女に助言した。二人は落胆したが、それ以来、和子は陽毬のお受験にのめりこむようになったのだ。

「一人でも生きていけるように能力をつけてあげるのが、親の務めでしょ」

「そうかも知れないですけど……」

「あなた、子供いる？」

「娘が一人いますよ。あなたのお子さんとそう歳も変わらない」

そう、と和子はどこか安心したような表情になった。

「ならわかるでしょう？　今のご時世、どのグループに属しているかで人生まで決まってしまうのよ。良い学校に入れば、収入が高く品も良い家庭で育った子供たちが集まってくる。そういう友だちが沢山いれば、女の子一人でもきっと心細い思いはしない。明日《あした》の試験はその第一歩になるの。一歩目でつまずくわけにはいかないのよ」

「そんなものですかね」

速人は己の使命を思い出し、反発したくなるのを抑えつつ運転を続ける。車は辻の中をしばらく走り、やったたんの指示で一軒の家の前に止まった。

「ちょっと休んだ方がいい」

足元がふらつく和子を支えて、速人は玄関を開ける。外から見ると立派な一戸建てだが、中はがらんとして何もない。電化製品や家具はおろか、畳や柱すらなかった。

「はりぼてみたいだな」

「はりぼてやもん。うつし世の人がびっくりせんように、それっぽい雰囲気を出してあるねん。前はほんまに四つ辻しかなかったところに、ここに来る魂がびっくりせえへんよう大国さんが造ったんやて。渾身《こんしん》の作らしいねんけど、なぁんかいまいちやねんな」

彩葉がかぐつちで壁をつつく。あり得ない弾力で、壁がかぐつちを撥《は》ね返した。

速人は、壁にもたれて口元を覆って目をつぶっている和子に背を向け、

「娘さんの受験を見届けたら気がすむんじゃないかな」

と小声で彩葉に訊《き》いてみた。彩葉はどうやろな、と首をひねる。

「気なんてすまないわ。私はずっと陽毬のそばにいるから」

聞こえていたのか、和子が棘《とげ》のある声で断言する。むっと顔をしかめた彩葉も、

「まあそうなるわな。小学校でうまいこといったかて、親なんぞ子供が思い通りにならんかったら死ぬまで満足せえへん。どうせ中学、高校、結婚の先死ぬまで気になるねん。勝手なもんや。どこか節目見せたら成仏するようなら、はなっから成仏してるで」

と言い返した。

「そこまで言わなくても……」

速人は彩葉の口調に、少々慌てた。和子は彩葉の言葉を聞いても強気な横顔を見せたまま、じっと黙っていた。

五

娘が手遊び歌を歌っている。そのリズムをかき乱すように、高架を走る列車の音が微《かす》かに聞こえて来た。圭一《けいいち》はあくびをこらえて電磁調理器の温度を調節しながら、目玉焼きを作っていると、同じく調理器にかけていた味噌汁《みそしる》が沸騰し、ふたと鍋《なべ》の間からわずかにこぼれた。

目覚まし時計形のマスコットがテレビの中で七時を告げる。

陽毬の入学試験を前に、彼はあまり眠ることが出来なかった。頭の芯《しん》が重く、朝食を作る手つきもいつも以上に狂う。

妻の和子が死んでから、数日は母が来て家事をしてくれていた。だが父も介護が要るほどに具合が悪い。いつまでも頼るわけにはいかなかった。

「ねえ、パパ。わったっしーは！　ね、パパ続けて？」

「また、ねこのこ？　テストが終わったらいくらでも遊んであげるから。さあ座って」

トーストに目玉焼き、レタスをちぎっただけのサラダ、そしてふきこぼれたワカメの味噌汁だ。

「パパの作るご飯、美味《おい》しくない。いつも一緒……」

と陽毬は容赦がない。圭一は結婚するまで実家で暮らしていたため、家事が苦手だ。和子はよく出来た妻であり、母だった。亡くして改めて実感していた。向こう気の強い所があったし、とびきりの美人というわけではなかったが、安心して家のことを任せることが出来た。

家事というものが思った以上に時間と体力を消耗させるものであることを、妻を失って初めて知った。どれだけ頑張っても、飯はまずく部屋は汚く、ワイシャツの襟は皺《しわ》だらけである。

和子の生前、妻の体を思って彼は子供をあきらめた。だが最後まで和子は、二人目にこだわった。

「圭くん。私、産みたい」

恋人同士の頃の呼び名を思わず出すほど、和子の声は切羽詰まっていた。圭一もその必死な表情に思わず我を失い、わこ、と昔の呼び名で応《こた》えてしまっていた。和子だからわこ。人前では決して出せない気恥ずかしい呼び名だ。

「万が一のことがあったら陽毬が悲しむだろう？」

と説得してあきらめさせたのだ。

（どの道こんなことになるのなら、二人目に挑戦させてやっても……）

ふとそんなことを考えて頭を振る。

子供をあきらめた和子は、陽毬の教育にのめり込んだ。読んでやる本は絵本から問題集に変わり、かける言葉は歌声から叱責《しっせき》に変わった。

受験情報を調べるために夜遅くまでネットを見たり、陽毬の塾の送り迎えをしたり、つきっきりで勉強を教えたりしていた。それでいて家事の手は抜かなかったのだから、無理をしてはならない体に疲労もたまっていたのだろう。

「ごちそうさま」

まずいと言いながら、陽毬は全部食べた。

「どういたしまして。さあ、歯を磨いて顔を洗おうな」

そう言って洗面台に椅子を置き、その上に立たせてやる。

(まだ陽毬が小さくて良かった)

何とかそう思い込もうとする。

葬儀の場で、娘はただぼんやりとしていた。死というものが理解出来なくて当然の歳だ。そんな娘の姿を見て、圭一も辛うじて崩れずにすんでいる。

せめて和子が娘に託していたことをやり遂げよう、それだけが心の支えだった。

歯磨きの手伝いをしてやりながら、髪の毛を整えてやる。さらさらの猫っ毛は、和子譲りだ。艶《つや》のある黒い髪は和子の自慢だったが、よく考えれば体調を崩す兆しだったのか、亡くなる三ヵ月程前から徐々にその艶が失われていったようにも思える。

(そこで気付いてやっていれば……)

後悔が胸を満たして、視界が曇りそうになる。だめだだめだ。娘が鏡越しに見ている。口をすすぎ終わり、洗った後の顔は濡《ぬ》れている。圭一は洗面台の横の棚から新しいタオルを取り出し、顔を拭《ふ》いてやる。もう陽毬一人でも出来ることだが、今日は特別だ。

「パパ、お願いがあるの」

「何だい？」

「今日のおじゅけん、行きたくない。休んでいい？」

圭一は娘を抱き上げると、あやすように揺らした。そのまま居間に置いてある小さな仏壇の前に座らせる。そこには笑顔の妻の写真が飾ってある。

「ほら、ママに行ってきます、しよ？　今日で終わりなんだよ。ママが一緒に頑張ろうね、って言ってる」

「言ってないよ。ママ、おじゅけんなんてしたくないんだもの」

「そりゃママはしたくないだろうさ。でも陽毬にはして欲しいんだ」

「違う！」

父娘《おやこ》の会話は噛《か》み合わない。

陽毬は親のひいき目を割り引いても、頭のよい子供だ。圭一は成績優秀ではなかったし勉強は嫌いだったから、娘にだけ求めるのは酷だとは思いながらも、

「素質もあるし、後の苦労を今のうちにさせておけばきっと大きく伸びるわ」

という妻の言葉には逆らえなかった。

試験の受付は九時からだが、早めに私立桜陽《おうよう》小学校に向かうつもりだった。陽毬が受験する私立小学校は新守山から中央本線で千種《ちくさ》まで出て、地下鉄に乗り継ぎ二十分もあれば着く。今から出れば、余裕で間に合う。なのにその余裕を食いつぶすように、陽毬はぐずり続けた。

「着替えないと遅れるぞ」

「やだ!」

「いい加減にしなさい!」

陽毬は圭一の足に縋《すが》るようにして拒む。苛立《いらだ》った彼は思わず声を荒らげていた。陽毬は首を縮め、肩に首をうずめるようにしてますますきつく足にしがみつく。娘には怒鳴っても無駄だった。

亀のように縮こまり、何も言わなくなるのだ。普段はわりと強気で明るい癖に、強い圧力を感じると殻に閉じこもってしまう。

(こんな時に……)

自分を殴りつけたくなる。一度こうなると、陽毬はなかなか殻から出て来ない。時計を見るともう八時を回ろうとしていた。

「陽毬……」

声をかけても陽毬は顔を上げない。このまま無理に立たせようとしても、どうにもならない。何とか殻から引っ張り出さなければならなかった。

　陽毬は不意に、肩の間にうずめた顔をぴょんと出す。今回は幸いなことに亀タイムが短かった、と圭一は胸を撫《な》で下ろした。

「パパ、ねこのこ！」

「だから……」

　後にしなさい、と言いかけて考えを変える。ここで一度手遊びに付き合ってテンションを上げた方がいい。陽毬は圭一が頷《うなず》くのを見て、跳ねまわって喜んだ。

「よし、一度だけだぞ！　わったっしーは」

「ねっこのっこ、ねっこのっこ！」

　陽毬は大はしゃぎである。ねこのこは、なんてことはない手遊び歌である。子猫の愛らしい様子を、手の動きだけで表す、妻と娘が大好きだった手遊びだ。和子が受験にのめりこんで教育ママに変貌《へんぼう》する前は、よく二人で遊んでいた。

「……おひげが　おひげが　しょぼん　しょぼん　しょぼん」

　最後まで歌い終わり、陽毬がご機嫌になると思っていた圭一は慌てた。

「違う！」

　と怒り出したからである。圭一も和子に教わって、何度か陽毬としたことがある。その時と寸分違《たが》わぬよう歌ったし、振りつけも間違っていないはずなのに、娘は違うと言い張るのだ。

「わかった。パパはきっと間違ってるんだ。でもね、もう行かないと。ママのために行こう。な?」

しばらく押し黙った後、ようやく陽毬は頷いた。

六

速人たちも長い一夜を過ごしていた。

「どうして私は眠くならないの。あなたたちはぐっすり寝てるのに不公平よ」

和子は目を覚ました速人と彩葉を前に不機嫌な顔を向ける。

「だって俺たちは……」

「半分生きてるからなんでしょ。なんかあなたたちの寝顔を見ていたら、本当に死んじゃったんだわって実感出来た」

速人たちはそんな不平を聞き流しながら顔を洗い、ゆかりが持たせてくれたおにぎりと漬け物と、ポットに詰めた熱いほうじ茶で簡単な朝食を済ます。

「死んじゃうとお腹も空《す》かないのね。眠くもならず食欲もないのに、娘の試験結果は気になるなんてね」

と言いつつもその執着から離れる様子のない和子である。

「陽毬はきちんと朝ごはんを食べたかな。落ち着いているかしら。そうだ、私のスーツおかしくない？」

と、どこまでも受験が気になる様子だ。

「和子さんが服装を気にしても試験官には見えへんで」

彩葉の言葉に彼女は口元を歪《ゆが》めたが、それでも気丈に、

「気合いの問題よ。気合い！」

と自らに活を入れて見せた。

ともかく試験会場へ行こう、ということで彩葉と速人は一致している。三人を乗せたデューセンバーグは辻《つじ》を抜ける。するとそこは地下鉄東山線覚王山《かくおうざん》駅近くの交差点であった。

台地の上を削って建てられた桜陽小学校には、煉瓦《れんが》色に塗られた三階建ての本館と二階建ての別館、体育館、そして高いボール避《よ》けのネットに囲まれたグラウンドがある。

筆記試験は本館の一年生の教室、面接は別館のカウンセリングルームで行われるという。

高台にある校舎へ向かう人の列は、どれも決まったように大人一人と小さな子供である。大人は一様に緊張した面持ちで、子供たちは親と同じように硬い表情か、何もわかっていないかのようにはしゃいでいる。

「ああいうお気楽な子が受かったりするのよね。中学以上の受験とは違って、子供のやる気を維持するのが本当に難しいのよ」

緊張のせいか、和子の目は吊《つ》り上がっているように見えた。

「どうやって陽毬ちゃんのやる気を上げてたんです？」

「あの子の好きなことを我慢させる。要はにんじん作戦ね。ここまで頑張れば、こういう結果を出せば、あなたの望みがかなうって条件付けるの。我慢が大きいほど喜びも大きいからね」

「和子さん、あなたね……」

速人は再び我慢出来なくなった。昨夜反省したというのに、また文句を言ってしまいそうになる。だが彼の背中を彩葉がつついた。

「ひとさまの教育方針に色々言うのがうちらの仕事やないで」

と今朝は冷静である。

「そ、そうだった」

帽子を被《かぶ》り直し、一つ息をついて車を校門の前に横付けする。何十組という親子が門内に吸い込まれ、やがて圭一と陽毬の父娘も門をくぐっていった。圭一の顔は緊張に強《こわ》張《ば》り、陽毬は俯《うつむ》き気味で元気がない。

「ああ、もう……」

和子はダッシュボードに爪を立てて気が気ではない様子だ。

「筆記では合格出来るだけの力はつけたつもりだけど。とにかく今日のために、色んなことを我慢させてきたもの。今日さえ終われば私は……」

と何かを言いかけて和子は口をつぐんだ。

何十という親子連れが吸い込まれて行った門にもたれて、和子はたたずんでいる。これから二十分ほど後に試験の説明があり、筆記試験が始まる。誰よりも緊張した様子の和子は校舎の中に入ることが出来ないでいた。

彩葉は何度かためらった末、その前に立った。

「なあなあ和子おばちゃん、陽毬ちゃんがやりたがってる〝ねこのこ〟ってどんなんなん？」

と訊《たず》ねる。今そんな気分じゃないの、と和子は一度は断ったが、思い直したように、

「簡単な手遊びよ。あなたくらい大きくなった女の子にはつまらないかも」

と言い添えた。

「かまへん。お母はんはそういうのやってくれへんかったから、教えて欲しい。それに陽毬ちゃんがあんなにやりたがってるの見て、やってみたなってん」

そうなんだ、と和子は表情を和らげる。小さな声で歌いながら、和子はねこのこを彩葉に教える。最初はただたどしい様子で、でも次第に楽しそうに彩葉は和子の動きを真似ていく。

初めはぎくしゃくしていた二人が手遊びしているのを見て、速人は自分の表情も和らいでいくのを感じていた。

七

付き添いの親たちは、試験会場とは別の教室に設けられた待合室で所在なげに座っている。その様子を横目に見ながら陽毬たちのいる教室に入った速人たちは、陽毬の机を囲み、問題に取り組む様子を見ていた。

彩葉と手遊びをしていくうちにリラックスしたのか和子も気を取り直し、娘の試験を見守ると、鼻息荒く校舎へと足を踏み入れたのである。

筆記試験は三十分ほどであっけなく終わり、次は面接である。

桜陽は小学校にしては珍しく、志望理由を言わせる。親にではなく、まだ子供の本人に言わせるのであるが、その文言が変に大人びていると大抵は突っ込まれて子供は自爆してしまう。筆記と面接の配点は非公開だが、筆記で満点近く取っていても不合格になる子もいることから、面接の比重は相当大きいと考えられていた。

「五、六歳の子にそんなこと訊《き》くの？　意味あるのかな」

速人には疑問である。

「自分の考えをどれだけ表現出来るのか、って意味で訊いているみたい。だから親に憶《おぼ》えこまされたような言葉は駄目なんだけど、結構みんな台本書いて憶えさせちゃうみたいね。だって何を言い出すか不安だもの」

「和子さんも？」

「方針だけ教えたわ。うちの子はそれでわかるから」

と自信満々である。

「内容と言葉のバランスが悪いから突っ込まれるのよ。勉強が好きであること、両親が好きであること、その二つが自然に言えれば問題ないわ。子供らしい言葉だからこそ、試験官に響くのよ」

「本当なんですか」

「私の結論だけど、合格した人に話を聞くとそんな感じみたい」

ただねえ、と和子は心配げに眉《まゆ》をひそめた。

「圭一さんと陽毬の息が合えばいいけど、それだけが心配。私が倒れてから、二人が面接の練習をきちんとしてくれていたかしら」

「和子さんの看病やお葬式のことで大変だったんじゃないですか」

「そう、よね」

和子の表情は心配そうに曇った。

面接試験は昼食を挟まず、十一時から順次始まる。この学校の売りの一つである、十数室あるカウンセリングルームで分散して行われるので、順番が回ってくるのは速い。

「俺が小学生の時にはこんなのなかったな。相談室すらなかったぞ」

子供たちが話しやすいよう、柔らかな色合いに包まれた小部屋を覗《のぞ》きながら速人は感心する。

「悩み多き時代やねん」

「陽毬は五番目ね」

娘の順番を確認してきた和子の表情が緊張に強張り始める。

「大丈夫、きっと大丈夫」

着ているスーツの胸元を摑《つか》んで、自分を落ち着かせようと懸命だ。速人も、雪音の入試ともなればこうなるのかなと考えているうちに緊張がうつってきた。胸のあたりがそわそわして、息苦しくなる。

一番目の親子も二番目の親子も無難に面接をこなしていった。特にわざとらしい部分もなく、親子ともども落ち着いている。

「相当研究して来てるわね。でも負けないわよ」

そう言いながら和子は落ち着きなく面接室の中を行ったり来たりする。

「おばちゃん、何やねんな、青白うなって。あんたが気をもんだかてしゃあないやろ」

彩葉は呆《あき》れ顔である。

「子供が出来たらわかるよ」

「子供の気持ちなんかわからへんくせに」

彩葉に嚙《か》みつかれて速人は鼻白む。もう面接は三番目まで進んでいる。慌てて面接室を飛び出した和子は娘に向かって声援とアドバイスを送る。

「聞こえへんて」

「わからないでしょ。気持ちは通じるのよ」

「通じへんのが生き死にの境なんやで」

黙ってて、と彩葉の方を振り向きもせず、和子は続ける。きっと何十回となく、母娘で練習してきたのであろう手順を、自分の声が聞こえないはずの娘に向かって繰り返した。やがて四番目の親子が面接室から出て来た。

男の子はしゃくり上げ、顔も真っ赤だ。付き添いの母親も面接がうまくいかなかったショックなのだろうか、強張った表情である。それを見た圭一の顔色が変わった。そこへ、

「塚越さん、どうぞ」

面接室から声がかかる。ぎくしゃくと長椅子から立ち上がった圭一は娘の背中を押し、扉の前で大きく肩を上下させた。扉を開け、失礼しますと頭を下げて椅子の前に立つ。

「お座り下さい」

と促されて圭一と陽毬は腰を下ろした。

「圭一さん硬すぎよ。陽毬は……落ち着いているわね」

どの親子も総じて親の方が硬い。陽毬も足をぶらぶらさせることもせず、膝《ひざ》に手をおいてきちんと面接官を見ている。

「よしよし、姿勢はいいわよ」

和子は合格点を出す。面接官は主に陽毬に住んでいる所や好きな本などを訊き、陽毬

はそれにも順調に答えていく。和子は安心して表情をやや緩め、出来の良い娘を愛《いと》おしそうに見つめていた。

「では最後に二つの質問をします。陽毬さんは、なぜ勉強していますか？　桜陽小学校に来てどんなことをしたいですか？」

陽毬はそこで不意に俯《うつむ》いた。圭一は焦り、どうした、と耳元で囁《ささや》く。しかし陽毬はじっと下を向いたまま口を開かない。

「どうしたのかな？」

面接官たちはちょっと顔を見合わせ、一人が同じ質問を繰り返した。そして、

「わからなければわからない、でいいんですよ」

と声をかける。陽毬はそれでも答えない。和子は瞬《まばた》きも忘れて娘の口元を見ている。

「陽毬……」

圭一はおろおろと椅子から腰を浮かしかける。

「大丈夫ですよ、お父さん」

こういうことはままあるのか、面接官は穏やかに父親を落ち着かせた。

「じゃあこの質問は止めにしておこうね。これで面接は終わります……」

「あの」

そこで不意に陽毬が口を開いた。帰るように二人を促しかけた面接官が口をつぐみ、その言葉を待つ。

「これまでお母さんが喜ぶから、勉強してきました」

はっきりと、陽毬は答えた。面接官は書類に目を落とし、表情をわずかに曇らせた。母がいないことは記されているはずだった。

「お母さんがいなくても、何かを学ぶことは大切だよ？　うちで勉強するとなれば、きっとお母さんも喜んで下さる」

それでも陽毬は頑《かたく》なに、

「お母さんがいないのなら、お母さんのために勉強したくない」

と声を張る。

「陽毬さんは本当は、桜陽小学校に入りたくないのかな」

「はい」

「そうですか、残念だね」

最後まで優しい声のまま、面接官は陽毬に対していた。面接は、今度こそ終わりとなる。圭一は呆然《ぼうぜん》とした表情でしばらく立ち上がれず、和子は手で顔を覆ったまま動けなかった。

「次の人がいらっしゃるので」

促されて部屋を出た圭一は娘の手を引き、とぼとぼと校門への道をたどった。

八

父と娘は一言も言葉を交わさないまま、元来た道をたどって新守山へと帰りついていた。ビール工場の巨大なタンクが見上げられる公園のベンチで、圭一は抜け殻のようになって腰を下ろす。陽毬は足をぶらぶらさせて、黙って父の隣に座った。

二人のそんな様を、和子は険しい顔で見つめている。

「どうして？」

彼女の顔は疑問と怒りでどす黒くなっているように、速人には見えた。

「あの子ならやってくれると信じていたのに……」

「陽毬ちゃんはようやった。これ以上を望んだらあんたは執着に囚《とら》われてマヨイダマへ近づくだけやよ。陽毬ちゃんは自分の意志で、あの学校へ行かへんと宣言したんや。それが模範解答を言うよりすごいことなんやって、どうしてわかってやらへんの」

彩葉は表情を静め、穏やかな口調で和子を諭す。少女に見えても、百数十年を生と死の狭間《はざま》で過ごしたのだ。その言葉はずっしりと速人の胸にも響いた。

「マヨイダマとかいうものになっても良いわ。私がついててあげなくちゃ駄目なのよ」

「おばちゃん、ほんまにそう思ってるの？」

「思ってるわよ」

彼女は傲然《ごうぜん》と顎《あご》を上げると、夫と娘の背後に立った。和子の横顔は気のせいではなく、本当に黒みを増している。

「トラワレがあの人を捕まえようとしとる」

彩葉は呻《うめ》くように呟《つぶや》いた。

「捕まるとどうなるんだ。マヨイダマになってしまうのか」

「そうや。執着は別に化け物でも何でもない。人の心には必ずある。生きてる人間には活力のもとになることもあるけど、死んだ魂には癌みたいなもんや。魂の他の部分を全部食い尽くして、死なへんはずの魂を殺してしまう」

「そのかぐつちでどうにか出来ないのか？　俺たちが実体化してあの親子に和子さんを説得してもらうとか」

虚と実を入れ替える神具は彼らの切り札だ。速人は影のように黒くなり始めた和子の姿を見て焦りを覚えた。和子は二人の後ろに立って、何やら懸命に声をかけ続けている。

彼女の声は届くことはない。

陽毬はつと立ち上がって、遊具の影を踏んで遊び始めた。

「だからね、私は陽毬の教育方針について思うのよ。あの子はきっと理数系に強いでしょうから……」

答えることがないとわかっているはずの相手と会話する和子の姿には、執着というより狂気が宿り始めていた。ベンチに座った圭一は両手で頭を抱え、陽毬は父の苦悩などよそに、公園の中でぴょんぴょんと影踏みをして遊んでいる。

やがて一人遊びにも飽きたのか、陽毬は父の前に立った。

「パパ、ねこのこしよ？」

「……あっちに行ってなさい」

「ねこのこしたい！」

「うるさい！」

圭一は思わず怒鳴ってしまっていた。

「ママは陽毬のことだけを考えて、いっしょうけんめい考えて、あの学校に入れてあげようとしていたんだぞ。どうして行きたくないなんて言ったんだよ！」

自分の語気の強さに彼は驚き、娘から視線を逸《そ》らして口をつぐんだ。陽毬は大きな目をますます大きく開き、ぶつけられる父の言葉を黙って聞いていた。

「す、すまん」

また殻に閉じこもってしまうであろう娘の肩に手を置き、謝ろうとした。

「だってママ、約束したんだもん。試験終わったらねこのこしようねって」

圭一は辛《つら》そうに天を仰ぎ、娘の肩を摑《つか》む手を離した。

「でもママ、もういないんだもん。ママともう一回遊びたい。またねこのこしたいんだもん！」

「だってパパがやっても、陽毬は違うって言うじゃないか……」

圭一が困り果てていると、母が死んでから一度も泣かなかった陽毬の目に、初めて涙が溢《あふ》れた。

「ママ、もう一度遊びたいよ」

と泣く娘を前に、和子の一人語りがいつしか止んでいた。

「陽毬……」

彼女は泣く娘に近づいて抱きしめようとするものの、その腕は娘を空しくすり抜ける。険しい表情が悲しげなものへと変わり、和子の体にまとわりついていた黒い霧が、濃さを増していく。

「どこに行っちゃったの。約束でしょ？　ねこのこしようよ。ママのねこのこ、大好きなのに……」

陽毬はふらふらと公園の中をさまよう。

「和子さん」

速人が、この親子を見続けているうちに、心の中に浮かんできた疑問を和子に投げかける。

「どうして陽毬ちゃんは、和子さんのねこのこじゃないとだめなんですか？　ご主人もご存じのはずでしょう？」

「ええ、もちろん」

なあおばちゃん、と彩葉が和子の前に立った。

「うちと手遊びをしてくれている時、おばちゃんの顔はとても穏やかやった。おばちゃんはもう死んでしまったけど、うちらがおる。心の中にあるほんまの想いを、うちらに教えて欲しいねん。力になるために、うちらがここにおるんよ」

彩葉の言葉を聞きながら、和子は泣きじゃくっている娘をしばし見つめ、そして速人たちを振り返った。

「……もう一度、陽毬と手遊びしてあげたい」

と言った。

「私も、陽毬と遊んであげたかった。あの子の大好きな手遊びを、ずうっとずうっとしてあげたかった」

和子は言う。降圧剤を服用しても下がらず、危険なほどに上がり続ける血圧に、和子はある覚悟を決めていた。爆弾を抱えた自分の命が娘に遺《のこ》せるもの、先の人生に資するもの、それが学歴ではないかと考えたのだ。

「陽毬には一杯我慢させてしまった。でもそれは私も同じ。陽毬とどれだけ一緒に遊んでいたかったか」

和子の頬を涙が伝った。

「でも私は陽毬の力になれないまま死んでしまうのが怖かった。頑張っていた陽毬に何のご褒美も上げられないままの私が出来ることは、幽霊になってもあの子を守ってあげることだけ」

「でもそんなこと、陽毬ちゃんは望んでない。あの子が望んでいるのは、大好きなお母さんの本当の気持ちじゃないでしょうか。そして気持ちを伝えたいのは、あなたも一緒のはず」

速人の言葉に和子はこくりと頷《うなず》いた。そして、

「圭一さんのねこのこじゃ、陽毬は満足しない」

と告げた。

「どういうことです？」

「私と陽毬の間だけの、秘密のねこのこがあったの」

二人を招き寄せて微笑んだ和子は、何度か繰り返してねこのこを教えた。それは先ほど彩葉としていたものとは、少しだけ違っている。ごく簡単な歌詞と振りを二人に憶《おぼ》えさせる。速人が彩葉に向かって頷くと、彼女はかぐつちを大きく振り上げた。

九

ベンチにぼんやりと座っている圭一は、自分への苛立《いらだ》ちで爆発しそうだった。

妻が夢に見ていた陽毬の受験は大失敗に終わり、母と遊びたいという娘を怒鳴りつけることまでしてしまった。

俺は何という小さい男なのだろう。

どうして自分ではなく、和子が先に逝ってしまったのだろう。

「わこ……」

妻に先立たれた時、圭一は泣けなかった。がらんと何も考えられなくなった頭の片隅で、和子の代わりをしなきゃ、とただ思っていた。

陽毬に手遊びをせがまれる度に、そして違うと言われる度に、圭一の心には棘《とげ》が刺さった。お前は和子の代わりにはなれない、そう娘に罵《ののし》られているような気がした。

「わったっしーは……」

公園の向こう側から、陽毬ではない少女と男の歌声が聞こえた。彼が顔を上げると、砂場の向こう側でひと組の親子が、手遊びをして遊んでいる。その歌詞は、圭一もよく知っているねこのこだった。

「おめーは、くりっくりっく　くりっくりっく……」

父と娘らしい二つの影は、実に楽しそうに手遊びをしている。

一番のねこのこは元気に、二番のねこのこは眠たそうに遊ぶ。陽毬はその落差を大いに気に入って、飽きもせず繰り返して遊んでいたものだ。

「陽毬……」

その父娘《おやこ》の傍で、泣きやんだ陽毬がその様子をじっと見つめていた。羨《うらや》ましそうに、そして我慢出来ずに体でリズムを取っている。

「一緒にやる？」

大人の方が、陽毬に声をかけた。喜んで頷いた陽毬は彼と交代し、よく日に焼けた少女とねこのこを始める。ねこのこの歌は二番目まである。

「うちな、特別な歌を知ってるねん。教えて欲しい？　あんた、陽毬ちゃんいうんやてな。陽毬ちゃんとだけ遊んでええ歌やねん」

少女は陽毬に、そんなことを言った。

「どんなの？」

「陽毬ちゃんとお母さんだけが知ってる歌、うちは知ってる。うちは陽毬ちゃんのお母さんに、一緒に遊んで来てって頼まれてん」

「うそだ。ママ、誰にも教えないって言ってたもん」

「でも陽毬ちゃんのママ、もう遠くへ行ってしまうからうちらに頼んだんよ。陽毬ちゃんはママと遊びたい？」

「うん。ママと約束したよ。でも知ってる。ママ、もういない」

瞳《ひとみ》に一杯の涙を浮かべて、しかし泣かずに陽毬は言った。

「陽毬ちゃんは偉いな」

少女はぐっと陽毬を抱きしめ、そして、

「でも、お姉ちゃんの言うことが本当に本当だったら遊んでくれる？」

と訊《たず》ねると、陽毬は小さく頷いた。

「ほならハヤくん、やろか」

少女は速人の方に体を向ける。

「ひっまりーは　わこのこ　わこのこ　お耳は……」

その歌詞に、陽毬は呼吸を忘れたように立ち尽くした。

「わこのこだ……ママが教えてくれた」

「一緒にやろ！」

少女は一番を歌い終わると、陽毬を正面に立たせた。

「おみっみーは　くにっくにっくにっくにっく……」

和子のねこのこは、相手に優しく触れるフレーズが入っていた。陽毬に触れるのが好きだった和子と、和子に触れるのが好きだった陽毬が、一緒に考え出したものだ。

そして母娘《おやこ》がかつてそうしていたように、二人の少女は互いに触れ合い、笑顔で一緒に歌った。

「陽毬ちゃん」

男が横から声をかける。

「お母さんはいつも、陽毬ちゃんと遊びたいと願っていたよ」

「知ってるよ！」

陽毬が明るい声で答えると男の頬には涙が光った。圭一は見覚えのない父と娘が、陽毬しか知らないはずの手遊びをし、涙を流しているのを驚きをもって見つめていた。

そして〝わこのこ〟は終わる。陽毬は二人を見てにこりと笑うと圭一のもとへと走り、腰のあたりにしっかりと抱きつく。

「パパ、私とママのねこのこ、教えてあげる」

「ああ、教えてくれ」

陽毬は歌う。

「ひっまっりーは　わこのこ　けいのこ……」

二回目からは圭一も和して歌う。楽しそうに手を繋《つな》いだ父と娘は、すっかり長くなった影を引きながら、マンションのエントランスへと姿を消した。

十

「最後の歌詞、聞いた？」

和子は二人の後ろ姿に優しい視線を送りながら、胸に手を当てる。

「わこのこ、けいのこだって」

「あれも和子さんが教えていたんですか？」

「圭一さんの名前が入っているのは陽毬のオリジナルよ」

彩葉は懐から小さな玉を取り出した。それは形を変え、一枚の折り紙に変わった。陽毬が試験の前日書いていたものだ。多少いびつな三角形に折られた紙を開いて、和子は微笑む。

速人に答える代わりに、和子はその紙を彼に見せた。またママとねこのこする、と一言だけ書かれてあった。

「あの子がくれた手紙だったのね」

娘を抱くように、その折り紙を抱きしめる。

「これからはずっと、圭一さんが陽毬と手遊びをしてくれる。秘密のねこのこも身につけただろうし」

「受験はもういいんですか？」

「中学受験できっと仇《かたき》を取ってくれるわ……と言いたいところだけど」

一度言葉を切って、若々しいしぐさで目じりをぬぐった。

「もう合格を上げる」

和子の声には力強さが戻っていた。黒い気配は全て消え去り、透き通るような笑顔を浮かべる母親の姿を、速人は美しいと思った。いつまでもマンションの方を見ている和子を促すと、頷いて助手席へと身を移す。彩葉が後部座席に飛び乗り、速人はデューセンバーグのエンジンをかけた。

車が辻《つじ》を抜けて坂道に入るまで、三人はねこのこを歌っていた。ふと彩葉は何かを思い出して歌を止める。

「大人のエゴっちゅうやつはかなわんで」

「何と？」

彩葉は眉《まゆ》をひそめ、後部座席から顔を突き出す。

「うちは卵焼きが好きやのに、お母はんは朝いっつも目玉焼きにしよんねん」

何だそれ！　と速人は思わず運転席でのけぞる。

「そんなばかばかしいことでゆかりさんと喧嘩《けんか》してたのか」

「ばかばかしいことあるかいな！　ほんま、子の心親知らずやで」

彩葉は目を剝《む》き、大まじめに言った。和子は口を押さえて笑っている。

デューセンバーグは娘への想いを抱いた母の魂を乗せ、軽やかに黄泉坂を駆け上がった。

第三話　銀河に乗って

一

下から見上げると緑色をした一枚の巨大な板に見える山肌は、実際に歩いてみると凹凸に満ちていた。あたり一面が濃厚な山の香りに包まれ、息を吸う度に渇いた喉《のど》に貼りつく。

少しくらいの緑の匂いなら爽《さわ》やかで済むが、ここまで濃いとかえって息苦しいほどだ。

磐田速人は旅館「武蔵」で借りた古めかしい山装束に身を包み、急峻《きゆうしゆん》な山道をあえぎつつ登っている。足元は草鞋《わらじ》に脚絆《きやはん》、狩人袴《かりゆうどばかま》で固め、上半身は木綿の下着に皮衣という格好である。

これがたまらなく暑い。

汗をぬぐって木立の間から見える入日村を見下ろせば、山肌を蛇行して下る白い道に沿って山里が切り開かれている。村の最上部にある大鳥居を二つの人影がゆっくりとくぐって行くのが見えた。

また一つ、坂を登りきった魂が村にたどり着けたのだろう。速人は自分が関わらなかった人のことながら、どこか安堵《あんど》感を覚えていた。

そこに、

「ハヤくん、もう休憩ええか」

と苛立《いらだ》ったような少女の声が頭の上から降ってきた。

山道にせり出すような黒い巨岩の上に、小麦色にきれいに焼けた少女が胡坐《あぐら》をかいて座っている。

肩には虚実を転換させる神具、かぐつちが担がれ、彼女の隣には古めかしい甲冑《かっちゅう》をまとった一尺ほどの老人が、腕組みをして速人を眺めていた。その表情は白い眉と長い髯《ひげ》に覆われてうかがえない。

速人は荒い息を何とか収めて、一つ深呼吸をした。

「何で俺がこんな格好しなきゃいけないんだ。スウェットくらい武蔵にあるだろ？」

「ハヤくんは玉置のお山をなめとんのかいな。ここは神さまがお住まいの聖なる山やで。入るにはそれなりの礼儀と服装っちゅうものがあるねん」

「ノースリーブと短パンの奴に言われたくないぞ」

「うちはここの神さんとは長年のツレなんや。山の中腹を司《つかさど》るこのだいしょごんさまもまぶダチやで」

「だいしょごんさま？」

「大昔の将軍さまで失くし物の神さまや。ちなみに大将軍さまやからだいしょごんさま言うんやで」

「なるほどね」

小さな大将軍は、速人にわずかに微笑みかけたように見えたが、すぐに眉と髯の下に表情は隠れてしまった。

「失せるに己《う》の故あり、出るにだいしょごんのお陰あり、ってだいしょごんさまの前で三遍唱えたら、大抵のもんは出てくるん。でも今はうちらに失くし物あらへんもんな。ほなうちらは行くわ」

彩葉はだいしょごんさまに声をかけると、岩から身軽に跳んで下りて来た。そして拳《こぶし》を一つ元気よく突き上げると、かぐつちを振りまわしながら山道を登り始める。

「神さまと友だちなら俺の服装も身軽でいいように頼んでくれないか」

「ここの玉置さんは代参は受け付けへんねん。頼みたいことがあったら自分で頼み」

と彩葉の答えはつれない。

「で、その風穴はまだなのかよ」

しばらく進んでは肩で息をしている速人を見下ろして、彩葉は頬を膨らませた。

「うち一人やったらすぐやねんけど、ハヤくんが見に行きたい言うから仕方なく連れて来てやってるんやんか」

確かに彩葉の言う通りではあった。

「ちょっとこの子にも無理させてしもたからな。休ませてやらんと」

彩葉はいとおしそうにかぐつちを撫《な》でる。

「道具よりこっちをねぎらえよな」

急な坂道を再び登り始めた速人の体中から、汗が噴き出していた。

「先代の玉置さんからいただいたかぐつちやで、ハヤくんよりよっぽど大切やわ。和子おばさんの一件では五回も使ったからな」

速人に村人の役割を説明するために、吉埜の記憶を映像にして見せてくれた時が一回、そして未練を背負った母親の代わりに二人が力を尽くすため、二人で二回虚実を入れ替えたので四回、計五回でかぐつちの力は尽きたらしい。

力を使い果たしたかぐつちは、そのままでは使えない。

玉置山の中腹にある「やぎはや風穴」で、山の気を一晩受けさせなければ力が戻らない。力が戻らない状態でかぐつちを使えばどうなると訊《き》くと、

「あっちゅうまに壊れる。壊れたら玉置さんに持って行って直してもらうんやけど、先代の玉置さんは村が流された水害の後でどこぞにお隠れになりはったから、大切に使わんと」

ということらしい。

かぐつちの柄には玉置山の紋章である「玉石」が彫られている。神が宿るとされる三つの岩座を図案化した小さな紋章だ。ここが青く輝いていればかぐつちには力が漲《みなぎ》り、白く光を失っていれば、空っぽなのだとか。

「あともう少しや！」

二つほど曲がり道を先に進んだところから彩葉の声が飛んでくる。現金なもので、あと少しと言われれば元気も甦《よみがえ》る。速人は重い足を引きずって彩葉に追いつき、指さす方を見上げた。

木立の間から顔を出している一際巨大な岩に、黒く縦長の穴が開いている。

「耳、澄ましてみ」

彩葉にそう言われ、耳を岩の方に向ける。さらさらと枝葉が風にそよぐ音の向こうに、ホラ貝でも吹いているような茫々《ぼうぼう》たる音が微《かす》かに聞こえる。

「今日も元気に出とるわ」

「あれが風穴の音？」

「そう！」

彩葉は嬉《うれ》しそうに頷《うなず》いた。

風穴のすぐ下の急坂を喘《あえ》ぎつつ登りきると、そこはわずかに開けた小さな広場になっていた。お参りに来る人もいるのかきれいに掃き清められ、花も手向けられている。柏《かしわ》草むらから蓮華《れんげ》を数本引き抜いてきた彩葉は、土を払って風穴前の祭壇に献じた。

手《で》を打った。

すると風穴の奥から、狼の咆哮《ほうこう》に似た恐ろしい音が響いてきた。

「な、何だ」

思わずたじろぐ速人を見上げ、

「お山が引き受けた、て言うてくれてるんや。怖がってどうすんねん。さ、帰るで。明日《あした》の朝には満タンになっとるはずやから、取りに来よ」

そう言うと、さっさと山道を下りだした。登りよりはずっと楽なので、速人にもようやく周囲を眺めながら歩く余裕が生まれる。

よくよく見ると、深い緑の中には多くのモノが暮らしているようだった。頭上に大きく張り出す枝の上には床板が無数に渡されており、小さな家がいくつも建っている。鹿頭、猪頭の子供たちが速人を見下ろしていた。他にも彼が幼い頃、昔話やおとぎ話で見たような、河童《かっぱ》や獣頭人身の妖《あやかし》たちが木々の間、渓谷の間を音もなく飛ぶように往来している。

「あれ見てみろ。すごいぞ」

速人は驚いて彩葉の肩を叩《たた》くが、興味がなさそうである。

村にも時折姿を見せる彼らだが、山の中にはいたるところに神や妖がいた。賑《にぎ》わう街道を行きかう人々のように、その数は多い。

「今さら何を驚いてるねん。村に人が住むように、山には神さんと妖が住むんや。うちはもう百年も見てる光景やし、珍しいことないよ」

「しかし……」

「あちらさんの世界に足を踏み入れてるうちらが何も言われへんのに、こっちが驚くのは失礼やろ。かぐつちを甦らせて下さる山のお力に感謝して黙って歩き」

速人たちが歩く道から少し木立に入ったところには小さな庵《いおり》が点々と建っていて、古き道具が変化したつくも神がお茶などすすっていた。

「風穴の近くは神さんや天狗《てんぐ》さんたちの一等地やさかいな。皆好んでこのあたりに住みはるのよ」

多くの妖が彩葉に親しげに手を挙げ、彼女も陽気に手を振り返していく。歩いているうちにふと思いついた速人は、

「なあ彩葉、お前、神さまと友だちだからあのかぐつちを託されたんだろ？　俺もうつし世に帰れるようにお願い出来ないかな」

そう頼んでみる。彩葉は山道を下りつつしばらく考え込んでいたが、残念残念と首を振った。現在玉置神社にまします神は、先代が姿を消した後にあの世から派遣されてきた二代目なのだという。

「もちろん今の玉置さんもわるうないんやけど、まだ若い神さんやからそこまで出来へんやろね」

と気の毒そうに速人の背中を叩いた。

「でも最近やる気になってくれてるねん」

「やる気って？」

「ハヤくん来てから、思いついたことあって。「うちのとお揃いの作って、て頼んである」


彩葉は楽しげに腕を振り回した。山を下り、武蔵に戻った二人を大国村長からの依頼を携えた書生姿の根津が待ち構えていた。

二

美しい白髪をぴったりと後ろに撫でつけた老人は、その太い眉《まゆ》も真っ白だった。

伏せていた目を開き、ドアの中を用心深そうにのぞき込む。眼窩《がんか》は浅く、大きな目玉がぎょろりと光っている。中へどうぞ、という速人の声に促されるように、老人は後部座席に座った。

「この人で間違いないのか」

と速人が訊《たず》ねると、三本脚の鴉《からす》のやったんはこくりと頷く。この鴉が黄泉坂タクシーのナビゲーションの役割を担い、未練を背負って立ちつくしている魂のもとまで、速人のデューセンバーグを導いてくれている。

老人は革のシートに浅く腰をかけて前かがみになり、両手で鼻と口を覆うようにしてしばらく黙り込んでいた。

「わしは畑におったはずやのに、どうして車の中に座っとるんや」

「悪いけど、おじいちゃんは死んだんやで」

助手席から頭を廻《めぐ》らせて彩葉が教える。

「死んだ……うそやろ」

両手のひらを見つめ、老人は呟《つぶや》く。

「盆で孫が遊びに来るのを前に畑に出て、とうきびを取ってやろうとしとった。そこで気が遠くなって、というところまでは憶《おぼ》えているんやが」

そのまま再び黙り込む。

沈黙の間に、速人はやったんから手渡された半紙に目を落とす。

この老人の名前や住所、生年月日と命日が記されていた。田所仙蔵《たどころせんぞう》、奈良県大和高田《やまとたかだ》市在住で、大正十四年二月二十一日生まれ。命日は平成二十一年、十月十三日とある。

彩葉は半紙に目を走らせた後、じっと老人を見つめ、頃合いを見て口を開く。

「おじいちゃんは畑で意識を失って倒れ、そのまま帰らぬ人となったんやね」

こういう時の彩葉の口調はどことなく大人びて聞こえた。山の中で速人に悪態をついている時のような軽やかさはない。どこか葬儀場の司会者のように慎重で、抑制された声だった。

「……孫たちは？」

老人は彩葉に顔を向けたが、まだ呆然《ぼうぜん》としている。

やっとのことで口を開いた。

「おじいちゃんのお葬式も終わってお家《うち》に帰ったで」

「そんなあほな！」

なかなか状況を飲み込めない老人は声を荒らげる。だが彩葉は表情を変えることなく、穏やかな声で痛みのある場所がないかを訊《き》いた。

「最近は膝《ひざ》を曲げるのも辛《つら》かったけど、それがどうしたんや」

「おじいちゃん、そこで足曲げたり伸ばしたりしてみ」

そう言われて用心深そうに膝を屈伸し、目を大きく見開いた。そして冷静さを多少取り戻したのか、大きく息をついて、座席に体を預けた。

「ふうむ……ほんまに死んでしもうたんかい。曲げるのに難渋しとった膝も肩も楽に動きよる。いっつも行っとる寺中《てらなか》さんとこの仲間に言うてやらんと」

「寺中さん？」

速人が訊ねると、

「ああ、近所のお医者や。待合室のじじばばどもと、どこ痛いどこ悪いでいっつも競争しとったんや。しんどい思いせんでもお迎え来たら楽やで、って教えたらみな喜びよるわ」

仙蔵はふふ、っとおかしそうに笑った。

「お迎えはお迎えなんですが、ちょっと特別なお迎えなんです」

速人が迎えに来た理由を説明したが、老人は先ほどまでの明るい顔をふと強張《こわば》らせて窓の外に視線を逸《そ》らした。

「未練があるから迎えに来たんやて？」

「ええ。うつし世とあの世を結ぶ坂を登りきれないほどの未練があると、あの鴉が教えてくれるんです」

「そんなもんあるかいな。わしはよう生きた。死んだことにも納得しとるし、極楽に行こうが地獄に行こうがどっちでもええ。さっさとあの世に連れて行ってくれ」

そう言ってむっつりと黙り込んだ。速人は彩葉に顔を向ける。

「こう仰《おっしゃ》ってるけど、車出していいか」

「あかんって」

アクセルを踏みかける速人の手を彩葉が押さえた。

「やったんが反応するだけの未練しょってる魂乗っけて坂なんか上ったら、車のエンジン燃えてまうで」

「まじかよ」

「坂の途中で車が止まったら最後や。うちらもマヨイダマに喰《く》われてあいつらの仲間入りせなあかん」

それは勘弁だ、と速人は首をすくめた。

助手席に座る彩葉はしばらく首を傾げていたが、懐をまさぐると小さな白玉を取り出した。直径三センチほどの玉で、何かが刻印されているというわけでもない。未練がなくなった魂に手渡される往生の証《あかし》、引導である。

「これを受け取ることが出来たら未練がないことは間違いないねんけど」

彩葉は後ろを向くと仙蔵老人に手のひらを差し出し、

「おじいちゃん、これ見える？」

と訊いた。

「かわいらしいおててが見えるで」

老人は玉が見えるとは言わなかった。

「やっぱり。そらあかんわ」

引導を懐にしまい、彩葉は前を向いて腕組みをした。

「未練のある人が心晴れてあの世に行く時、引導はその人の未練に繋《つな》がって往生を助ける何かに姿を変える。和子おばちゃんの時の陽毬ちゃんからの手紙みたいにな。せやけどこのおじいちゃんには見えてへん。つまり心の内に隠してある未練がまだ表に出てへんいうこっちゃ」

「やはり仙蔵さんには未練があるってことだな」

二人は後部座席を振り向くが、老人はぐっと腕を組み、目を閉じて何も答えようとはしない。

「しゃあない。うちらで何とかしよ」

彩葉はさばさばした様子で車を降りると、車のエンブレムの位置に止まっているやったんのところへと向かう。速人も難しい顔をした老人と車内で二人きりになるのが気まずく、慌ててその跡を追った。

「家どこやて？　大和高田やったら近いわな」

やったんから老人の情報を何やら訊き出しては、ポケットに忍ばせていたキティちゃんが表紙に躍るメモ帳に書き込んでいた。彩葉はやったんが知る限りの老人のあらましを聞き終わり、ペンをしまった。

「評判のええ駐在さんやったらしいよ。非番の時は近在の子供らに剣道を教えてたらしいわ。歳いっても人より短い竹刀でばんばん籠手《こて》を取ってたんやて」

彩葉はメモを見返して頷《うなず》くと、ぱたりと閉じた。

「とりあえずお家行ってみよか」

促されるまま車に戻ると、速人は車のエンジンをかけた。

「これからどうするつもりや」

なんだかんだ言っても気になるようで、仙蔵は片目を開けて速人に訊ねる。

「仙蔵さんのお宅にお邪魔して、未練のありかを探すことになろうかと」

と速人が答える。

「何や。人の家に土足で上がり込んで、ありもせん未練探そうっちゅうんかいな」

「ちゃんと靴は脱ぎますよ」

「そんなことを言うとるんやない。あんたらは一体何なんや。幽霊か？　それとも地獄の鬼か？」

「少なくとも俺は生きていますよ」

速人は村に来て、タクシーの運転手になるまでの経緯を語った。だが老人は難しい顔をするばかりで納得した様子はない。

「そっちの嬢ちゃんはどうなんや」

「うち？　なんやろね。幽霊かも知れへんよ」

彩葉はおどけて、ひゅうどろどろと言いながら両手を前に挙げて見せた。

「わけわからんわ」

仙蔵はくちびるをへの字に曲げた。

「わし、ほんまに未練とかどうでもええねや。このまま地獄でも何でもええから連れて行ってくれんか」

老人は少し苦しそうな顔をして、二人に頼み込んだ。

「そうしてあげたいのは山々やねんけどね」

彩葉が黄泉坂とマヨイダマの話をすると、仙蔵はさすがに息を呑《の》んだ。

「信じられんわ」

と強がるが、彩葉は意に介さない。

「信じへんのは勝手やけど、おじいちゃんの魂をそんな風にしとうないねん。死んだ人の魂がマヨイダマにならんよう、あっちに送り届けるのがうちらの仕事や。よかったら協力したって」

もとが気のいい人物であるらしい仙蔵老人は困ったような表情を顔一杯に浮かべて、目を閉じてしまった。

*

蟬時雨《しぐれ》が遠くから聞こえてくる中、うねりを含んだ波が栈橋にぶつかってはしぶきを立てていた。

八月の海を眺めながら、三人の若者が日差しを避け砂浜に生えている松の木蔭《こかげ》に座っている。少し離れた栈橋に据えられた三本の釣《つ》り竿《ざお》はぴくりとも動かず、彼らが当たりを気にしている様子もない。

「俺さあ」

右端の一人が水平線を眺めながらぽつりと呟《つぶや》く。

「船酔いするんだよな」

「そうかよ」

残りの二人はただ気のなさそうな返事をするのみだった。右端の青年が飛行帽を取ってぼりぼりと頭をかく。きれいな丸刈りにした頭に、一匹のしおからとんぼが止まり、彼はうるさそうに頭を振った。

「ええやん泰明《やすあき》。もう俺らが船に乗ることなんかあらへんねんから」

背筋をしゃんと伸ばして座っていた左端の若者が答える。太い眉《まゆ》の下の瞼《まぶた》は眠そうに半ば閉じている。膝《ひざ》の間に短い軍刀を挟み、抱きしめるようにして座っていた。

「みんな沈んでしもてあらへん」

確かに、三人の目の前に広がる海原には、一艘《そう》の船も浮かんでいなかった。陸は静かでも海上は風が強いのか、波頭には白いものがちらちら現れては消えている。

「洋三《ようぞう》、あの娘に手紙書いたか」

泰明と呼ばれた青年は慌ただしい口調で真中に座る若者に訊《たず》ねた。だが答えはなかなか返ってこない。

「書くかよ。そんなのは惰弱の徒のすることだ」

じっと動かない竿の方を見つめていた洋三は、眼鏡を直しながら答えた。

「そうだよなあ。手紙を書くくらいなら、直接会いに行くっての」

揶揄《やゆ》するような口調に、洋三のこめかみあたりに青筋が浮かぶ。

「黙れ泰明！」

真中の青年は苛立《いらだ》ったようにぶちぶちと足元の草を引きちぎって泰明の方に投げつけた。不意に風が吹いて、投げた本人の方に葉っぱが降りかかる。泰明はことさら高い笑い声を上げ、

「ダジャクだってよ。難しい言葉使うから海の神さまに笑われるんだ。スケベ大尉」

とはやし立てた。

「何を！」

二人の若者は追いかけっこを始める。洋三が泰明の帽子を奪って放り投げると、泰明も洋三の眼鏡を取り上げて曲げようとする。

「やめえや。それ、お前らの大切なお守りなんやろ！」

左端に座っていた青年は呆《あき》れたような声を上げて刀の柄《つか》で二人の手を打った。

「大切にせんかい」

「突っかけて来たのはあっちだよ」

二人は責任をなすりつけ合ってがなる。鬼ごっこは終わらない。そのうち二人は草むらの中で取っ組み合いを始めた。その様を見ていた残りの一人は帽子と眼鏡を拾い上げ、ついた草を払う。

「おーれーはむらじゅーで一番、モボだーと言われーたおとこー」

と押さえこまれながらも、泰明は大声で歌う。

「貴様、非国民め！」

押さえこんでいる洋三が拳《こぶし》を振り上げたところで、左端の若者が歩み寄り、二人を引き離した。

「ええかげんにせえよ。ちょっとそこに座れや」

「うわあ、稲葉《いなば》仙蔵少佐どののお説教や。お説教が始まるんや」

押さえこまれていた泰明がするりと抜け出し、喚《わめ》く。仙蔵と洋三は顔を見合わせてため息をつく。その頭の上を、双発の飛行機が三機、爆音を上げて南へと飛んで行った。

三

田所仙蔵老人の家は、近鉄大阪線大和高田駅から南西に数百メートルのところにある。二上山《にじょうざん》と葛城山《かつらぎさん》の間を縫って大阪羽曳野《はびきの》と奈良盆地を結ぶ古道は竹内《たけのうち》街道と呼ばれ、現在は国道百六十六号となっている。その道から辻《つじ》一本北に入った閑静な古い住宅街のすぐ前には、椀《わん》を二つ伏せた形をした二上山の双峰が仲良く寄り添うようにうずくまっている。

色鮮やかな建材で瀟洒《しょうしゃ》に造られた新しい家と、くすんだ渋い鈍色《にびいろ》の瓦《かわら》屋根が入り交じって建っているあたりで、デューセンバーグは止まった。武家屋敷のような門がまえには、古びた表札がかかっている。

「ええ家やねえ」

と彩葉が仙蔵の指差した古びた屋敷を見上げて感心したように言うと、仙蔵老人は嬉《うれ》しそうに目を細めた。

「ほやろ。慶応《けいおう》年間や。婿入りが決まって初めて見た時はびっくりしたもんや」

「幕末ですか」

速人も感心したように、老人の故居を見上げた。

「なんやいう有名な志士も来たらしいで」

白壁に土蔵もある、邸宅と言ってもいい程の大きさがあった。

「ま、なりは立派やけど、別に中に住んでるもんが立派なわけやないしな」

と自嘲《じちょう》するように老人は言う。

「このあたりは大きな家はもともと地付きの農民でな。天領やったせいもあって、豊かな者が多かったんや。ご先祖が開いた田んぼと貯めこんできた財産を守ってきたんやが……」

老人は一度そこで言葉を切った。

「ほとんどのもんが田畑を切り売りして、風景はえらい変わってしもうたらしいよ」

その結果がこの新旧入り交じったような景色だ、と仙蔵は嘆息して言う。

「それが悪いわけやない。わしも縁あって婿入りしたものの、出世から取り残されてずうっと駐在さんやったし。三人の子供がみんなそろって東京やら名古屋の大学行ってしもたから、学費捻《ひね》りだすために田んぼ売るんは仕方あらへん。ご近所も大抵そうしてた」

田所家は秋にしては強い日差しの中、昼下がりのけだるい空気の中で静まりかえっている。時折遠くの方で、子供たちが弾《はじ》けるように笑う声がした。

「今日は何日や」

と老人が訊《き》き、十月十九日だと彩葉が答える。

「ああ、初七日やってんな」

その声に合わせるように門が開き、大きな外車が滑るように出て行った。

「お寺の御坊、いつ見てもええ車乗っとる。わしも坊主になれば良かったわ」

仙蔵はくつくつと笑い、その横を数台の乗用車が続いて出ていく。

「近所のもんが来てくれたみたいやな。暑いのにご苦労なこっちゃ」

気楽な調子の老人であったが、門の中で頭を下げている妻を見て、さすがに胸を衝《つ》かれたような表情になった。体を起こした老女は流水文のあしらわれた黒い着物をぴしりと着こなし、その表情には何の感傷も浮かんでいない。

「やっぱり女はしっかりしとる」

少し寂しげに仙蔵は言いながら、

「それくらいの方が安心して逝《い》けるわ」

と付け足した。

「せやけどおじいちゃんには、安心して逝けない何かがある」

彩葉の言葉にしばらく黙っていた仙蔵は、

「そう、なんやろな。わしは奈良県警に奉職する警官としてあちこちの村を回り、自分の仕事を実直にやってきた自信はある。嫁にも子供にもひもじい思いをさせたこともないしな。三人の子はみな立派に成長して、家も構えとる。せやけど……」

やはり途中で言葉を止めた。

「言いとうないんやな」

何かがのどにつかえたように苦しげな仙蔵の背中を、彩葉は優しくさすった。

「無理せんでええんよ。うちらはその未練が、うまいこと流れていくよう手伝うためにおるんやから」

老人を車の中に座らせ、彩葉は速人を手招きした。

「どうする?」

「ご本人が言いとうないんやから、うちらで何とかするしかあらへんやろ」

「何とかするって?」

「こうするんや!」

彩葉は背中に隠してあったかぐっちをやおら振りかぶり、速人の頭に振り下ろす。澄んだ高い音がして、彼は文字通り目の前に星が舞い踊るのを見た。色が反転してまた元に戻る。

「あいたた」

続いて澄んだ音がして、再び彩葉が現れた。

「ほれ、かぐつちでどついといたから、もう実体になって人目に見えてるで。しゃんとしい」

そう囁《ささや》いた彩葉が頭を抱えてうずくまる速人の襟をつかんで立ち上がらせる。

「いやなあお父ちゃん。こんなとこで座ってたら変な目で見られるで」

と尻《しり》を叩《たた》いた。

近所から出入りする人たちが怪訝《けげん》そうな顔つきで、うずくまる速人を横目で見ている。何をするんだ、と怒鳴りかけた速人の口を彩葉はぱしんと手のひらでふさぎ、

「お父ちゃん、駐在の仙蔵さんのお家ってここやってんなぁ。うち、初めて来るけど立派なお屋敷やんか」

似合わぬほどに子供っぽい声で言って、にこりと笑った。

「急になんだよ、気持ち悪いぞ」

怪訝そうな顔をする速人の耳を引っ張り、

「小さいころ田所巡査部長に溺《おぼ》れそうなところを助けてもらい、剣道で鍛えてもらったお父ちゃんと、その娘が手を合わせに来たんや」

と早口で吹き込んだ。

速人は、彩葉がやろうとしていることの意図をようやく読み取り、頷《うなず》く。そして立ち上がって大仰に肩を落とし、門口のところで呼び鈴を押した。

「はい？」

ちょうど住職を見送ったばかりの仙蔵の妻が顔を出した。

「あ、わたくし西吉野《にしよしの》の交番で仙蔵さんがお勤めの際、お世話になったものです。お亡くなりになったと聞いて、是非お参りさせていただきたいと思いまして。すみません、

お取り込み中のところ」

と速人は頭を下げる。人のよさそうな速人の風貌《ふうぼう》と小麦色に焼けた少女の組み合わせは、老女を納得させるには十分だった。

仙蔵の妻はぱっと表情をほころばせ、

「まあ、それはそれは」

と疑うこともなく二人を中に招じ入れた。

「お忙しくなかったですか」

「法事なんて、決まり事をこなせばいいだけですから」

速人が気遣うと、そう言って品よく笑う。きれいにまとめ上げられた髪は白く艶《つや》を放ち、八十前後とは思えないほどに若々しい。

「主人とはどういうご縁で？」

廊下を歩きながら老女は訊《たず》ねてきた。

「え、とですね」

改めて問い直されて言葉を見失った速人に代わって、彩葉が答える。

「お父ちゃんが小さい時、吉野川で溺れそうになったんです。その時に助けてもろてから、時々声をかけてもろたり剣道を教えてくれはるようになって」

はきはきとした彩葉の言葉を、仙蔵の妻は目を細めて聞いていた。

「そうですか。主人から聞いたことはないお話ですけど、さっきも主人に世話になったいう人がお線香上げに来てくれはったから、あなたたちもきっとそうなんでしょう」

いかにも良家の御寮《ごりょう》さんといった風情の仙蔵の妻は二人を仏間へ通すと、田所由紀子《ゆきこ》です、と名乗って丁重に頭を下げた。

「さ、手を合わせてやって下さい」

膝《ひざ》を合わせたままますっと体をずらし、仏壇の前を手のひらで指す。

速人は手を合わせようとして仏壇を見て、思わず吹き出しそうになった。いつの間にか仏間に入ってきた仙蔵が自分の遺影を見て、同じ顔をしていたからである。彼はおどけるように、自分と遺影を見比べろと速人にアピールする。

老人に笑わされないよう、速人は目を固く閉じて手を合わせ続ける。そのまま仏壇の方を見ないようにして、体の向きを変えて由紀子に頭を下げた。

「丁寧に参ってくれはって」

由紀子は小さく微笑んで、遺影の方を見た。

「生きてる時は、ほんま融通がきかへんだけの頑固者やと思てましたけど、こうして亡くなった後に手を合わせてくれはる人がおると、ほっとしますわ」

生前の知り合いではない速人と彩葉は思わず顔を見合わせる。

「ご友人とか、さぞ多かったんじゃないですか」

「夫には若い頃の友人もおらんかったみたいで、通夜にも葬式にもご近所とお仕事づきあいの人らしか来《け》えへんかったんです。あちこちの駐在さんしてる時に剣道教えてた子供らとも、最近はぱったり連絡してなかったみたいで」

速人が仏壇横に立つ仙蔵を見ると、微《かす》かに苦笑いを浮かべている。

「まあ人望のない人やってんな、と思てたら、駐在さん時のお知り合いがぱらぱらと手を合わせに来てくれはるようになって。故人もさぞ喜んでることでしょう」

礼を述べた由紀子は、お茶を用意しますから、と一度仏間から出て行った。

「ふう」

彩葉は正座が苦手なのか、大げさに息をついて足を投げ出す。

「おじいちゃん、急に出てきたらびっくりするやろ！」

と興味深げに仏間をふらふらしている老人に苦情を言った。

「やっぱり由紀子には見えてへんのか」

「見えてへんよ。こっちの人が見えるのは実の世界、うつし世におるもんだけや。うちとかハヤくんみたいに虚実相半ばする人間だけが、かぐつちの力を借りて実体になったり虚になったり出来るけど」

「わしも叩いてみてくれんか」

「あかんて」

老人の頼みを、彩葉はあっさり断った。

「おじいちゃん、もうお骨になってるからあかんよ。ここで叩いても、虚がまた虚に戻るだけで殴られ損やで」

「そうなんかいな。いや、別に生き返りたいとかそういうんやない。あんたら見てると、もう一回この世に戻って、由紀子に一言かけられるかなあ、と思ってな」

照れ臭そうな顔を作ると、仙蔵は仏間を出て行った。

「気の毒だな」

「そら死んだらどんな人もお気の毒や。でもしゃあないもん」

「そうだけどさ」

彩葉は立ち上がると、仏間の引き出しなどを覗《のぞ》き込み始める。

「お、おい」

「うちらは別にお参りに来てるわけやないんやで。仙蔵おじいちゃんの未練のもとを探さんといかん」

「そうだった」

速人も仕事を思い出し、仏間を色々と見て回る。豪奢《ごうしゃ》な仏壇の引き出しに線香や仏具が整然と入れられているものの、仙蔵自身の過去を示すようなものは見つからなかった。

「ハヤくん」

押し入れを開けて、小さな木の箱を開けた彩葉が速人を差し招く。

「これ」

と差し出したのは、新幹線のおもちゃと古めかしい軍刀である。

速人も幼い頃、両親に買ってもらった記憶がある。電池を入れればどこでも走るというおもちゃで、ロボットの超合金に興味を奪われるまでは速人も遊び尽くしたものだ。

「全部おじいちゃんのやろか」

「新幹線は子供さんのだろ。刀は押し入れに何本もあるな……」

愛着の持てるおもちゃだが、いい大人が大事に持ち続ける、という類《たぐい》のものでもない。だが少々異様なことに、新幹線は十数台あり、そのうちのいくつかはなぜか濃い緑色に塗られ、翼も付けられていた。

「どういうことかいな」

「俺もミニカーにミサイル付けたり色塗ったりして遊んだ」

「男の子の遊びってわけわからん」

「それをロマンって言うんだよ。武器とかもそうなんだろ」

と言い合っていても、由紀子はなかなか仏間に帰ってこなかった。

「おばあちゃん、どないしたんかな」

「あのおじいさん、由紀子さんの前に姿現して目でも回させてるんじゃないだろうな」

「いやそれはあらへん」

彩葉は断言する。

「もし見えとったら、仏間に来た時に目を回してるはずやんか」

それもそうだ、と速人は納得したがそれにしてもお茶を入れるにしては時間がかかりすぎる。気丈に振る舞っているとはいえ、夫を亡くしたショックは計り知れないだろう。

「ちょっと様子を見に行くか」

「そやね」

二人が仏間から足を踏み出した時、ばたばたっ、と何かが倒れる音が屋敷の中に響く。

速人たちは慌てて音のした部屋へと急いだ。

＊

木造のバラックの上には、心ばかりの偽装がなされてある。

大本営発表の戦勝記事が一面に躍る新聞に目を落としていた仙蔵は、屋根から下りてきた男の足音に顔を上げた。

「これがわが国最後の護《まも》りを入れておく箱なのか。お粗末にもほどがあるぜ」

ずり落ちた偽装を直した細身の泰明が悪態を吐く。暑いのに飛行帽をかぶったままで、汗が流れ落ちている。

「文句を言うな泰明。今はひたすら忍の一字。神風が吹くのを待つしかないんだ」

昼飯のおにぎりを握ったまま、ぼんやりと考えごとをしていた洋三が、泰明の声に我に返り、静かな声で諭した。

「無駄無駄。学士でいらっしゃる中村《なかむら》大尉は本の読みすぎで世間がわからないと見えますな」

先日、水平線の見える草むらで取っ組み合いをしていた二人の間に、再び険悪な空気が流れ始める。

「この非国民めが」

洋三はこめかみに青筋を立て、慎重な手つきで眼鏡を外す。一方の泰明は帽子を深くかぶり直して臨戦態勢をとる。その様子を見て、仙蔵はため息をついた。

「泰明、洋三、止めえや。俺たちもじきに飛ぶんやぞ。もっと軍神らしくせんかい」

「飛ぶんやぞお。大阪弁は、おもろいおもろい」

泰明は洋三から距離を取ると、仙蔵の口真似をしながら腕を広げて飛ぶ真似をする。

頭の上を、おもちゃのような軽い音を立てて、数機の小型飛行機が飛んでいく。

「本当に俺たちは飛べるのか」

飛行機の真似をしている泰明を見て取っ組み合いはないと踏んだ洋三は、一度外した眼鏡をかけ直した。

「なんだお前、そんなに死にたいのか」

泰明は洋三が何か言うたびに絡まずにいられないらしく、まぜっかえす。

「お国のために死ぬんだったら構わない」

再びこめかみに血管を浮かび上がらせながら洋三は言い返した。

「うそつけ。あの娘に後ろ髪引かれてるんだろ」

「引かれてない！」

青筋を浮かべたまま、洋三はそっぽを向く。

「じゃあどうして最近寝てないんだ」

洋三はぐっと詰まるが、すぐに反撃に出る。

「では逆に訊《き》くが、貴様はどうして俺が寝ていないことを知ってるんだ。怯《おび》えて眠れないんだろうが。小心者の貴様もちょっとは仙蔵を見習え。誰よりも先に寝て高いびきだ」

「そりゃそりゃ豪胆な機長さまだ。俺も安心して死ねるわ」

「どうして貴様はそんな口のきき方しか出来ないんだ」

「生まれてこの方こうやってしゃべってきたんだよ。気に入らないならこのくちびるをひっぱがせばいい。どうせこの口だって海の底で魚やら海老《えび》の餌になるんだ」

やけになったように泰明は吼《ほ》える。

「いい加減にせんかい」

再び摑《つか》み合いを始めた二人の頭を仙蔵が刀の柄で軽くこづいて引き離すと、二人は舌打ちして別々の方向へと歩いて行った。

「はあ」

仙蔵は思わずため息を漏らす。

彼はもともと、ため息など無縁の飛行兵だった。三重の鈴鹿《すずか》で厳しい訓練を積んだあと、満州《まんしゅう》（中国東北部）北部の防空任務を経て、内地に帰って来た。そして海軍第五航空艦隊に配属された後、鹿児島県出水《いずみ》の四〇七飛行隊に回され、空襲を避けるために宇《う》佐《さ》に移って来たのである。

何度も死にかけたが、命を拾い続けた。

彼が常に持ち歩いているのは、父がくれた刃渡り一尺五寸ほどの小太刀である。仙蔵にとってその刀こそが命を守ってくれたものと信じ、片時も身から離さないでいる。

泰明と洋三は入隊して間もない頃から仲が良く、所属していた飛行隊も近かったため、銀翼を連ねて戦うことも度々だった。

激戦をくぐり抜けて来た二人にも、お守りがある。泰明は既に戦死した幼馴染《おさななじ》みが使っていた飛行帽、そして洋三は祖父の使っていた眼鏡だ。彼の眼鏡にはレンズが入っていないが、常に身につけていた。

同じ機体に命を託すと決まった時は、三人肩を抱き合って喜んだものだ。そして宇佐の八幡《はちまん》に三人生きるも死ぬも同じと誓いを立てた。喧嘩《けんか》ばかりしているようでも、三人は強い絆《きずな》で結ばれている。

だが爆撃機「銀河」と共に宇佐に来たはいいものの、彼の所属する隊にはなかなか出撃命令が下らなかった。

基地に着任した時は、三つのお守りの力で特攻に行っても生還出来るんじゃないか、などと冗談を言う余裕すらあったが、時間が経つにつれて苛立《いらだ》ちが募り、何かというと喧嘩になっている。

先ほど飛んで行った編隊を仙蔵は思い浮かべる。通称「赤とんぼ」と呼ばれる新兵のための練習機である。そんなものに二百五十キロの爆弾を縛り付けて、無理やり飛ばすのだ。

「ばかばかしい」

思わず彼は吐き捨てる。

特別攻撃隊というもの自体には、彼は不思議なほど冷静に向き合っていた。物資もなく熟練した操縦士もいなければ、目的地に向かえるだけの技量を持たせた兵士に爆弾を抱かせて突っ込ませるのは、それはそれで理にかなっている。

だが自分がその一員になるのは、また話が別だ。

――怖い。

(俺は何と自分勝手な男や)

仙蔵は足元の石を拾って、飛行場のある方向へ思い切り拋《ほう》った。石は滑走路のはるか手前で失速する。

「俺らもああなるんや」

いつも新聞に躍るのは赫々《かくかく》たる大戦果だ。仙蔵だって疑いたくはない。だが空高くで何度も敵と命のやり取りをしていた彼には、彼我の戦力差くらいわかっていた。直掩《ちょくえん》の戦闘機もなしに敵に突っ込もうとする爆撃機や攻撃機がどうなるか。

思わず守り刀を握り締める。

命と引き換えに何も得られないなんて、耐えられることではない。一命が一艦とまではいかなくとも、せめて一人の敵くらいは道連れに出来て欲しい。

その時、鼓膜を捻《ねじ》りあげるような音を立てて空襲警報が鳴った。

機体は全て掩蔽壕《えんぺいごう》に隠してある。二百キロ爆弾までなら耐えられるコンクリート製だ。だが最近の敵軍が降らせる爆弾の雨は、その掩蔽壕の天蓋《てんがい》すら破壊していくようになった。

「壊れたらええねん」

という気持ちと、

「〝その日〟まで持ちこたえてくれ」

という相反した気持ちが炸裂《さくれつ》音がするたびに入れ替わる。

「敵は強くなるばかり。味方は弱くなるばかりなり、か」

敵の機銃弾の一発、爆弾の一発の破壊力が、攻撃の度に増している。それに引き比べ、わが方は防空戦をやる戦闘機にも事欠き、特攻ですら練習機を駆り出さなければならない有様だ。勝てると信じろというほうが無理があった。

仙蔵たち末端の兵士は各地の戦況など何も知らされていなかったが、神州と誇っていた故郷の周囲に、鉄の包囲網が出来上がっていることを肌で感じていた。

仙蔵は警報など聞かなかったかのように小屋に戻り、薄い毛布を頭からかぶって、無理やり眠ろうとした。眠れない時、いつも考えるのが俺は一人で死ぬのではない、ということだった。

海の底だろうが地獄の釜《かま》の中だろうが、泰明と洋三と一緒なら寂しくない。それだけを心の慰めにして、仙蔵は日々を過ごしている。

空襲が一段落し、仙蔵がまどろみから覚めたところ、航空隊司令部から呼び出しがあった。

（ついに……）

安堵《あんど》と恐怖が一度に喉《のど》を絞め上げたような気がして、仙蔵はからえずきを一つした。

四

慌てて駆け込んできた速人と彩葉を見て、由紀子は目を丸くした。

「どうかしはったんですか」

「どうかも何も、おばあちゃん倒れはったんかと思って」

彩葉がほっと胸を撫《な》で下ろしている。

「ああ、これかしら」

由紀子は床に折り重なるように散らばっているアルバムを指した。

「お茶の葉っぱを切らしちゃったらしくて、探しているうちに大昔のアルバムが出てきたのよ。見入っているうちにお客さんのことを忘れてしもたんです。ごめんなさいね」

仙蔵が一人で写っているのは大抵、警官の制服姿か剣道着姿だ。めくっていくうちに手を止めた由紀子が指した先には、若々しい夫婦の写真があった。

「これは、新婚旅行ですか？」

色のくすんだモノクロ写真には、難しい顔をした仙蔵と、微笑を浮かべた由紀子が写っている。背景にはぼこっと荒々しく盛り上がった山が写り、わずかな白煙を上げている。

「浅間山《あさま》なのよ」

と由紀子が説明を加えた。

「もう六十年近く前になるかしら。まだ新幹線もないころね。私は新婚旅行で行くなら九州がいいって言っていたの」

「新婚旅行で九州ですか」

「当時は宮崎とかに行くのが流行《はや》っててね。でも主人はどうしても九州はいやややって言い張って。私にはあまりわがままを言わない人やったけど、夫がいやがるところに行っても仕方ないわ、って景色が似ていそうな軽井沢《かるいざわ》に行ったのよ」

今では東京から一時間ほどで行ける軽井沢であるが、東海道新幹線も長野新幹線もなく、それどころか満足に電化すらされていない時代の旅である。

「行くだけで二日がかりだったかしら」

「仙蔵さんはよく旅行には行かれていたんですか」

速人が訊《たず》ねると、

「好き、といえば好きだったけど、ちょっと変わった好きだったかしら」

昔を思い出すように、由紀子はアルバムを指で撫でる。

「連休で特に予定がないと、よく東京に行っていたわ」

「東京？」

由紀子によると、仙蔵は東京オリンピックが終わったあたりから、頻繁に東京へと遊びに行くようになったのだという。

「最初は女でも出来たのかと思ってね。私、一度跡をつけて東京まで行ったことあったのよ。子供を姉に預けて。それは呆《あき》れられたけれど」

速人たちは顔を見合わせる。とても東京に女を作るような、不誠実な男には見えなかった。だが、未練が東京にいる誰かだとすれば、他人に言いたくないのもわかる。

「で、仙蔵さんは浮気していたんですか」

「いえ、全然」

肩をすくめて由紀子はアルバムを閉じる。

「東京で何をするでもなく、しばらくぼんやり新幹線が出入りするのを見て、銀座のライオンでご飯を食べて、神田《かんだ》の骨董《こっとう》屋を冷やかして、また東京駅に戻って新幹線が出入りするのを見て、帰りの列車に乗るの」

「それだけなんですか」

「ほんとそれだけ。私の方が拍子抜けしてもうた」

速人はわからなくなって、思わず腕組みをした。彩葉も大きな瞳《ひとみ》をさらに開いて、由紀子の言葉から何かヒントを得ようと考え込んでいる。

「新幹線が好き、だったんですね」

「新幹線が、というより東京に行くのが好きだったみたい。骨董屋さんを巡っては古い刀を買って帰ってくることもあったわね」

速人と彩葉は顔を見合わせる。押し入れには、数本の小太刀が大切にしまわれていたのを確かに目にした。柄糸は新しく、刃も輝いていた。

「おばあちゃん。おじいちゃんの若い頃の写真があらへんね」

彩葉がアルバムをめくり続けながら言った。

「ええ。戦争でみんな焼けてしもた、と」

子供のころから由紀子と結婚するまでの間の写真がまったくなかった。

「仙蔵おじいちゃんは戦争に行かなかったんですね」

「夫が言うには、徴兵されるいう時に大病したということらしいんやけど……。本人もその時期のことを話したがらへんかったし、私も訊《き》きませんでした」

仙蔵が新幹線と写っている写真は、全て初期型の新幹線と写っているものだった。

「0系というやつですね」

「名前はよう知らんのですけどね」

と言いながら、由紀子はその写真に見入った。

「ああ、最後に新幹線乗って東京行こうとしたんは」

由紀子は思い出したように言う。

「この古い新幹線が最後に走る時でしたよ。確か予約とりたい言うて朝はようから駅行ったんやけど、切符取れなかったんです」

速人と彩葉ははっと顔を見合わせた。

「それは残念がって、翌朝になって口惜《くや》しいて寝られへんかったとまで言うてました」

間違いない。

二人は頷《うなず》き合って田所家を辞去した。

デューセンバーグのもとに戻ると、やったんと仙蔵は何やら仲良く話している。そこに速人が声をかけた。

「仙蔵さんの未練、わかったかも知れません」

と胸を張った。

「ほう」

目を丸くして老人は応じる。

「あなたの未練のもとは、ずばり0系の新幹線にあるんじゃありませんか？　俺も機械メーカーの下請けをやっていたくらいで、鉄道に執心な部下もいました。0系の新幹線は大宮の鉄道博物館に保存されてるはず」

「よう知っとんな」

彩葉が感心しているのに気を良くして速人は続ける。

「娘を連れて行ったことがあるんだ。ともかく田所さん、大宮の鉄道博物館まで一緒に行ってもらえませんか」

丁重に速人は頼む。

「人の未練まで何とかしようとは、珍しい仕事もあったもんやなぁ」

感心したように仙蔵は太い眉《まゆ》を上げた。

「せやけどわしを鉄道博物館に連れて行って、どうするんや」

と逆に問われて速人は言葉に詰まった。

「もう一度見れば未練も……」

速人の言葉に、仙蔵は笑って手を振った。

「確かにわしは古い新幹線が好きやったよ。でもそれは、生きている間に散々乗れたし、ものに寿命が来ることも八十年生きてたらよう理解出来る。それに、未練のありかがわかったんやったら、引導を渡して確認せんでええのか」

落ち着いた老人の口調に、彩葉は慌てたような顔をして懐から玉を取り出す。

「どう？　おじいちゃんの未練に変わりそう？」

「残念ながら何も見えへん」

きっぱりとした口調で、仙蔵は否定した。

「ハヤくんの名推理も大したことあらへんわ」

がっくりと彩葉が肩を落とす。

「お嬢ちゃん、そんながっかりせんといて。わしは幸せな人生を送らせてもらったと感謝してる。せやからこうやって未練を抱いて辻《つじ》に迷うとは、逆に驚いた」

仙蔵は優しく彩葉の頭を撫《な》でる。

「せやけどあの世からあんたらみたいな連中が来て、未練をどないかせえ、ちゅうことは、やっぱりわしの中で大きな未練になっとるんやな」

とため息をついた。しばしの沈黙の後、仙蔵は顔を上げて空を見た。

「知っとるか？　0系はある飛行機のデザインを元に設計されたといわれとる」

懐かしげに、老人は名を呟《つぶや》いた。その飛行機は銀河という愛称が与えられていた。それに乗って最期を迎えられなかったことが無念だった、と老人は言った。

＊

八百キロ爆弾を抱いての訓練は、既に何度も繰り返していた。

一式陸上攻撃機の後継機である銀河は、爆撃機の積載量と戦闘機の速度を誇る名機である。仙蔵たち乗員は、最高の機に乗れることに誇りを抱いていた。

明後日《あさって》早朝、仙蔵機を含む「欅隊《けやき》」は三千キロ近くを飛び、南太平洋上に集結し本土をうかがおうとするアメリカ機動部隊を叩《たた》く。

そしてその作戦に、生還は期されていない。

「仙蔵」

横で寝ていた泰明が声をかけてきた。出撃を二日後に控えた夜、泰明は寝床に入っているにもかかわらず、お守りの飛行帽を目深にかぶるようになっていた。

「体を整えなあかん。はよ寝えや」

天井を見つめたまま仙蔵は答えた。

「なあ仙蔵、もし特攻に成功して、万が一その後お前が生き残ったらさぁ」

「俺だけ生き残るわけないやろ」

「だから万が一って言ってるだろ」

泰明は続ける。

「絶対に俺のこと忘れんといてくれよ」

「何をあほなこと言うとるねん」

ばかばかしくなって仙蔵は寝返りを打つ。その背中に何かが押しつけられる。

「何やねん」

「この帽子、やるわ。その代わり刀くれ。どっちが生き残ってもいいように」

「いらんわ。どうせ同じとこで死ぬんやし。大切にしとってんからお互いのお守り抱いてあの世へ行こうや」

納得したのかしていないのか、泰明はしばらく黙っていた。そして、

「洋三がいない」

不意にそんなことを言う。洋三のベッドは就寝時間直後に空になっていた。

「わかってる」

どこに行っているのか、仙蔵もよく知っていた。洋三は街の商家を宿舎に使っている時、そこの娘と恋仲になっていたのである。二人で助平心を起こして跡をつけ、逢《あ》い引きを覗《のぞ》いたことがあったが、洋三とその娘は手すら握り合わずつまらない思いをした。

「今日はもうやっとるぞ」

「下品なこと言いな」

仙蔵は舌打ちをしてたしなめた。

「下品なもんか。俺たちだってそうやって生まれてきたんだろ」

絡んでくる泰明に背を向け、眠ろうとする。

「なあ」

泰明は構わず話しかけてくる。仙蔵は答えなかったが、構わずしゃべり続けた。

「お前さ、死ぬ前になに食いたい？」

「……さあな」

仕方なく仙蔵も答える。昔はよく最後の晩餐《ばんさん》などと考えていたが、目前にすると食欲も湧かない。肉、魚、菓子と思い浮かべてみるが、さっぱり心が動かなかった。

「俺ね、死ぬ前に一度食ってみたいものがあるんだ」

何や、と仙蔵が訊《き》くと、自分から言い出しておいて泰明はちょっと口ごもった。

「どうした」

「ふぐが食いたい」

「ふぐ？」

奈良で育ち、軍に入ってからもふぐとは縁のない地域を転々としてきた仙蔵も、その味を知らなかった。美味《うま》いかどうかすら知らない。

「知らないのか」

興奮してきたのか泰明は体を起こし、まだ知らぬふぐの美味さを滔々《とうとう》と述べたてる。身の淡白、肝の濃厚、そして出汁《だし》のコク、聞いているうちに仙蔵の腹がぐうと鳴った。

「そんなに美味いんか」

「食うたら死んでもいいと思えるほどさ」

仙蔵も思わず起き上がる。

「せやけどふぐいうたら冬のもんやろ。今は真夏やで」

「真夏でもふぐが泳いでないわけじゃない。どうせ最後だ。出撃の運だめしに釣りに行ってみようぜ」

このまま横になっていてもどうせ眠れない。明後日の出撃のことや洋三の逢瀬《おうせ》のことが気になるばかりだ。

竿《さお》はある。餌は磯をあさればどうにでもなるだろう。明後日は大事な出撃日だということが頭をよぎったが、命日を前に後悔を残したくない。

「行くか」

仙蔵が言うと、泰明は夜目にもわかる位、爽快《そうかい》に笑った。

既に飛行帽をかぶり、出かける準備は整ったと言わんばかりだ。戦友のそんな顔を見るのが久しぶりで、仙蔵はもう、自分自身も泰明も止めることは出来なかった。彼も守り刀を腰に下げ、二人はこっそり宿舎を出た。

五

デューセンバーグが霧の中を抜けると、そこは見慣れぬ九州の田園地帯の真《ま》っ只中《ただなか》であった。大和高田の町外れで不意に湧き出した霧の中に突っ込んだかと思ったら、その数分後には九州にいた。

「こんなことも出来るんだな」

速人は呆然《ぼうぜん》とハンドルを握っている。

「実の世界と虚の世界をうまいこと繋《つな》いだら、こういうズルも出来んねん。但し、やったんみたいなしっかりしたナビがおらんと、いつまで経っても出てこられへんから気をつけや」

車の先端に止まっている鴉《からす》が得意げに、あー、と鳴いた。

「で、宇佐まで来たのはいいけど、これからどうするんだ」

大分県立宇佐高等学校、と書かれた学校の門前に止まり、速人は彩葉に訊《たず》ねる。

「おじいちゃん、銀河に想いが残ってるんやな」

「……ああ」

小さな声で、老人は答える。

「だがもう無理や。わしが乗るはずだった銀河は全て、もう空の果てに散ってしもたはず。最後の一機はアメリカのスミソニアン博物館にあるんやが、もうあれは生きた銀河やない」

「おじいちゃん、その時何があったか思い出せる？」

彩葉は優しく訊ねる。

「わしはかつて大日本帝国海軍、第五航空艦隊、四〇七飛行隊に所属しとった。爆撃機銀河の機長を拝命し、最後の戦力として温存されていたんや。泰明と洋三という、命を預け合った戦友と共に命令が下るのを待っておった。階級はわしの方がわずかに上やったが、もう死ぬと決まってからはただの友だちに戻ったもんや」

仙蔵の部隊は終戦の二日前、出撃を命じられた。もちろん、終戦が間近に迫っていることなど彼らは知る由もない。

「特攻隊ゆうのは不思議なところで、出撃前は葛藤《かっとう》やら恐怖やらでおかしなってまうんやけど、その日になるときれいな建前で体全体が覆われてしまう。どんなに死にとうない、怖い、言うてた奴も立派に〝軍神〟の顔をして出て行った。少なくともそう見えた。あの頃のわしは怖《こお》うて仕方なかった。せやから、そんな清々《すがすが》しい顔で先に飛び立った奴が羨《うらや》ましくて仕方がなかった」

空の彼方《かなた》には積乱雲が浮かび、遠くの林から蝉の声が聞こえている。

「死ぬのが嫌で出撃したくない気持ちと、早く楽になりたいと出撃を待ち望む気持ちが入り交じって、それは苦しかった。だからもう飛べるんやと思うと、ほっとした。仲間たちと同じように、美しく散ろう。それだけ考えるようにした。怖いことは怖かったけどな」

出撃前、ふぐ釣りに出かけた仙蔵と泰明は、数匹の釣果を得た。

「さすがに肝を食うたらまずい、とわしが反対したら泰明の奴、身だけ食うたら大丈夫や言うて刺身と小鍋《こなべ》仕立てにしてくれたんや。そらもう、今思い出しても唾《つば》が出るほどうまかった。せやけど、あたってしもた」

どういうわけか、仙蔵だけが毒にあたった。

もちろん、上官にふぐであたったとも言えず、出撃を翌日に控えて仙蔵は一人寝床で七転八倒の苦しみを味わった。意識が何度も落ち、時間もわからない。恋人のもとから帰って来た洋三が何度も額の上にのせた布巾《ふきん》を換えてくれたことだけは、漠然と憶《おぼ》えている。

「意識が戻った時、わしはお守り刀を探した。頭がぼんやりして、何時かわからんかった。せやけどわしは、それを持ってたら何とかなると思たんや」

だが仙蔵が命の次に大切にしていた刀は姿を消していた。

「そして泰明と洋三の姿も宿舎になかった」

胸騒ぎを覚えて宿舎の外に出た仙蔵の耳に聞こえて来たのは、銀河の爆音であった。気付いたら夜が明けていた。

「頭の上を一機、また一機と銀河が飛んで行った。わしを残して。わしだけを残してな。だがまだ間に合うかも知れん。そう思ってわしは滑走路へ走ろうとした」

だが毒は彼から力を奪っていた。地面に跪《ひざまず》くように座り、空を見上げた仙蔵の上を最後の銀河が飛び去っていく。

「叫ぼうにも叫べん。そこでわしは気付いた。あいつら、わしの代わりにお守り刀を持って銀河に乗り込んだんや、とな。だがわしらの銀河は、まるでわしを置いて行くのを嫌がるように、わしの方を向いた。そして何かをわしに伝えようとした。そこでわしは気を失った。あいつらが何をしようとしたのか、今でも気になってしゃあない」

しかしそれが定かな記憶かどうかすらもわからん、と仙蔵は俯《うつむ》いた。彩葉も黙り込んでいる。地味な花をつけた稲が風に吹かれて波打っていた。

速人はふと思いつき、

「かぐつちで叩《たた》いて、思い出を覗いてみたらどうだろう」

と彩葉に耳打ちした。しかし少女はどうかな、と首を傾げる。

「おじいちゃんの記憶は曖昧《あいまい》なままや。そこを叩いてもはっきりしたもんは出てけえへんよ。まずはしっかり思い出してもらわんと」

「でもさ、仙蔵さんの銀河が出撃する日時もはっきりわかってるんだし、仙蔵さんはふぐにあたって朦朧《もうろう》とはしてても、その目は銀河の飛び立つところや向かってくるところまで見てるんだろ？　だったら仙蔵さんの魂は見てるってことじゃないか」

彩葉は腕組みをしたまま考え込んでいる。

「飛行機のことはわからへんけど、編隊組んで飛ぶのに一機だけそんなことするんかな。それにかぐつちが人の思い出を明るみに出す時には、その人が心の表にしっかり出してくれんと……」

老人は、二人の方をじっと見つめていた。

「あいつらは、銀河は、一人生き残ったわしを恨んどるのや。その恨み、引き受けてからあの世に行かせてくれ」

その言葉は決然として、迷いがなかった。彩葉は頷《うなず》いて立ち上がる。

宇佐の郊外、県道六百二十九号が田園風景を一直線に切っている。白いセンターラインは、滑走路のそれによく似ていた。

「ハヤくんの言うことも一理あるかも知れん。やってみるわ」

彩葉は車の外に出ると、ポケットに隠してあるかぐつちを取り出して大きく振った。たちまち少女の背丈ほどに変化した大金づちが、いつも速人が見ているものよりもさらに数倍にまで巨大化する。そのかぐつちを、彩葉はよっこらせと肩に担ぐ。

「仙蔵おじいちゃん、その時のこと、出来るだけはっきり思い出してくれる？」

老人は巨大なかぐつちを見ても怯《おび》えた表情を見せなかった。静かな表情で瞼《まぶた》を閉じる。

「行くで」

彩葉がかぐつちを振り上げ、仙蔵を力一杯叩く。高く澄んだ音と共に周囲の景色が一変する。先ほどまで片側一車線の何の変哲もない道だったものが、幅二十メートルほどの大路に変わっていた。

突然、速人の耳に轟々《ごうごう》と爆音が響きだした。呆気《あっけ》にとられている速人の脇を、丸い顔に丸い胴体をした、巨大な双発の飛行機がゆっくりと動いていく。操縦席に二人、機首の銃座に一人の計三人の姿が見える。

操縦席に座る青年が敬礼を一つするのを合図に、飛行機は滑走路を走り出す。そして間もなく滑走路が終わろうかというところで、ふわりと地面から離れた。

「銀河……」

仙蔵老人が呟《つぶや》く。

五機の銀河が次々に離陸していく。そして最後の一機が離陸体勢に入った。

その機体だけは他の五機と一つだけ違った点があった。操縦席に一人、そして、機首銃座の乗員しかいなかったのである。

「待ってくれ」

仙蔵が滑走路を走り出す銀河を追いかけようと駆け出す。彼から逃げるように、銀河は加速を開始した。

「待ってくれ！　置いていかんといてくれ！」

胴体の下に八百キロ爆弾が装着してある。銀河は特別攻撃隊として、生還の目途が全く立たない作戦に飛ぶ。

「わしも行く！」

仙蔵がどれほど走ろうと、銀河が速度を緩めることはない。絶叫する老人を置いて、最後の銀河は青空へと消えていった。

「何故置いて行くんや。一緒に飛ぼうと約束したやろが……」

老人はがっくりと膝《ひざ》を折り、銀河が消えて行った方角を見つめていた。

「わしが次に意識を回復した時には、出撃機は沖縄沖で敵艦に突入して駆逐艦にわずかな損傷を与えて四散したという知らせと共に、戦争も終わっていたことを知ったんや。どうにも出来んかった」

部隊は解散し、仙蔵も故郷の奈良に帰った。

「何も受け入れられなかったわしは、それまでの自分を捨てた。仲間のことも、誇り高き飛行機乗りであったことも、特攻隊の生き残りであることも、ひた隠しにして生きてきた。由紀子の家に婿に入った時も、戦争中は体を壊して軍需工場にいたとしか言っておらんかった」

立ち上がった仙蔵は、顔を覆って慟哭《どうこく》する。

「忘れようとしても、洋三と泰明のことが一日たりと頭から離れたことはなかった。由紀子や子供たちはわしの最高の家族やった。せやけど、わしが幸せやと思うたびに、あいつらの幻がわしを責める。お前だけ生き延びて満足か、言うてな。わしは何度か死のうと思った。警官になったんも、拳銃《けんじゅう》を使える数少ない職業やからや。せやけど、人間一度命を拾ってまうと、もう怖うて死なれへんねや」

仙蔵は家族を愛しながら、己の心を最後まで吐き出すことは出来なかった。

「未練を見つけて欲しいのに、そうして欲しなかった。自分で未練と向き合おうとしたかったのにでけへんかった」

びょう、と強い風が吹き抜けていく。

「わしはあいつらが一番嫌う、惰弱の徒なんや。どんだけ願っても、もう二度とあいつらとは飛べんのや」

顔を覆っていた仙蔵がはっと空を見上げる。

速人も耳に響く低い爆音に気づいて顔を上げる。そこには、一機の双発の爆撃機が旋回していた。

仙蔵が眉《まゆ》を開いて機体を見て、わしらの銀河や、と呟く。

「こっちに来よる……」

銀河は高度を極端に下げ、速人たちが思わず身をかがめるほどまで低空飛行をすると、滑走路の外れで風防を開いた。目のいい彩葉が声を上げる。

「ハヤくん、あの飛行機、何か落としたで」

風防を閉めた銀河は、二度ほど翼を左右に揺らし、南へと飛び去った。滑走路と基地の光景が消え、穏やかな田園風景が戻って来る。涙と共にその機影を見送った仙蔵は、急いで銀河が落とした物を確かめに向かった。

「わしらの宿舎があったあたりや」

今は水田となっている宿舎の跡は畦《あぜ》となって草深く、何かを捜すには困難であるように思われた。

「もう六十年も前の落とし物があるんかいな」

彩葉は絶望的な声を上げたがすぐに身をかがめて捜し始めた。速人もその様子を見て後に続く。彩葉は草に顔をつけるように捜しながら、何かぶつぶつと呟いている。

「鼻歌か？」

「ちゃうよ」

彩葉は少しだけ声を大きくして、速人に教えてくれた。

「失《う》せるに已の故あり、出るにだいしょごんのお陰あり……ってそれ、山で会った小さな神さまの？」

「そう。失くし物を見つけるんやったら、だいしょごんさまにお願いしながら捜すのが一番やで」

にこりと笑うと、再び捜し始める。速人も唱え始める。気付くと、仙蔵も唱えつつ捜し始めていた。

草むらにかがんでいると腰が痛む。彩葉も汗をぬぐいながら、それでも休まない。仙蔵は一度も頭を上げず、捜し続けている。

老人の背中からは、長年抑え続けて来た想いが噴き出していた。

日は暮れ、速人のワイシャツは既に汗でびしょ濡《ぬ》れとなっていた。彩葉も小麦色の肌を紅潮させて捜し続けている。秋にしては強い太陽が宇佐の海に落ちようとする頃、速人の視界の端でかさりと何かが動いた。蓬《よもぎ》が群れとなって生えているあたりを掻《か》きわけ、土の中に指を入れると違和感がある。根の強い蓬を一束引き抜くと、土の中に何かが埋まっていた。

「仙蔵さん！」

駆け寄ってきた老人が震える指で、埋まっていた物を掘り出す。

ぼろぼろになった布切れと、朽ち果てた眼鏡のフレームが色あせた日章旗に包まれていた。老人は慎重に、旗を開く。するとそこには、

お前の代わりに刀はもらっていくぜ。

俺たちの分まで生きろ。

と二つの違う筆致で書かれていた。

「泰明と洋三の字や」

胸に抱き、膝を折って抱きしめる。

「すまん、気付いてやれんかった……わしは何と薄情な男や」

速人は老人の肩を抱く。

「でもあちらに行く前に、見つけられましたね」

仙蔵はすがるように速人を見つめる。

「……あいつらは許してくれるんか」

「ええ、きっと」

彩葉も仙蔵の前にかがみこんだ。

「おじいちゃんは二人が落とした物を見つけられへんかったかも知れんけど、友だちのことを最後の瞬間まで忘れず、黄泉坂を登られへんくらいに思いつめてたんや。絶対に許してくれるって。これを見て」

懐から取り出した白玉が軍刀へと形を変え始めている。洋三が持ち去った仙蔵の刀に他ならなかった。

「泰明さんと洋三さんは最後までおじいちゃんとの約束を忘れたわけやなかった。だからおじいちゃんの分身ともいえる刀と共に飛び、最後に自分の分身ともいえる物を託そうとしたんや。自分らの分まで生を全うして、ってね。そしておじいちゃんは二人の願いをかなえたんよ」

仙蔵は彩葉から刀を受け取り、仲間たちの遺品と共に日章旗の中にくるむ。

「わしは生きたで。お前らの分も、存分に生きた。これからそっちに行くから、また飛ぼうや……」

六十年分の慟哭が、宇佐の田園に響く。

速人はデューセンバーグに戻ってエンジンをかけ、肩を震わせている老人から少し離れたところに車を止めた。畦の草むらの中に小さな武者姿を見たような気がして瞼《まぶた》をこすったが、次の瞬間には消えていた。

第四話　空手形

一

いつものひぐらしの声とは打って変わって、聞く者の不快感を絞り出す油蟬の大合唱が山中に響いている。壊れた工具が出すような耳障りな音の合間を縫うように、かつうん、かつうんとゆったりとした金属音が漏れ聞こえていた。

一人の男がワイシャツの袖《そで》をまくり、つるはしを振りかぶっている。今日の速人は、玉置山中で汗だくになりながら、少しずつ岩を砕いていた。

「大変そうですね」

スーツ姿の大国村長が彩葉の横に腰を下ろし、暢気《のんき》な声をかけてくる。

「見ての通りですよ」

やや苛立《いらだ》った声で速人は答えた。

「ハヤさんは村によく馴染《なじ》んでいる。私も一安心です。この調子で頑張って下さいね」

「村長の権限でお手伝いを派遣してくれると大変ありがたいです」

大国は笑って手を振ると、去って行った。

「そんなこっちゃ何年経っても耳かきもでけへんで」

往年のクラシックカー、デューセンバーグの長大なボンネットの上に腰をかけている少女、彩葉が手を叩《たた》いて励ます。

「おかしいだろ。鉄を作るのにどうして岩からなんだよ」

速人は汗をぬぐう。

「鉄は最初から鉄やないねんで。日本で一番ええ石はここから出るってだいだらさんも言うてはるし。それとも女の子にこんな力仕事やらすんか。なあ？」

きれいな小麦色に焼けた彩葉は、虚実を入れ替える神具かぐつちを振りまわして言い返す。そして車のルーフにうずくまっている黒い塊に声をかけた。

その黒い塊はルーフから滑り降りると、むっくりと立ち上がった。急激に大きさを増したそれは手を差し伸べる彩葉を抱き上げると、肩の上に乗せる。速人が見上げるほどのそれには全身柔らかそうな長く黒い毛が生えており、顔は毛の下に隠れているようだ。

「だいだらさんは優しいな」

彩葉はもこもこした黒い頭を撫《な》でた。

だいだらさんは、入日村のある玉置山に住む神さまの一人だ。鍛冶《かじ》の名人で、デューセンバーグを部品から造り上げたのも彼だと速人は聞いている。

彼が山中奥深くの崖《がけ》に穴を開けに来ているのは、だいだらさんの指示である。

「だいだらさんを誉めるんなら俺も誉めろ」

蒸し暑い山の中、汗でシャツの色が変わるほどに働かされている速人は文句を言う。するとデューセンバーグの後部座席の扉が開いて初老の男が現れ、申し訳なさそうに帽子をとってぺこりと頭を下げる。

それを見ては速人も何も言えなくなり、再びつるはしを振るい始めた。

かきんと硬い音がして、岩がわずかに砕ける。だいだらさんは肩の上の少女に何やら話しかけている。彼の声は速人には聞こえない。彩葉だけはその意図がわかるようで、ふんふんと頷《うなず》いたり、えー、と不満そうな声を上げたりしているが、やがて肩から飛び降りて、速人に近づいてきた。手には水筒が握られている。

「だいだらさんが言うから仕方なくやで。ほれ」

そう言いながら、彩葉は不機嫌そうな顔で水筒を突き出す。入日の清水で淹《い》れられたらしき麦茶が疲れた体にしみわたっていく。少し息を整えているうちに、やる気が戻って来た。

だいだらさんの方に目をやると、速人を応援するように腕を上に伸ばし、ゆっくり左右に動かして見せた。

＊

る力仕事なんてたかが知れている。

油にまみれた工作機械を女手一つで動かすことは出来ない。六十を超えた女がこなせる力仕事なんてたかが知れている。

人がいなくなってがらんとした古い二階建ての町工場には、四台の旋盤、三台の溶接機、二台の固定ドリル、一台のサンダーがある。窓に張られた曇りガラスから秋の陽光が差し込んで、一人黙々と作業を続ける女を照らしていた。

坂田《さかた》美千代《みちよ》は機械油で黒く染まった軍手で、化粧けのない額をぬぐう。

東大阪市の布施《ふせ》駅から高架に沿ってしばらく行くと、小さな町工場が建ち並ぶ一画がある。その大方が大きなメーカーの下請けや孫請けで、油の匂いを帯びた男たちによって、支えられてきた。

ある年までは、どこの工場がこんな設備を入れた、どこの工場が増築した、どこのメーカーからこんな注文が入った、と景気の良い話が毎日のように聞こえてきた。

それがいつからか、設備を売った、倒産した、元請けから付き合いを切られた、という聞いているだけで憂鬱《ゆううつ》になるような話が頻繁に耳に入るようになった。

そして今では噂を交換するような同業の仲間ですら、姿を消しつつある。

坂田美千代は白いものが半ばを占める髪を百円ショップで買った黒いゴムでまとめ直し、疲れた様子で工場の床を掃く。

坂田製作所。

彼女が四十年近く夫婦生活を共にした夫、正克《まさかつ》が全てを注ぎ込んだ小さな作業場は、主《あるじ》を失うと同時に消滅することになった。

(死体を清めているようなもんね)

ふと一月ほど前に夫を送り出した時を思い出して、ため息をつく。

(私ってこんなに冷たい女やったんかいな……)

自分でも不思議になるくらい、夫の死は静かにやって来て、そして去って行った。

久々に来たまとまった仕事の材料を運んでいる時に解離性大動脈瘤《りゅう》を発症し、彼女が気付いた時には夫の意識ははるか彼方《かなた》へと去っていた。

「まだ若いのに……」

近所の人も、かつて同じくこの地域で下請けをしていた古い知人も、そして自分たちを結果的に廃業に追い込んだメーカーの人間も、例外なく沈痛な顔を作った。

だが美千代は丁寧に礼を返しながら、涙の一滴も出ない自分に驚いていた。

「おふくろはびっくりしとるんや。自分を薄情や思たりしたらあかんで」

息子の武明《たけあき》が、父にそっくりの太い眉《まゆ》をひそめて慰めてくれた。

四十九日の法要まで含めて葬儀の日に終わらせて、次に親族が集まるのは一周忌の時だ。

(またお弁当のことで義姉《ねえ》さんに文句言われたりしないかしら)

そんなことをふと考える。

夫には姉が二人と弟が一人いた。それほど関係が険悪というわけではなかったが、やはり小姑《こじゅうと》は小姑で、何かにつけて夫にクレームをつけていたらしい。

仏壇を正克が持っている関係で、結婚して以来法事の手配などは美千代がやっていた。その仕出し弁当にいちゃもんをつけられた時は、最初で最後の大喧嘩《おおげんか》を義姉と繰り広げた。

それ以来、正克は、

「そんなもん、無視しとったらええねん。仕切りを人にやらせといて文句言うなってお前からも言うたれ」

と美千代の肩を持ちつつ義姉には直接何も言わなかった。どこの家でもそうらしいが、嫁の立場は独り身になっても変わらない。何年も先まで義姉の機嫌を考えなければならないかと思うと、気分が重かった。

「すみません」

ぼんやりしている美千代の前で、油で黒ずんだ木の引き戸ががらがらと開けられた。

「西生野《にしいくの》モータースの東野《ひがしの》ですけれども」

夫が懇意にしていた車屋の営業が顔を出した。小柄小太り薄い頭、と好人物を顔に貼り付けたような容姿は、初めて車を買った二十年前から変わらない。

「ああ東野さん、いつもお世話さんやねぇ」

美千代はもう一度汗をぬぐい直し、

「えらい暑なった日に来てもろて」

と頭を下げた。

「このたびは……」

そう言いながら懐から香典の入った封筒を出しかける東野の手を押し留《とど》め、美千代は本題に入る。夫が乗っていた車を引き取ってもらうために、来てもらったのだ。

「ほんまにあのクラウン、売ってまいはるんですか。息子さんなりが乗らはったらよろしいのに」

「いまどきの若いもんが乗る、ゆう感じでもあらへんでしょ？」

「まあ、そうですな」

はは、と小さく笑い声を上げかけて東野はすぐに引っ込めた。特に不謹慎とも美千代は思わなかったが、東野が早口ですんませんと謝るのを聞いて、そういうものかとも無感動に思った。

一つ咳払《せきばら》いした五十前の東野は、さっそくガレージに移動して、車の査定を始めた。

美千代はその間も工場に戻って何か片付けをしようと思うのだが、いまひとつ気が乗らない。東野が車の査定額を出すためにあちこち見て回るのをぼんやり眺めている。

（あと一週間で引き払わんとあかんのに）

土地も建物も、正克名義の所有物ではなく借り物だ。

十数年前に景気の良かった頃、同じく布施にあった小さな工場を出て、業務を拡大した。もう一回り狭い敷地であれば、何とか買うことも出来た。だが、

「坂田製作所はこれから大きくはばたくんや。鳳《おおとり》には大きな巣が必要やで」

と借地であっても敷地の大きさにこだわった。そしてそれは、車を買う際も同じだった。企業の経営者はみんなクラウンや、と押し通したのである。

やがて東野が顔を上げる。

「大事に乗ってはるんやけど、ちょっと古いんですわ」

東野がさし出す査定書に書いてある金額が妥当なのかどうか、美千代にはわからない。

「それでお願いします。名義やなんやもあんじょうしといて下さい」

金額にちらともう一度視線を走らせて、判を押す。

「どうします？　乗って行ってよろしい？」

「ええ、そうして。もし車の中に忘れ物があるようやったらまた電話して下さい」

わかりました、と頭を下げた東野が紺のクラウンに乗り込み、ガレージを出て行く。

これでまた一つ片付いた。

がらんとしたガレージに、蛍光灯が寂しく点《とも》っている。容積の大きい高級乗用車がなくなっただけで、途方もなく広い空間が出来る。

(車なくなるだけでこんなに空くんやね)

寂しいというより、驚いた。そして寂しいと思わない自分にも驚く。

夫の匂いが染み込んだ物たちが、どんどん姿を消していく。

車がなくなり、工具や機械がなくなり、この工場を引き払ってしまえば、夫の痕跡《こんせき》は何もなくなってしまうような気がした。それでも美千代は寂しいと思えなかった。

夕刻になっても片付けはあまり進まなかった。何もする気がなくなった美千代は重い足取りで自宅へと戻る。昔なら十分もかからなかった道のりが二十分近くかかるようになってしまった。

自宅からは駅が近くて便利だが、列車の音がひっきりなしに聞こえるのが、美千代は嫌で仕方がなかった。

「寝坊せんでええやんけ」

と正克は得意げであったが、神経が細かった美千代にとってはたまったものではなかった。

「商売がでかなったら郊外に家こうたるがな」が口癖だった。息子の武明はそんなやかましい家を気に入っているわけもなく、高校を出るとすぐに出て行ったし、娘の聡子《さとこ》などは彼氏と駆け落ち同然に東京へと行ってしまった。

本当はもう一人か二人、子供が欲しかった。だが正克はいつも、

「もうちょっと！　もうちょっと仕事があんじょういくまで待ってくれんか。家も建てるし子供も作る」

正克が語る夢は確かに魅力的だった。

美しく整えられた庭、ふかふかのソファ、広い台所、上品な書斎、そして木の香りに包まれた凝った造作の日本家屋……。美千代が間取りを覚え込むほど詳細な夢物語だった。生まれた時から借家住まいしかしたことのない美千代は若い頃、この夫ならそんな家を建ててくれるかも知れない、と夢を見ることが出来た。稼げる腕は持っている夫だった。だが夫の〝もうちょっと〟を待っているうちに、美千代は安全に子供を産める年齢を通り過ぎてしまった。何より、夫は三十半ば過ぎから自分を女として見なくなっていたものだ。

結局、三人目の子供も家も空約束なまま夫は世を去った。

（仕方ないわ。二人の子はしっかり大人になったし）

そう言い聞かせることが、いつしか美千代の習慣となっていた。

夫の位牌《いはい》が簡単な祭壇の上にある。つい一ヵ月前まで目の前に座って食事を共にしていた人間がこうもあっさりいなくなるとは、思いもよらなかった。

外で取引先と飲むのが何より好きだった正克は、血圧が高かった。医者からそろそろ摂生しないと危ないぞ、と脅されてもいた。

「なに言うとんねん。俺が外で仕事取ってけえへんかったら、血管切れる前に飢え死にするわ」

と言葉ばかりは威勢よく、接待の言い訳をしていた。

（もと取ってへんやん）

領収書には毎回数万の金額が記されていた。元請けから回ってくる仕事量が減るにつれて、領収書に記される金額も増えていった。

「無駄やんか。仕事回してもらわれへんやったら接待もやめような」

と諫《いさ》めても、正克が聞き入れることはなかった。

「これは投資みたいなもんや。未来を見据えた出費をせんと儲《もう》けなんかあるかい」

あんたが飲みたいだけちゃうんか、と何度ものどまで出かけたが、言えば大喧嘩になるのは間違いないので黙っていた。

（ほんま適当な男やったわ）

腹が立つより笑えてしまう。夫が世を去ってから、あまり空腹を感じない。

「坂田さん、すんません」

外で誰かが呼ばわっている。呼び鈴に気付かないほどぼんやりしていたようだ。

葬儀以来人が来ることも稀《まれ》で、びくりとする。

会社で借りている金は爪に火をともす思いで払い続けていた保険が利いて、完済することが出来た。借金取りではないはずだ。窓から下を見下ろすと、黒いスーツ姿の五十過ぎの男がぺこりと、ほとんど毛髪が去った頭を下げた。

その姿に美千代は見覚えがあった。

「手を合わさせてもらえませんやろか」

美千代は急な階段を下り、鍵《かぎ》を開ける。

「野上《のがみ》さん、よう来てくらはったねえ」

「いいえ、お参りが遅れまして」

男は一度大きく息を吐いて頭を深々と下げると、敷居をまたいだ。

野上は正克の下で三十年近く働いてきた、古参の従業員であった。副社長などという肩書きを与えられていたが、給料は平の工員と変わらない。だというのに文句も言わず、よく勤めてくれていたものだ。

じっとりと汗をかいた首筋を光らせて長く合掌すると、野上は振り返ってお悔やみを述べた。

「ほんま、ありがとうございます。まさか野上さんが来てくれはるとは……」

改めて美千代は頭を下げた。

「もう亡くなりはったと聞いて、いろんな思いも消え果てましたわ」

「そう言うてもらえると」

美千代は夫の死、そのものには涙も出ないのに、野上の気遣いに危うく胸が詰まりそうになった。

「あの時は、さぞ怒ってはったでしょう」

「そらもう」

野上はおどけた口調を作り、目を剝《む》いて見せた。

正克の忠実な部下であった彼は、同時に現場のまとめ役でもあった。双方の間に立って互いの利害を調節し、坂田製作所が正克の死まで何とか存続出来たのは、野上の努力によるところが大きい。

「あの人が野上さんにあんなこと言うた時には、私も怒ったんですよ」

美千代はその時のことを思い出す。

正克の拡大路線は、会社の身の丈に合っていなかった。家族だけでなく、社員にまで忍耐を強いた。社員の目には、自分たちは薄給なのに社長は豪遊しているように見えていたのだ。

「あれは売り言葉に買い言葉でした。俺も肝っ玉の小さいことをしたと反省してます」

そう言われては美千代も恐縮するしかない。

社員たちの突き上げを受けた野上は、無駄な金を使わずに社員のために使うべきだ、と初めて強く正克に意見した。それに対する社長の答えは、

「旋盤回すしか能のないお前らに何がわかんねん！　黙って働けボケ！」

という逆切れめいた罵声《ばせい》だった。

これには野上も激怒した。その日のうちに辞表を叩《たた》きつけて帰ってしまったのである。美千代は焦り、夫には内緒で野上の家に頭を下げに行った。しかし野上の怒りは冷めず、正克も頑として謝罪することを拒否した。

「夫はきっと、一言謝りたかったんやと思いますよ」

「どうでしょう。あちらでもそっくり返るくらいに胸を反らして顎《あご》を突き出して、意地

張ってるような気もしますわ」

「まあ」

美千代は吹き出しそうになった。

事実、野上が本当に辞めてしまった後しばらく、家でも会社でも不必要に威張りくさっていた。その時の様子が、まさに野上の言う通りであったからだ。

それが正克の亡くなる二年前の話である。その事件と時を合わせるように、坂田製作所の経営は一気に傾き、従業員たちも離れていった。

「でもね、半年経って一年過ぎて、社長の気持ちがわかったような気もするんですわ」

野上は美千代の出した麦茶をすすり、懐かしい味ですな、と目を細めた。

冷房などない町工場の片隅には、冷たい麦茶を入れた大きなポットが置かれていた。従業員はその麦茶を飲みながら、夏の仕事をこなす。特に何かコツがあるわけではないのに、みなおいしいおいしいと飲んでくれるのが美千代には嬉《うれ》しかった。

「ようよう考えたら、社長が飲み歩いてたん、あれ好きで飲んでたんちゃいますもんね」

「そうですかね」

信じられない話だ。

「社長、職人は腕さえあったらええねんて、よう言うてはりました」

「ああ……」

夫は若い頃から、鉄を扱わせたら一級の腕を持っていた。どのような無茶な注文でも納期でも、徹夜も厭《いと》わずにこなしたものだ。

「鉄細工なんかも、よう作ってましたな」

懐かしそうに野上は目を細める。若い工員たちが腕試しをするかのように、通天閣《つうてんかく》やら甲子園《こうしえん》やら、自分の像やらを作っては競い合った。

「のどかな時代でしたわ」

新婚当時には、美千代自身も作ってもらった。大切にしていたが、いつの間にやら失くしていた。

「会社を大きいしたあたりから、社長はあんまり現場に出てきいへんようになってましたからなぁ」

「現場におったらあんな風におかしいはならへんかったんかも知れませんね」

美千代は空いたコップにもう一杯麦茶を注いでやりながら、ため息をついた。

「どうでしょうなぁ」

二人の間に沈黙が流れる。

特急列車が通り過ぎ、がたがたと窓が揺れた。

「そう言えば奥さん、今朝ちょっと不思議なことがありましてね」

何でしょう、と美千代は汗と脂で顔を光らせている野上に向き直った。

「これ、ちょっと見てもらえますか」

ポケットから袱紗《ふくさ》に包んだ、棒状のものを取り出した。

は拍子抜けした。

「何ですの？」

と美千代は覗《のぞ》き込む。見た目に似合わずきれいな指をした野上は、丁寧にその袱紗の結び目を解いた。何やら貴重なものが入っているらしい、と息を詰めて見ていた美千代

「これは？」

「鉄材ですね。朝起きたら、枕元にあったんです」

それは見ればわかる。一センチ角の細い鉄棒で、長さが十五センチほどある。坂田製作所では珍しくも何ともない代物で、どうして野上が袱紗に包んでまで持って来たのか、美千代にはわかりかねた。

「ここ見てくれはります？」

野上が差し出した小さな鉄の棒を、美千代は受け取る。

「これ……」

両端に細かな切り欠きが施してあった。大量に使う小さな鉄材には、不要な細工である。美千代はわずかに、自分の鼓動が激しくなっていることに気付いていた。

「社長、こういう細工を作っていたことがありましたわ」

坂田製作所は本来、鉄を扱わせたら一級の職人が集まる工房のような会社であった。どのように難しい注文にも、夫や野上が中心になって応《こた》えてきた。よくもまあ硬い鉄をあれだけ自由自在に操るものだ、と美千代は感心していたものである。

「嫁はんに訊《き》いても知らん、言いよりましてな。初めは気味悪う思っておったんですが、これ見ているうちになんとも懐かしい気分になって、これを奥さんにお渡ししようと思ったんです」

「そうですか……」

野上はそれからしばし正克の思い出話をして、帰って行った。卓上に広げられた袱紗の上には、鈍く光る鉄の棒が置かれてある。

奇妙な話ではあったが、

(ああ、野上さんは不思議なことにかこつけて、いさかいのあった夫を弔う口実にしてくれはったんかな)

そう思うと得心がいき、美千代の気も少し晴れた。夫は最後の一線で見捨てられていなかったのか、と思うだけで慰められる気分になった。

夕方になって日がかげっても、東大阪の工場群は、重く湿った空気に覆われたままだ。どの建物も灰色に見える工場群を抜けると、不必要にぎらぎらとネオンを輝かせた二十四時間営業のスーパーがある。

そこで一人分の食材を買う。

二人分から始まって、三人分になり、四人分になり、そして三人分、二人分と減り、ついに一人分になった。冷凍さんまを一尾手にとり、不意に胸が詰まる。

これが老いだ。

夫を焼き場に送った時よりも強烈な打撃で、美千代は思わずその場に膝《ひざ》をつきそうになった。

「大丈夫ですか？」

急に動きを止めた美千代に、若い主婦が声をかける。

「だ、大丈夫です。おおきに」

身を縮めて頭を下げ、美千代は慌ててその場を離れる。せっかく野上が来てくれて、いい気分になっていたというのに。

ネオンに追いやられるように店を出て、車が一台やっと通ることが出来るだけの道をたどる。ふと目を上げると、一軒の軒先に物干し竿《ざお》が出ていて、老人用の下着が干されているのが見えた。

二階の窓から、一人の老人が美千代を見下ろしている。近所づきあいもあまりないが、一応顔見知りではある。だが美千代が会釈をしても老人は挨拶《あいさつ》をしてくれなかった。

「あの」

と声をかけようとして、思いとどまった。その老人は、美千代の方に視線を向けているだけで見ているわけではなかったからだ。

もう一度会釈をして、美千代は自宅に向かう。玄関の扉を開けようとして、鍵《かぎ》をかけ忘れて出ていたことに気付く。

ぼんやりしている、と自分を叱りつけ、玄関に上がってびくり、と体が震えた。紳士ものの革靴がきちんと揃えて置いてあったからである。彼女がびっくりしたのは、それだけではない。

（あの人の……）

その古ぼけた靴には見覚えがあった。

かちゃり、と部屋の奥で物音がする。野上の枕元にあった細工された鉄材のことが思い出されて、美千代は背中に寒気が走った。

そっと靴を脱ぎ、中を覗く。電気が点《つ》けられ、ソファには誰か座っているようだった。目を落として何かを読んでいるようで、肩のラインが見える。それは確かに、長年連れ添った男によく似ていた。

ぱっと頭を上げて振り向いた顔を見て、美千代は大きく息をついた。

「なんや武明かいな。びっくりするやんか」

「息子が実家におってなんでびっくりすんねん」

仕事帰りなのか、武明はスーツ姿である。

「大阪に出張やってんけど、はよ終わったから寄ってん」

「そうなんやったら連絡の一つでもよこしてくれたらええのに」

美千代はそこで、一人分しかおかずの材料を買っていないことに気付いた。冷凍の餃《ギョー》子《ザ》くらいならあるが、東京から帰ってきた息子をもてなすには不十分だ。

「飯はええで。もう食うてきたから。おかん、作って食べえな。俺はお茶でかまへん。おしんこくらいはあるやろ」

「そらあるけど。何か食べにいこか？」

ええって、と息子は手を振り、再び手に持ったものに視線を落とした。

「これなんやの？」

「ああ、これ」

武明が差し出したものを見て、美千代は野上が来たことを話した。

「へえ、野上さんが」

息子は懐かしそうな顔をした。小さい時には、家族ぐるみで吉野《よしの》の川に遊びに行ったりしたものだ。そして最後まで話を聞き終わると、

「朝起きたら枕元にあったんやて？　そら不思議なことがあるもんやなあ」

と感心したようにため息をつくと、古いソファに体を沈め直した。

「もしかしたら、あんたとこにもあったんちゃうの」

わずかな期待と怖れを込めて美千代は訊《たず》ねる。だが武明は父親そっくりの太い眉《まゆ》を下げて、ないない、と手を振った。

「おかしな話やん。もしこの世に未練があって化けて出るんやったら、まずはおかんか俺か、聡子のところに来るはずやん」

おそらく弔いの理由をつけるために、不思議な因縁をつけてくれたのだろう、という意見である。それは美千代も同じ考えだった。

「なあ、おかん」

不意にまじまじと母の顔を見た武明は、

「大丈夫か。親父が死んでからこの方、気い張り過ぎてるんとちゃうか」

心配そうに訊いた。確かに美千代は、正克が世を去ってから、泣き崩れるということがなかった。

「ああ、私はほんま薄情な女やで」

美千代は冗談めかして答える。

「悲しいんやろうけど、涙も出えへん」

その理由を探そうとして思いつかず、

「ほら、お父さん、いっつも適当なことばっかり言うとって、いっつも期待はずれに終わってから。死んだんもうそなんやないか、って思ってるんかも知れへんわ」

と出まかせを言った。

「そうかいな。そうやったらまあええねんけど」

翌朝早く、武明はどこか釈然としない顔で出て行った。

大がかりな仕掛けを経てきたわりには、実にお粗末な成果と言えた。

二

「たったこれだけ？」

速人は思わずため息をつく。

「そんなもんやって、だいだらさんは言うてはるわ」

彩葉の言葉に合わせるように、黒い小山のような巨体の神は、申し訳なさそうに頭をかいている。だが速人も〝たったこれだけ〟を手に入れるためにだいだらさんがしてくれたことを見ていたから、文句を言うわけにもいかない。

「ハヤくんが持ってくる鉄の石が少なすぎるのが原因やろ」

と言う彩葉の言葉が胸に刺さる。彩葉の手には、小さな鉄材が数本載せられていた。

このわずかな鉄材を手に入れるためにかかった労力と時間は、大変なものであった。

そもそもの始まりは、坂田正克という初老の男性が黄泉坂に繋《つな》がる六道辻《つじ》に立っていたことにある。辻に立っているということは、坂を登りきれないほどの未練があるということである。

いつものように速人と彩葉は、背負っているものを軽くする手伝いが出来ないか、と声をかけた。

正克はこれまでの人と違って、実に素直であった。自らに未練があることを認め、速人たちに何とかして欲しいと頼んだのだ。

彼に引導を渡して坂を登ってもらうには、彼が何十年間も家族に切り続けた空手形を実現させる〝だけ〟でよい。速人と彩葉は知恵を絞り、大国村長らにも話を聞いた結果、だいだらさんに助力を願ったというわけである。

正克の空手形を効力のあるものにするためには、若干の鉄が必要であった。

「その辺りにくず鉄ならいくらでもあるじゃないか」

それを取ってくれれば、という速人の案は即刻だいだらさんに却下された。

ただの鉄では力が足りないという。

だいだらさんは坂を往復するデューセンバーグを製作出来るほどの腕を持っているが、正克の願いをかなえるだけの物を作るには、特別な原材料と手順が必要である、と速人たちに告げた。

まずその下準備として、だいだらさんは、玉置山の山肌に巨大な〝たたら〟を造った。たたらとは鉄を精錬するためのふいごや炉、を含めた設備の一式のことである。だいだらさんは地に伏して大地の神を拝しては穴を掘り、空を仰いで大空の神を拝してはふいごを組み立てた。その黒い巨体からは蒸気が上がるほどの真摯《しんし》な姿であり、火入れの時は滅多に見せない巨大な目から炎を発して炉に着火した。

設備が整えば、後は原料となる鉄鉱石か砂鉄を揃えるだけである。玉置山にも鉄のもととなる石はある。それをもとにデューセンバーグは造られたが、今回はそれらに加えてうつし世から持って来た石と混ぜ込む必要があるという。

そこでだいだらさんが指定したのが、岡山県津山《つやま》市の中山神社の神域にある真砂《まさ》砂鉄である。鉄の神の加護を長年受け続けたその鉄なら、正克の望む力を発揮出来る。しかも聖なる山に手を入れるのであるから、重機を使うなどもってのほかであった。

だがかぐつちの力でうつし世に赴き、つるはしで岩を砕く速人の体力も人並み以下に有限である。一日かけても手に出来る鉄のもとはわずかであり、鉄材のもととなる玉鋼はおよそ採取出来た砂鉄の四分の一でしかない。

「うちも手伝ったるわ」

初めこそ力仕事は男子の仕事や、と見ていた彩葉もかぐつちをつるはしに持ち替えて速人を手伝いだした。しかし威勢が良いとはいっても彩葉も女の子だ。さして砂鉄の量が増えるわけではない。

「彩葉、やめとけって」

その小さな手にはいつしか豆が出来、つぶれて痛々しい傷となっていた。

「相方が苦労してるのに、うちだけが楽出来るかいな。ハヤくんの仕事はうちの仕事でもあるんやから」

「お前にはかぐつちを使って俺をうつし世に移すっていう役割があるだろ」

速人はハンカチを取り出して、彩葉の右手を包んでやる。怒ったような顔でそっぽを向いていた彩葉は、それでも手当てが終わるまでじっとしていた。

「ハヤくんがて手、ぼろぼろになってるやん」

「正克さんの成仏に必要なんだから仕方ないよ」

「だったらうちもやる」

速人は彩葉の肩に手を置く。

「俺の作業が遅くて砂鉄が集まらないのは申し訳ないけど、だいだらさんのたたら作業も三日三晩で一工程なんだろ？」

「そうや」

鉄を作るおよそ七十時間の工程を一代《ひとよ》という。そこで出来た玉鋼をだいだらさんと正克が加工し、未練を消すための工作を行う。だいだらさんはたたらに溜《た》まった灰や鉧《けら》、鉱滓《からみ》を取り除いて新たに炉やその下にある穴の清掃を行わねばならなかったから、次の製鉄にかかるまでおよそ四日はかかった。

「だったら、焦らずぼちぼちやるさ。一日で取れる砂鉄の量も、だいだらさんが一代で造ってくれる玉鋼の量もわかったし。女の子に力仕事させられないだろ。彩葉だってやがってたじゃないか」

そう諭した。うん、と納得したように引き下がった彩葉だったが、気付くと速人から少し離れた所で、つるはしを振り始めていた。

＊

ほうれん草のおひたしと、えのき茸《だけ》の味噌汁《みそしる》、それに茄子《なす》の浅漬けをおかずに、美千代は朝食をとる。仏壇に光る二本のろうそくの向こうに、正克の位牌《いはい》が祀《まつ》られてある。線香は消してある。あの匂いを嗅《か》いでいると無い食欲がさらに失《う》せる。

一人の食卓を少しでも楽しいものにしようと、楽しかった思い出をたぐり寄せようと試みる。しかし思い出されるのは、どうでもよいことばかりだ。

正克の帰りが接待で遅くなり始めた頃のことだ。

「すんません。よっぱろうてすんませーん」

午前さまで戻ってくると、正克は仏壇の前で手え打ちなや。作法違うやろ」

「謝る相手違うやろ。それから仏壇の前で柏手《かしわで》を打って謝っていた。

「細かいこと気にすんな。気持ちや気持ち」

そんな弁解をしながら靴下を脱いで放り投げる。そして仏壇に指を突きつけ、

「俺は戒名なんかいらんで」

そう喚《わめ》いた。

「無駄なことに金使うやつはあほや」

そう言って風呂《ふろ》場に駆け込むと盛大に吐いた。

「あほはあんたや」

と毒づいて水をぶっ掛けたことを思い出して、美千代は苦笑した。

結婚したばかりの頃は接待ではなく、ごく普通に会社の仲間たちと付き合いで、ミナミの繁華街へ繰り出しては、夜が明ける時分に帰ってきたものだ。

美千代自身も不思議なのだが、その頃夫が夜遊びに出ようと、腹も立たなかった。職人はそんなものだ、と実家も木工職人だった彼女はどこかで納得していたものだ。

接待で出かけるようになったのは、坂田製作所の業績が悪化し始めたここ数年の話である。

「さ、工場を片付けてしまわんと」

昨日野上が持ってきた切り欠き細工を施した鉄材が食卓の上にある。

夫の死を悼むために野上がこれを作り、不思議な話をでっち上げてくれたのかと思うと、美千代は微笑ましい気分になった。

坂田製作所の鍵《かぎ》を開け、ガレージのシャッターも開ける。

「掃除でっか」

工場の近くに住む老人が顔を出した。

大戸《おおと》という、十年ほど前まで近所で鍍金《めっき》工場を営んでいた男である。鉄工業をやっている正克の会社とは長年つきあいもあった。職人気質《かたぎ》の気難しい男ではあったが、正克とは実によく気が合った。

「ええ、もう店じまいですわ」

美千代は汗をぬぐいながら答えた。

六十前で仕事に見切りをつけ、すっぱり仕事をやめた大戸は、時折パートに出ながら気楽に生活しているように見えた。

「正克さん、このご時世によう頑張ってはりましたね」

「いえいえ。外面だけは威勢のええ人やったから」


そんなことあらへん、と首を振りつつ、大戸はたばこに火をつけた。白髪をオールバックにし、しっかりと後ろに撫《な》で付けてある様はなかなかにお洒落《しゃれ》だ。

「美千代さん、ぼくはね、正克さんが羨《うらや》ましかったで」


坂田製作所の看板を見つめながら、大戸は呟《つぶや》くように言った。

「会社やっとる人間は、やっぱり閉めるの口惜《くや》しいもんな」

「後を始末するんも大変なんですよ。大戸さんは周りに迷惑かけんと上手にやりはったやないですか」


致し方ないとはいえ、挨拶《あいさつ》回りから役所への手続きなど、やることは山ほどある。工場の掃除も無駄に広いだけに骨が折れる。

「仕事してる時は、閉めることなんて考えへんのになあ」


感慨深げな大戸とは、良い思い出も悪い思い出もあった。仕事はきっちりしてくれるのだが、かつてはとにかく口の悪い男で、本人は冗談のつもりでも美千代はよく気を悪くしたものだ。

だが怒る妻を、正克はいつも、

「ほんまはええおっさんやねん。腕も凄《すご》いんやで」

とかばうのが常だった。

（どっちの味方やねんな）

とは思うものの、相手は仕事の得意先でもあるし、我慢しているうちに大戸の会社がなくなってしまった。仕事の付き合いがなくなれば、挨拶を交わす程度の仲になり、大戸も美千代にきついことを言うこともなくなった。

「ああ、奥さん。そう言えばこの前お葬式で参らせてもろた時にですな、会場でこんなもん拾ったんです」

大戸はごそごそとズボンのポケットを漁《あさ》ると、何かを取り出した。

「ちょうど出棺前に、式場の入り口で拾ったもんやから渡しそびれて」

そう言いながら取り出したのは、十五センチほどの鉄材であった。

「ごみなんかいな、と思ったんやけど、これ見てくれる」

大戸が差し出したものを手に取った美千代は、その両端に細かな切り欠きが施されているのを見て、はっと息を呑《の》んだ。

「こんな細工やるような会社、このあたりでもほとんどあらへん。それよりな、これ見ててえらい懐かしいなってしもうて」

大戸は慌てて顔を俯《うつむ》かせ、二本目のたばこに火をつける。

「正克さん、暇があったらこういう細かいことして、うちの会社にきれいにメッキしてくれ言うて来てたわ」

「そうなんですか……」

「単品のクロムメッキなんぞ、昔はそれほど珍しいことやなかったから。でも鉄材一本でも引き受けるんは、正克さんくらいやったで。大した儲《もう》けにもならへんのに」

そうは言いつつ、大戸の顔は穏やかなままであった。

「なんかこの鉄材見てたら、えらい昔を思い出して。奥さん、これ正克さんの墓前に供えたってくれまへんか。またあっちで一緒に細かい細工やりましょうや、て大戸が言うてた、て」

大戸は高架下をゆっくりと布施駅に向かって歩いて行った。

美千代は一度家に帰り、野上が置いて行った鉄材と大戸から受け取った鉄材を比べてみる。

「寸法、同じや……」

径も寸もぴったり同じ。試しに切り欠きを合わせようといじくり回してみるものの、そこは合わなかった。

「ま、そうやんな」

同じ人間が同じ材から同時に切り出さないと、切り欠きはなかなか一致しない。今ではコンピューターを内蔵したウォーターカッターにプログラムを入力すれば自動でやってくれる。ただ手作業でそのような細工をする職人はもう数少ない。

もし夫がしたとしても、飲みにばかり行っていた正克にそのような技が残っていたのか、美千代には疑問だった。

気にしてもしゃあないわ、と再び工場に出向き清掃を再開する。

今日で工作機械のあらかたがリサイクルショップに引き取られていく。坂田製作所のような町工場から出る機械を再利用するための仕事があることを、もちろん美千代は知っていた。

大戸の言う通り、仕事をしている時は閉じる時のことを考えもしない。美千代が倒産した工場の機械類専門に引き取るリサイクル業者の存在を知って電話したのは、正克の葬儀が終わってからである。

三

だいだらさんが六道辻《つじ》の一画に建てた工房は、下町の小さな工場そのものであった。鉄骨に薄いコンクリの板を貼り付けただけの壁にトタン屋根の粗末なつくりではあったが、その中にある工具は磨き上げられて光っている。

速人が集めた砂鉄をだいだらさんが村で製鉄し、それを辻の工房で正克が加工する。

速人は何度も坂を往復し、彩葉にかぐつちで叩《たた》いてもらってうつし世に行っては砂鉄を掘り続けていた。

工房の中で作業着を身につけ、鉄くずにまみれて作業をする男の後ろ姿は、在りし日の父の背中を速人に思い出させた。

「どうしはりました」

視線に気付いたのか、正克は振り向いた。

「最後の玉鋼が出来上がって製材もすみましたから、お届けに」

「おおきに。ほんまお手間かけてしもて」

正克は顔じゅうに汗を浮かべている。油で汚れた軍手で額をぬぐうと、速人が持ってきた鉄板を受け取った。

「おかげさんで皆が揃う時に、俺の願いもかないそうですわ」

「よかったですね……」

そう言いながら、速人の胸は少し痛んだ。

正克は数十年間果たせなかった家族への約束を実現させるために、一心不乱に励んでいる。永遠の別れをするために。

羨ましい、と思うと同時に痛ましかった。

死んでも未練を消そうと最後の努力をすることが出来る。しかし、その願いが果たされて引導を渡されてしまったら、遠つ川を渡って二度と帰って来ることはない。

俺は、と速人は考える。

名を奪われて家族の元に還るという願いもかなうあてがない。しかし死んではいないから、彩葉のかぐつちでうつし世に戻り、つるはしを振るって岩を砕くことも出来る。

「少し休みませんか」

武蔵の女将《おかみ》、ゆかりが持たせてくれた大きなめはりずしとお茶を目の高さに上げて見せる。作業へ戻りたそうな正克であったが、やがて表情を緩めて頷《うなず》いた。

「だいだらさんはどうしてはります？」

「さすがに疲れたのか、大いびきで寝ていますよ」

「彩葉ちゃんは」

「ちょっと休ませています」

正克の件に関わってから、彩葉は速人におせっかいを焼くようになった。石の切り出しを断られても手伝おうとしたり、何も言わずに着替えや食事を近くにおいてくれていたり……。

「へえ……」

半分に割られためはりずしを頬張りながら、正克は興味深げに目を細めた。

「ハヤさん、あなたはこの仕事、どれくらいやってはるんですか」

「正克さんでまだ三人目です」

え、と驚いたような表情を正克は浮かべた。

「それにしてはうまいもんです。商売に出来ますわ」

と冗談めかして笑う。

「うまい、のですかね」

「それでええんやと思いますよ」

頷いて正克はお茶をすする。

「ハヤさんの娘さんも頼りがいのあるお父ちゃんや、言うてました」

「娘？」

「ああ、彩葉ちゃんのことですわ」

またおちょくるためにそんなことを言ったのだろう、と速人は聞き流す。

「俺もハヤさんくらいしっかりしとったら、娘に愛想尽かされることなかったのかも知れません」

寂しそうに笑う。

「今がそうでないなら、いいんじゃないですか」

慰めではなく、正直な感想であった。

「未練いうけど、何のことはない、単なる自己満足なんでしょうな」

正克は首を振り、自嘲《じちょう》するような笑みを浮かべた。

「でも、俺は嬉《うれ》しいんや。最後まで半端やった自分が、こうやって最後に何か出来る。死んだらそれまでって思ってたのに、未練の重さが逆にチャンスをくれるやなんて、幸せやわ」

そうして速人の方に向かい、おおきに、と頭を下げた。

得体の知れない快感が背筋を駆け上がる。これまで意識の半分で、仕方なくやっていると思っていた仕事なのに、大きな契約を取りつけた時のような喜びが全身を覆い、鳥肌が立った。

「では仕上げに取り掛かります」

お茶を飲み干し、正克は立ち上がる。速人もこれ以上邪魔をしてはいけないと工房を後にしようとした。その直後である。正克のうめき声が背後から聞こえた。旋盤の前で立ち尽くす正克の隣で、速人も愕然《がくぜん》となる。

「最後の一枚を割ってしもうた……」

速人は何も言わずに工房を走り出るとデューセンバーグに飛び乗り、エンジン全開で黄泉坂を駆け上がった。

＊

布施の実家を出て、大阪で仕事を済ませた坂田武明は、新幹線の指定席に身を沈めて文庫本の小説を読んでいた。

旅行ミステリーの犯人がそろそろ判明しそうだという頃、胸ポケットに入れてある携帯が震えた。取り出して見ると、妹からのメールである。

妹の聡子は武明と同じく東京近郊に住んでいるものの、普段めったに顔を合わせることはない。夫の洋介《ようすけ》と共に千葉の船橋《ふなばし》で小さなリストランテを経営している聡子は、盆や正月もほとんど実家に帰らない。というのも、夫である男性と一緒になる際、両親の強烈な反対にあって駆け落ち同然で家を出たからであった。

聡子の夫には、前科があった。

詳しいことは聡子も言わなかったが、数年塀の中にいたというから、それなりの罪を犯したのだろう。だが聡子は三年付き合って人となりはよくわかっていると言っていたし、武明自身も会って話した限りではそう悪い人間だとは思えなかった。

だが正克は対面することすら許さず、それ以来、家族が揃ったことは一度もない。そして揃う機会も永遠に失われてしまった。

左手に浜名湖《はまなこ》が流れていく。

携帯を開くと、時間が有ったら話が出来ないか、とあった。詳しいことは書かれていないが、ふといやな予感が頭をよぎる。だがこういう時にふと不安がよぎる自分に、武明はちょっと苦笑した。

度量の大きなふりをしていても、小さなところがあるのは親父そっくりだ。

「私はほんま薄情な女やで」

という母の言葉が胸に引っかかっていた。

危篤状態を宣告されてから、武明が東京から駆けつけるまで、父は踏み止《とど》まった。聡子はあと一歩のところで間に合わなかったが、よく耐えたと思う。

臨終を告げられてから、武明は自分がちっとも悲しくないことに気付いた。体中から力が抜けることも、号泣することもなかった。

母が崩れることを見越して気を張らなければ、とどこかで思っていた。だが肝心の母が毅然《きぜん》として、というか毅然を通り越して平然としているので武明も驚いてしまった。

だがこちらの感慨などお構いなしに、諸々《もろもろ》の行事が終わって父は骨になって墓の中に入ってしまった。

「親孝行、したい時に親はなし、か……」

思わず口に出してしまったのが、ちょうど横を通った同じ年配のサラリーマンの耳に入ってしまったらしく、ぎくりとなって足を止めた。何となく目が合って決まりが悪いまま武明は携帯の画面に目を落とす。

「夜十時過ぎになるけどいいか」

と返信すると、すぐに、大丈夫だと返信が来た。

（お客、入ってるのかよ）

そう心配しながら落ち合う場所を決める。

予定通り新幹線は東京駅に帰り着き、メールで打ち合わせた八重洲《やえす》口に聡子はいた。

「どうした」

三十を半ば過ぎて、聡子は母に似てきた、とつくづく思う。その妹は、

「実は赤ちゃんが出来て」

と切り出した。武明は口につけかけたコーヒーカップを下ろし、小さくぱちぱちと手を叩《たた》いた。

「それはおめでとう。洋介さんも喜んでいるだろう」

「うん、うん」

初めて聡子は嬉しそうな表情を浮かべた。

「いつわかった？」

武明は東京で話す時は関西なまりの標準語になる。

「ここ最近こなくて」

そして病院に行ったら妊娠がわかったのだという。

親父の生まれ変わりかも知れないな、と言いかけて武明は言いよどんだ。結局、聡子と父は和解出来ないままに終わった。しかし、聡子の方から、

「この子はお父さんの生まれ変わりかも知れない。知れないっていうか、そんな気がすごくする」

と言い出した。

「そうか……」

父が世を去ったことで、聡子の中での和解が済んだのかも知れない。もしそうなら、

それはそれでよかった。武明は温かい気持ちになって妹の顔を見る。だが、本題は別にあることを、聡子の表情は示唆していた。

「あのさ、お兄ちゃん。どうして私が、お腹の子がお父さんの生まれ変わりって思ったかわかる？」

「いや」

武明が考えていると、聡子はハンドバッグの中から、紫陽花《あじさい》柄のハンカチに包んだ何かを取り出した。包みの中には十センチほどの細い鉄材が八本、くるまれていた。

「おいおい……」

武明が素《す》っ頓狂《とんきょう》な声を出したので、聡子は目を丸くした。

「これ、もしかしてお兄ちゃんとこにもあった？」

「いや。それにしてもいつ見つけたんだ」

「起きたら枕元に」

野上が母のもとに持ってきたものよりは細くて短い。だがその両端を見て、これはやはり同一人物が作ったのかも知れないと武明は考えた。

両端と、ものによってはその中央に微細な切り欠きがしてある。

「何でこんなもん、寄越《よこ》してきたんやろ」

聡子は兄と話しているうちに、大阪のイントネーションに戻っていた。

「そうだなあ……」

どう考えても、武明にはわからない。

「これ、お兄ちゃん持っててくれる」

と聡子はハンカチにくるんだ小さな鉄材を武明の方に押しやった。

「うちが持っててもしゃあないような気がするねん」

ああ、まだ父を許せないでいるのだな、と兄は寂しく思う。それも無理もない。凶状持ちの嫁なぞ俺の娘とちゃうわ、と娘の選んだ男を頑《かたく》なに拒んだのだ。聡子の気持ちにしこりが残っていても無理もない。

「うちな、小さい頃からお父さんに約束守ってもろたことないねん。そら学校にも行かせてもろたし、無事に大人になったんはお父さんとお母さんのおかげやけど、でもお父さんはいっつも調子ええこと言うのに、それがほんまになったこと、ほとんどなかったやん」

「そうだな」

父が乱発した空手形の数々を思い出して苦笑する。

「ハワイもディズニーも、行かれへんかったなあ」

「こっちに来て行っただろ」

「そうやん。自分で稼いで行ったわ。我慢した分、楽しんだわ」

聡子はふふ、とおかしそうに笑う。そこに聡子の携帯が鳴った。

「うん、わかった。東京出てるから、見て帰るわ。うん、ええのあったら何本か買ってくね」

電話の相手は夫であるらしかった。携帯を閉じた聡子に、

「洋介さんとはどうなんだ」

と訊《たず》ねる。

「どうなんだって、子供が出来るくらい仲良いよ」

そうごく普通に返されて、武明は何故か照れ臭くなり、いこか、と席を立った。


武明のアパートは高円寺《こうえんじ》の駅から歩いて十分ほどの、安アパートが群がり立っている一画にある。すぐ近くにコンビニがあるせいで、深夜でもどこかざわざわと騒がしい。中国や中東から来た人間も多く、武明のアパートも半数が外国人だ。

それから数日は、何事もなく過ぎた。聡子から受け取った鉄材を、武明はテーブルに置いて日々眺めている。

武明に妻はいない。三十半ばを過ぎてはいるが、結婚する気にもなれず、ずっと独り身でいる。彼は両親を見ているうちに、結婚する気を失った。

仕事はしっかりこなすが口ばかりの父。父の空手形に報いられることなく、ため息をつきながら油にまみれていた母。尊敬すべきだと思うほど、ますます冷たい気持ちになるのを抑えられなかった。

彼自身も、父から何度も裏切られていた。ゴレンジャーのバリキキューンも、ツインファミコンも、セガサターンも全部幻に終わった。そんなことが五年続いて、武明は誕生日のプレゼントもクリスマスのお願いも、父にしなくなった。

「小さいこと気にすんなや。いずれもっとええもんやるわ」

というのが父の言い訳だった。

今なら理解出来る。子供の小さな願いよりも優先される仕事の都合、大人の付き合いは確かにある。だが大人には小さくとも、子供には胸一杯の願いなのだ。大人の付き合い死んでもあまり悲しくなかったのは、そんな父親だったからかも知れない。

鉄材を見ているうちに、武明は納得がいったような気がした。母は自分が薄情なのではないかと自分を責めていたが、そうではない。悲しんでもらえないのは、父の自業自得だ。

そして自分もそんな父の血を受け継いでいることが怖くて、女性に対してついに積極的になれずじまいだった。そしてこの歳になればすっかり枯れて、もう恋愛感情すら抱けなくなった。

(最後までこんなわけのわからないことして)

鉄材を握り締めて、手のひらを開くと、からんからんと澄んだ音がして、何も載っていない寂しいテーブルに散らばった。

(何か形見を残すなら、まずはおふくろか俺だろうが)

る。

聡子はともかくとして、野上にメッセージらしきものを残すのは筋違いにもほどがある。

テーブルに散らばった鉄材を集めて、輪ゴムで留め、食器棚の前においておく。捨てるかどうかは、もうしばらく考えてから決めることにした。

仕事が終われば帰り道で食事をとるので、家に生活臭はほとんどない。テレビもあまり見ず、音楽を聴く趣味もない武明が家に帰ってすることは、風呂《ふろ》に入って寝るだけだ。

そこに、不思議な鉄材について考える習慣が加わった。

枕元に持ってきて、切り欠きを組み合わせてみたり、その意味を考えてみたりするのだ。

（そういえば親父のことをこれほど考えるのは、初めてかも知れない）

空約束が続いてから、父の思い出というと工場の中で溶接や裁断の火花を散らせているところだけだ。ろくに話すこともないまま今に至っている。

眩《まぶ》しい光と耳障りな音がいやで、よほどの用がないと工場に行くこともなかった。

耳の横で、あの甲高い音と出来の悪い花火が弾《はじ》けるような音が続く。顔のすぐ横で作業をされているような騒がしさを感じて、武明は飛び起きた。

「……夢か」

びっしょりと寝汗をかいている額をぬぐう。寝巻きを替え、水を飲もうと台所の灯《あか》りをつけた時、彼はぎくりと足を止めた。

「何だこれは」

テーブルの上に載っているのは、薄い鉄板であった。

鈍く光る鉄板は十数枚あった。十五センチ四方のものが二枚。残りは小さな長方形をしている。その表面には、南部鉄瓶のように美しい波形の文様が刻まれている。

そしてそれぞれの板には、違った形の切り欠きが施されてあった。

武明はふと気付いて、玄関や窓を見て回る。鍵《かぎ》はきちんとかかり、外から誰か入って来た様子もない。

「俺のところにも来たのか……」

別に期待していたわけではないのに、何故か安堵《あんど》のため息をついている自分がおかしかった。


日曜日の昼になって、武明は再び大阪へ向かった。

バッグに荷物はわずかだが、取っ手が指に食い込む。中には八本の鉄棒と、十二枚の鉄板が入っている。それぞれは小さいが、重いのは当たり前だった。

車窓には猛烈な勢いで雨が叩《たた》きつけている。空調がきいてからりと乾いた空気の車内で、左にぼんやりと見える海を眺めていた。

(おふくろのとこにもついに来た)

母から電話がかかってきたのは、今朝だった。

鉄材を組み合わせる夜のパズルに熱中して多少寝不足気味の息子に、母は出来るだけ早く帰ってきて欲しいと頼んだ。武明は何も訊《き》かず、そうするとだけ答えた。電話の声を聞いただけで、武明はぴんと来るものがあった。

（親父……、何がしたいねん）

死んで一ヵ月以上経っても、こうやってシグナルを送ってくる父の意図を知りたかった。そんなことを考えていながら、いつしかこの鉄の細工品を父が作ったものだと断定している自分に苦笑した。

「死んでるっちゅうねん」

思わず口に出してしまう。

座席の横を通りかかったサラリーマンがぎくりと立ち止まって武明を見た。彼は気まずい思いをしながらポケットから文庫本を取り出し、ページをめくる。だが大阪に着くまで読んでいたはずなのに、まるで頭に残っていなかった。

ＪＲ環状線で鶴橋《つるはし》に出て、近鉄で二駅行けば布施だ。だが新幹線で気を張っていたせいか、一駅乗り越して俊徳道《しゅんとくみち》まで眠ってしまった。慌てて起きてホームに飛び降り、逆方向行きの列車に乗ろうとしてふと考えた。

坂田製作所は、布施と俊徳道のほぼ中間にある。

工場の引き渡しは確か今日だったはずだ。

（派手な車だな）

もうすぐ工場というところで多くの車がくすんだような色になっている列の中に、一際異彩を放つクラシックカーが停まっている。それほど治安の良くない地域で、野外に停めておくのはなかなか度胸のあることだ、と感心しながら武明はその車の脇を通り過ぎた。

そのクラシックカーから五十メートルもいかないうちに、懐かしい建物が見えてきた。前回帰郷した時にも訪れなかったから、数年ぶりに見る工場のたたずまいである。

入り口に回ると、ガレージが開いており、工場内も電気が煌々《こうこう》とついていた。ふと耳に、溶接の音や鉄を削る音が響いて、目がくらむ。

「お兄ちゃん？」

声のする方に顔を向けると、聡子が立っていた。

「どうしたんだ」

「え？　うん、ちょっと」

「ちょっとって、実家に用があるなら言づてをしてくれればよかったのに」

「そうなんやけど……」

どこか言いにくそうなその表情を見て、母に妊娠したことを直接報告したいのかと推測する。全く気が利かないのは父親譲りだ、と武明はつくづく自分が嫌になった。

頭を振って工場の中に入ると、やはりそこはがらんとして、かつてここを埋め尽くしていた機械も人もない。

ただ、母だけがぽつんとその中央に立って、何かを見下ろしていた。

「おふくろ」

武明が呼ぶと、母は黙って床を指差した。

「昨日工場に来たら、これが床に置いてあったんや」

そこには五十センチ四方はある鉄の板が置いてあり、よく見るとその上には精細なエッチングで何かが描かれてある。その横には、小さな板が数枚、家の間取り図のように連結して置かれていた。

「切り欠き、合《お》うたんやな」

「そうやねん。これまで合わへんパーツばっかりやてんけどな」

そして母の目は武明がバッグから取り出した鉄材に惹《ひ》き付けられていた。

「やっぱりあんたのとこにも来てたんやね」

ほっとしたような顔をする。

「うまいこと組み上げるとこの鉄棒がはまりそうやな」

武明は聡子のところに届いていた鉄棒を、一本ずつ板に開いた凹《へこ》みに挿し込んでいく。穴は浅いが、切り欠きが合えばかちりとはまって安定する。

鉄棒の横には細い溝が彫ってあり、武明の持ってきた板が一枚、また一枚と収まっていった。

「これ……」

徐々に形になっていく鉄材の集まりを見て、美千代はため息をついた。

「家やわ」

「そう、みたいやな」

武明はパーツを組み立てるのに夢中になっていた。全てのパーツが計算し尽くされた場所に入り、一度はまり込むとぴくりとも動かない。

「梁《はり》が何本か足りないかな」

と武明が呟《つぶや》くと、聡子が黙って肩口から数本の線材を差し出した。

「お店の厨房《ちゅうぼう》にあった。洋介さんが行ってこいって言ってくれた」

頷《うなず》いて受け取った武明は、切り欠きの形を見ながら慎重に合わせる。

屋根用の鉄板に施された波状の細工が工場の光を受けて、真新しい瓦《かわら》屋根のような艶《つや》を放つ。全てのパーツが組み合わさり、ついに一軒の日本家屋が出来上がった。

「大したもんやなあ」

完成した家は、触れるたびに新しい発見があった。ただの鉄板に見えたものが、組みあがって触れてみるとさらに精巧な細工が施してあり、襖《ふすま》や窓となって開く。

美千代はかがみ込み、その屋根を取り外してもう一度中を覗《のぞ》きこむ。そして感慨深げにため息をついた。

「この家、どっかで見たことあると思ったら……」

「知ってるん？」

武明には初めて見るお屋敷だ。

「これ、お父さんが若い時にな、いずれこんな家に住まわせたるわ、とよう夢を言うてたんや。その家と間取りがよう似てる。私ももううろおぼえやけど」

「ほんまかいな……それにしてもおもろい」

いじったり眺めたりしているうちに、この家には一つの欠陥があることに気付いた。

「……玄関があらへん」

美千代もそれに気付いて唖然《あぜん》とした。

「他に部品あった？」

「いや、これで全部やと思う」

工場の床はきれいに掃き清められ、既に鉄くず一つ落ちていない。

「これだけ立派なもんあの世から送ってきて、玄関なしかいな」

美千代はくすくすと笑い、口元を押さえた。

「最後まで空手形ばっかりや」

「ほんまやな」

笑い合った瞬間、二人の耳に甲高い金属音が聞こえた。

「な、何？」

音は何もない工場の中に響き、続いて立て続けに閃光《せんこう》が走った。母子は耳を塞《ふさ》ぎ、目を閉じて突如起こった異変に驚くばかりだった。

数分後、音と光がようやくやむ。

「びっくりするわ」

「俺らが笑《わろ》たから親父、怒ったんか」

と顔を見合わせてその家を見ると、なかったはずの玄関が出来ている。

「お父さん、慌てて付け加えたんやわ」

聡子が笑わず言う。美千代は他の部品よりは多少雑なつくりになっている小さなドアのノブに指をかけた。

突然周囲が暗転し、美千代は強いめまいを感じて崩れ落ちる。だが崩れ落ちた先は硬い床ではなく、柔らかい生地であった。

目を開くと、そこにはベージュの柔らかいソファがある。

どうして工場にこんなものが、と思って身を起こすと、そこは広いリビングであった。テレビか他人の家にお呼ばれした時にしか見たことのない、二十畳ほどはありそうなリビングには、美千代が座っている大きなソファにマホガニーのテーブル。壁際に立つ食器棚にはずっと彼女が欲しいと思っていたイギリスの陶器が品よく並べられていた。

「欲しかったものばっかりやん」

家具も調度品も、全て美千代が若い頃に望んだものだ。美千代は立ち上がり、うっとりして、その一つ一つに触れて回る。

「大きなリビングにゆったりしたお風呂《ふろ》。そういえばあの人、書斎が欲しい言うてたなあ。チョコレートみたいな扉にしたら書斎っぽいやろ言うてたけど、ちっとも本なんか読まへんくせに」

部屋を回り、真新しい家の香りを吸い込む。しかし木造ではなく、鉄の匂いがした。そこで初めて、自分がどこにいるかを知る。

「お父さん……」

彼女は駆け足で部屋の扉を開けていく。

そして最後に、一番奥の部屋の前にたどり着いた。そこの扉だけは重厚な、そして板チョコのような凹凸を持った扉だった。

ゆっくりと扉を開ける。

窓からは穏やかな陽光が入り、鉄の匂いは消えて木の香りが漂っている。

机に腰かけるようにして、一人の男がいる。美千代には見覚えの無い顔である。スーツ姿ではあるが、その両手に包帯が巻かれているのが奇妙ではあった。

「あなたは……」

「私は、タクシーの運転手です」

「タクシー？」

「これから、あなたのご主人を乗せて行きます」

妙な夢でも見ているのか、と美千代は思わず自分の頬に触れて軽くつねった。そしてはっとなって周囲を見回す。

「これを造ったの、夫ですか」

「はい」

男は静かに頷いた。

「こういうところに、家族で住みたかった、と」

美千代は胸の奥が熱くなると同時に、怒りとやるせなさが込み上げて来た。

「……あほかいな。今さらこんなことして、何になるん。あんた、近くにおるんやろ？おるんやったら私らの前に出て、一言くらいすまんかったて頭下げてから行きいや」

言いながら、美千代は涙が止まらなかった。

「こんなんであんたの空手形が一枚でもなくなったと思たら大間違いやで」

ハンカチで涙と鼻水を拭《ふ》いた彼女は、

「隠れてんと出て来いな。偉そうな車乗って、肩で風切りながら新地《しんち》歩いてた男が死んだら姿を見せへんのかいな」

と吼《ほ》える。だが、その声はすぐに涙に飲み込まれた。

「ここまでしてくれるんやったら、戻って来てくれたらええやん……」

膝《ひざ》をついて泣きじゃくる美千代の鼻に、ある匂いが漂ってきた。油と鉄と、脂と汗の入り交じった匂いだ。しかしやはり、目の前にはタクシードライバーと名乗る男が佇《たたず》んでいるばかりだ。

「おるんやね？」

匂いのより強い方向に、美千代は手を伸ばした。かつては娘と二人で、臭い臭いと罵《ののし》っていた、老境に入った男の体臭だ。

「匂いだけかいな。あほ……」

必死に手を伸ばして触れようとしても、手ごたえはない。

「何か言うてますか」

すがるように、運転手に訊《たず》ねる。

「いい顔しておられます」

「そう……」

美千代は運転手の言葉を聞くと、手を下ろして立ち上がった。

「夫を、あんじょう送ってやって下さい」

と頭を下げる。

運転手が頷くと光に包まれ、溶けるように姿を消す。その光を追いかけようとして、美千代は足を止めた。光はやがて彼女も包み込んだ。温かく大きな手に抱きしめられているような安心感と眠気を美千代に与える。

そして次に気がつくと、息子と娘が自分を抱きとめ、心配そうに顔を覗き込んでいた。

「おふくろ、大丈夫か？」

「……う、うん大丈夫や」

美千代は息子の手を借りてゆっくりと立ち上がり、ふうと息をつく。

「いきなり倒れるからびっくりした。救急車呼ぶか」

「心配あらへんよ。ええ気分やから。この家でな、お父さんが迎えてくれたんや」

そう穏やかな声で言うと、美千代は微笑んだ。

「ほんまかいな……いや、ほんまなんやろうな」

武明が鉄の山のどこかに、父の姿がないか捜しているかのように周囲を見回した。

「そろそろ出ないと最終の新幹線に間に合わへんからもう行くわ」

武明は母に向かって微笑むと立ち上がる。

「うちは泊まっていくわ」

という聡子と母に見送られて玄関先に出る。雨は上がり、分厚く垂れ込めていた雲が晴れ始めている。

「どないしたん」

不意に立ち止まった武明に美千代が声をかける。

「さっき、あそこにごっつい車止まっててな……。いや何でもあらへんよ」

不思議そうな顔の母に手を振って見送りを断ると、武明は駅に向かって歩み去った。

四

入日村を胸元に抱くようにそびえる玉置山の山肌からは、涼しげなひぐらしの声が聞こえてくる。旅館「武蔵」の物干し台に立って坂を見下ろしている速人と彩葉はほっと胸を撫《な》で下ろしていた。

坂を下っていく初老の男が彼らを見上げ、手を振った。彩葉も嬉《うれ》しそうに手を振り返す。その手には包帯が厚く巻かれていた。

「ハヤくん、湿布くさいわ」

「そりゃ彩葉もだろ」

速人の首筋から背中にかけて、びっしり湿布が貼られているから無理もない。彩葉はいつものノースリーブだが、小麦色の肌を覆い隠すように湿布だらけになっていた。

「間に合ったのは彩葉のおかげだよ」

「別に、そんなことあらへんけどな。仕事や仕事」

速人が礼を言うと、彩葉の表情は手を振っていた時の笑顔を引っ込めてわざとらしく不機嫌なものになった。

最後の一パーツが出来上がる直前、だいだらさんが製鉄した鉄板が割れてしまった。速人は慌て、彩葉を伴ってだいだらさんの所に赴いて事の次第を報告すると、すぐにたたらで造り直すから真砂砂鉄を掘って来いと命じられた。

「せっかく家族が集まってくれたのに、玄関もあらへんではかっこがつかんもんな」

彩葉は包帯を撫でながら呟《つぶや》く。

正克は家族が共に暮らせる家を造ってやりたかった。たとえ一瞬の幻であっても、その願いが空手形でないことを見せたい。それだけを願っていた。

速人の隣では、彩葉が手伝っていた。どれだけ速人が止めても、彩葉は止めなかった。何とか間に合ったものの、二人の手はぼろぼろになった。だが正克の望みがかなった瞬間には、痛みを忘れて手を叩《たた》き合って喜んだものだ。

「なあ、ハヤくん」

しばらくして、彩葉が声をかけてきた。

正克の姿が九十九折《つづら》りの村道の向こうに消えていく。遠つ川のほとりはいつものように霧に隠れて見えないが、速人はこれまでにない満足感を覚えていた。

「この仕事、楽しい？」

不意に我に返る。

未練を背負って辻《つじ》に立つ魂の手助けをすることは、確かにやりがいのあることではあった。だが速人には他にやるべきことがある。ナトリに奪われた名を取り返し、そして家族の元へ帰ることだ。

「あ、別にええねん。今回はしっかりやっとったから」

取り繕うように彩葉は目を逸《そ》らす。

「ほなうちは下に戻るわ。あー、お腹減った」

いたた、と言いながら背伸びをした彩葉は黙ったままでいる速人を置いてそそくさと階段を下りて行った。

第五話　山崩れ

一

小さな揺れを感じて、速人は目を覚ました。

窓を開け、すっかり見慣れた山里の風景を眺めながら大きなあくびを一つする。

家屋が貼りつくように建っている玉置山の広大な緑の山肌が、まだ霧に包まれてまどろむうちに、うつし世とあの世を結ぶ入日村の朝は始まる。

村の入り口に建つ旅館武蔵では、宿に勤める者たちが既に働き始めていた。

きれいに掃き清められた庭の片隅に、しめ縄で祀《まつ》られた一画があり、そこに筧《かけひ》があって、山から湧き出た水が細く流れ出している。宿の男衆は夜明け前に一日分の水を汲《く》み、筧の前に酒、餅《もち》、ミカン、そして洗った米を供えると柏手《かしわで》を打った。

「あらたまのぉ、朝のはじめに杓《しゃく》とりてぇ、よろずの宝われが汲み取るぅ」

主人の寿人《ひきと》が間延びした声で唱えると、しめ縄の奥からかわいらしい少女の声で、

「ほい」

と返事がある。筧の奥にはミズカミさんが住んでいて、清らかな流れを守っている。

このやり取りを布団の中で聞いてから起き出すのが速人の日常になりつつあった。

村に来て何日経ったのか、もうわからない。空の色は、夏の深い青のままで、蝉の声も聞こえ続けている。

「さっさと起きや。朝ごはんやで」

と毎朝起こしに来てくれるのは、旅館の娘である彩葉だ。この娘だけは初めて会った時から変わらず、ノースリーブにハーフパンツの夏姿である。冬でも半パンだろうとからかうと、レディーに失礼なこと言うな、冬はダウンも着るわ、と尻《しり》を蹴飛《けと》ばされた。

一見、うつし世と何ら変わらない毎日の中にも、奇妙な諸々《もろもろ》が入り交じっている。例えば毎朝東の山の端から出て、西の山稜《さんりょう》に消えていく太陽もそうだった。

ある日、彩葉が色の濃いサングラスを渡してきて太陽を見ていろというので、言う通りにしてみた。すると太陽に顔がある。鼻筋の通ったなかなかいい顔の太陽は、速人と目が合うと片目をつぶって挨拶《あいさつ》をした。

その太陽は今日も元気に、東の空を照らしている。

廊下から入日村の景色を眺めると、長大な山の斜面に切り開かれた道が蛇行しながら谷へと下り、旅館武蔵は、村の入り口となる坂の始まりに建っていることがわかる。

道沿いにはほぼ切れ目なく人家が建ち並んでいる。その多くが斜面を均《なら》して細長い敷地を造って建てられた、木造平屋の家屋である。武蔵のように二階建てなのは、村役場くらいだ。もう一軒、武蔵からカーブを一つ下ったところにある更地に、数日前からしめ縄が張り巡らされている。新しく何かが建つようだ。

夜明け前に山肌を覆っていた霧はいつしか消え、役場のあたりまでの景色を見ることが出来るようになっていた。山肌を蛇行するメインストリートから延びた細い林道の先にも、草葺《くさぶ》きや茅葺《かやぶ》きの平屋の農家が集まった集落が点在している。

ヘアピンカーブの続く道を下り切ったところにこの村にしては大きな平地があり、そこは整地されて役場や学校が集まって建っている。

そこからさらに先、晴れることのない霧に隠れた道を下って行った先に広い河原があり、川を渡れば死者の世界となるという。速人は名車デューセンバーグを駆って黄泉坂を往復すること数度、未練を背負って成仏出来なかった魂が村を経てあの世へ移るのを手伝ってきた。

村が位置する雄大な山には、鍛冶《かじ》の神であるだいだらさんやごうらたちをはじめ、神々や妖《あやかし》が多く住みつき、その頂には、玉置さん、と村人が親しみを込めて呼ぶ玉置神社が鎮座している。

速人は一階に下りて、宿の主人たちと食事をとる。

家人用の居間には囲炉裏《しつら》が設えられ、鍋《なべ》をかける自在鉤《かぎ》の上には頭に炎を揺らめかせた小さな少年が怖い顔をして座っている。火の神、ホダさんは家の火と秩序を守っている。以前速人が知らずに、主人の座る位置に座った時は、火の粉を飛ばして叱られたものだ。

この山里においては、火と水は大切なものであり、人々にもっとも近い神さまとして扱われている。なにせホダさんとミズカミさんは、神棚に設えた小さな食卓で家人と一緒に食事をとっているのである。

食卓にはいつも通り、膳《ぜん》に整えられた和の朝食がうまそうな湯気を立てて速人を待っていた。主人が山で採って来た平茸《ひらたけ》の香りが素晴らしい。ホダさんとミズカミさんも、きちんと正座して食事を始めている。

「そろそろハヤくんに次の仕事やらんと、肉が緩んでくるで」

彩葉は箸《はし》で速人の横腹をつまもうとした。

この宿の一人娘である彩葉は、速人の教育監督係を自任しているらしく、いつも何かにつけて構ってくる。鬱陶《うっとう》しい側面もあったが、知り合いもいない村では心強かった。

「明け方、揺れなかったか？」

今朝の地震について訊《き》いてみると、

「小さいのが来たな。坂が延びへんかったらええねんけど」

彩葉は歯ごたえのいい蕪《かぶ》の千枚漬けを噛《か》みつつ、形の良い眉《まゆ》をひそめた。

「黄泉坂が延びよる時はお山も揺れるからな」

宿泊客への朝食を出し終えた宿の主人夫婦も、すぐにやって来て食卓についた。速人が居住まいを正して挨拶をすると、二人はいつも通り、おはようさんです、と丁寧に挨拶を返してきた。

速人に向かって左斜め前の奥座に座っているのが寿人、そして速人の正面に座っているのが、女将《おかみ》のゆかりである。そして速人の右側、もっとも入り口に近いところに彩葉が座っている。宿で働く者たちは、別に部屋をあてがわれてそこで食事をとっていた。

「そうや」

食事を始めかけた主人はふと箸を止める。

武蔵の主人は、今西寿人という四十前後の男である。店の包丁は彼によるもので、客に出される夕飯の膳を見たことがあるが、赤坂あたりのちょっとした料亭で出てきても遜色《そんしょく》のないような、丁寧な仕事がなされていた。

「ゆかり、役場から何か手紙来てたな」

呼びかけられた女将は、品よく夫の方に体を向けた。

「そうですね、今日あたり村長さんから何か言ってくるかも知れませんね」

ふわりとした柔らかな口調である。

肩までの髪を紐《ひも》でさっと結んであるだけなのに、上品な印象を与えるのは、着ている浅黄色の着物のせいだけではない。真っ黒に焼けた彩葉とはまるで似ていない、すっぴんでも映える白い肌と切れ長の一重まぶたが、そこだけ涼しい空気が流れているように思わせる。

「何かあるんですか？」

「入日村的には結構な大ニュースやな」

横から彩葉が口を挟んでくる。

「ハヤくんにも関わりのあることやで」

彩葉がにやりと笑うのを、寿人が見とがめた。

「年上の方にそんなぞんざいな口の利き方をしたらいかん」

寿人はたしなめるが、

「うちの方が長生きやっちゅうねん」

と彩葉はそっぽを向いた。

「で、大国さんから何かって、また仕事ですか？」

「仕事は仕事でも、別のことをハヤさんにやってもらおういう話が役場で持ちあがってるらしいんですわ」

速人が首を傾げていると、

「ハヤさん、きっとびっくりしはるで」

少年のような顔をして寿人は笑った。

二

旅館、武蔵の窓の外には、柔らかそうな丸い雲が、西から東に向かって流れていた。

その雲は茜色《あかねいろ》に色づき、夏の陽光も一段落といったところだ。

（俺が武蔵の新館を任されるなんて……）

　寿人が言っていた通り、確かに速人は驚いた。大国村長に呼び出されて役場を訪れると、旅館武蔵の拡張を計画していると聞かされた。ついてはその新しい宿の主人にならないか、との依頼だった。

「黄泉坂タクシーはどうするんです？」

「近々だいだらさんにお願いして、デューセンバーグを改造しようかと思っているんです。これまではハヤさんと彩葉にお願いして、未練をほぼ消してから村に運んでもらっていましたが、いささか効率が悪い」

　速人の問いに、大国はやや早口で答えた。

「効率はあまり関係ないのでは……」

「日々膨大な数の命がうつし世からやって来ますし、坂を登りきれない魂も年々増えています。このままではマヨイダマになる魂が増え、命の循環が滞ってしまう。我々は新たな方策を考えなければならないのです」

　そこで村が定めた方針が、だいだらさんの協力を得て大型バスを造り、より多くの魂を一気に連れてくる、という案だった。バスには彩葉を乗せて死せる者の魂たちの引率をさせ、運転は自動にするという。

「村に入ってもらえれば、未練を解くことについては経験豊かな村人たちが多くいます。

そしてうつし世により近いハヤさんが宿の主人であれば、よりスムーズに多くの魂を遠つ川の向こうに渡すことが出来ると我々は考えているのです」

「なるほど……」

それはそれで、納得のいく考えではあった。これまで数人の魂に向き合ってきたが、一つ一つの魂が背負う未練はあまりにも大きく、深い。黄泉坂を上がるまでに魂を軽くするには、それなりの時間と手間が必要だった。

軽い揺れを感じて、速人は思わず物干し台に出て手すりに摑《つか》まる。ここ数日、村を断続的に襲っている小さな地震は、村とうつし世を結ぶ黄泉坂が延びる前兆であると大国に教えられていた。

坂が延びれば、それだけ登りきれない魂も増える。大国が別の手を考えるのも、無理はないことのようにも思われた。

ふと中庭を見ると、家の火の神と水の神が、庭の石垣に腰をかけて何やら楽しげに話しこんでいる。

(お……)

速人はちょっと目を瞠《みは》った。座っている二人の神は、微妙な距離こそ開いているが、その手が微《かす》かに重なり合っているのである。神さまの間にも恋やら愛があるのかな、と微笑ましく眺める。二人は速人の視線に気付くと、ぱっと手を離して頰を赤らめた。

「ハヤさん、退屈してへんかね」

横に立ったのは、武蔵を訪れていた吉埜老人である。速人が村に来る際に、一番最初に出会った村人で、多くの魂を村まで導いてきた。七十前後だというが、腰がしゃんと伸び、短く刈り込まれた髪はきれいな白色だ。その落ち着いた物腰と的確な仕事ぶりで、村長をはじめ、寿人や彩葉の信用も厚い。

老人は懐から煙管《キセル》を取り出すと、火種を使って手早く火をつけた。煙を一つ窓の外に吐いて、何かに気付いたように頭をかく。

「いまのうつし世ではたばこ、あんまり喜ばれへんやったな」

「気にしないで下さい」

もともと速人も吸っていたし、タクシーの禁煙もあってないようなものだったので気にはならない。

「不思議なもんや。奇妙な世界におっても、人間は数日で慣れてまう」

あれ見てみ、と老人はおかしそうに道を行く一人の女を指さす。ぴっちりしたスリムのデニムを穿《は》いた、いかにも今風の格好で若い娘が歩いていく。スタイルと姿勢がいいのでモデルのようだ。

「あれがうつし世の姿で、こっちが不思議の世界やのに」

「うつし世、お嫌いですか」

「うつし世も村も、どっちもわしは好きや。ま、ああいうモダンな格好はいつまで経っても見慣れへんけどな」

器用に煙の輪を作って、老人はにこりと笑って見せた。

「ほんまやったらわしもとっくに遠つ川渡って、地獄やら極楽やら行ってたはず。せやのにこうやってここにおる。死んだら極楽、いう話もあるけど、まあ極楽は無理やろな」

「吉埜さん、そんな悪い人だったんですか？」

「さあな、忘れてしもたわ」

老人はふふ、と何かを思い出したように含み笑いをした。

「そうやハヤさん。そろそろ新館武蔵のデマツリがあるから、主《あるじ》として参加してや。ああ、デマツリいうのは地鎮祭のことな」

「ええ、見に行きます」

「見に行くだけやったらあかんがな。あんた主人になるんやろ」

旅館武蔵は昨今手狭になったとかで、一つへアピンカーブを下ったところにある空き地に一回り大きな建物を建てるのだという。大国が持ち込んで来た速人の新たな仕事に対する正式な返事は、まだしていない。にも拘《かかわ》らず、村人たちは速人が引き受けたものとして扱っていた。

「村へ来る人って、そんなに増えてるんですか」

「増えてるなあ。今のうつし世はほれ、うまいこと死ぬっちゅうことを納得でけへんような世の中になっとるんとちゃうか。おかげでわしらの仕事も増える一方やねんけど」

迷惑そうな、それでいて嬉《うれ》しそうにも見える表情を吉埜は浮かべた。

「ああ……」

そうかも知れないな、と速人は窓の桟に寄りかかった。

「せやから旅館武蔵も業務拡張する、っちゅうわけや。ま、ここに寄る人は増えても、住む人はめったに増えへんからね。ハヤさんは珍しい客人よ」

どこか皮肉っぽい笑みを口角に浮かべた老人は、階段を下りて行った。

三

地鎮祭は速人は何度か見たことがある。景気の良い頃には、父が経営していた金型工場が増築される度に神主が来て、お祓《はら》いをしていったものだ。

目の前で繰り広げられている光景も、もちろん見覚えのある儀式には違いない。ただしここは入日村である。祝詞《のりと》を読んでいるのは主税《ちから》さん、と村人に呼ばれている大天狗《だいてんぐ》だった。

「……眠いわ」

珍しくよそゆきを着せられた彩葉があくびを嚙《か》み殺している。

「なんで祝詞って意味わからんのやろ」

「そりゃ、昔の言葉だからだろ」

「うちらかてもう村に来て百数十年になるけど、ハヤくんに通じるくらいには融通きかせとるで」

「神さまはもっと昔からいるから、古い言葉でお願いするんだろ」

「そんなことあらへんて。もし神さまに昔の言葉しか通じへんかったら、誰のお願いも聞いてもらわれへんやんか。ハヤくんかてお参りしたら昔の言葉でお願いする？」

言い返されて言葉に詰まっていると、彩葉は、

「最近の神さまがどんなもんか、見せたるわ」

と囁《ささや》いてきた。

「え、もしかして、神さま来るの？」

「出どきを計ってはるんや」

彩葉の視線をたどると、敷地の周囲を囲うように立てられた紅白の幕の一部がせわしなく揺れている。

「もしかしてあれか？」

そうや、と彩葉は頷《うなず》く。

「ええ神さまやねんけど、どうにも間の悪いところがあらはってな」

と小さくため息をついた。周りの人たちも気付いているようではあったが、大人しく神さまのお出ましを待つ気配である。

しかし三十分ほど経って、我慢の限界に達したのは神主役の天狗であった。長い鼻を

上下させながら祝詞を読み上げていたが、そろりそろりと幔幕《まんまく》のところまで近づいて行く。ちらりとまくり上げ、幕の向こうにいる人物を差し招いた。

こほんと一つ咳払《せきばら》いをして神棚の前に立った白い直衣《のうし》を身に着けた神さまは、

「た、大儀でございます」

と、か細い声をかけた。みながへへえ、と平伏するので速人も慌ててそれに倣う。速人が頭を下げ遅れて、一瞬神さまと目が合った。さすがにまずいと頭を下げようとした速人よりも先に、神さまの方が顔を俯《うつむ》けてしまった。

きれいに切り揃えられたおかっぱから見える耳が真っ赤になっている。彩葉よりも少し年かさの、少女のようにも見えた。少し遅れた速人が頭を下げて待つが、誰も頭を上げない。ただそのままで時間だけが過ぎていく。

「おい、彩葉。どうなってんの」

横で平伏している彩葉に異常を告げる。

「し、黙っとき。玉置さまにお願いは出来ても、指図することなんて誰にもでけへんのや」

仕方なく頭を下げていても、やはり何も進まない。速人は仕方なく、目の前の小石を、俯いたままでいるおかっぱの神さまめがけて爪で弾《はじ》いた。

「ひはっ」

跳び上がった神さまはようやく顔を上げて正気に戻ると、

「みみみ、皆さん、お顔を上げて下さい」

尻《しり》すぼみな声で命じる。武蔵の関係者や大国村長が一斉に顔を上げると、それにたじろぐように二歩後退した。

「こ、この地の鎮めを宣します」

地面が波打ち、黒い何かが敷地から走り出て行ったように速人には見えた。だが村人たちは気に留める様子もなく、再び頭を下げる。

玉置さまというからには、この村で一番の神さまのはずだが、それだけ言うとそそくさと幔幕の後ろに隠れてしまった。

「よーし、ほなイシヅキやるで。寿人さん、ハヤさんと前に出てもらえます？わし、玉置さま連れ戻してきますから」

祝詞を読んでいた天狗が頭をかきながら山の神の跡を追い、宿の主人である今西寿人が、餅《もち》つきで使う杵《きね》のような棒を持って前に出た。速人も招かれ、よくわからないままぎこちなく身振りを真似る。

やがて吉埜老人が渋い声で音頭を取る。それに合わせて寿人は、

「これはこの家の大国の石、祝いめでたく始めます」

と意外なほどの良い声で、杵でゆっくりと地面を搗《つ》いた。その度に参列者が、やっとさー、と合いの手を入れる。

「これはこの家のおさめの柱、こがねしろがね舞を舞う」

柱を支える敷石を順に搗き、最後に乾《いぬい》の方角の石でこのように歌うと、儀式は終わった。速人が後ろをふと振り返ると、子供たちが待ち構えている。彩葉は友だちの顔を見つけたのか、嬉しそうにその中に交じった。

「ほうら、餅まくどう」

寿人が剽《ひょう》げた声を上げて、半紙に包んだ餅やら飴《あめ》をまいた。そろそろお開きというその時、速人は突然膝《ひざ》から崩れ落ちた。四つん這《ば》いになって顔を上げると、皆が倒れている。玉置さんは揺れに合わせるようにころころと左右に転がっていた。地震だ、と立ち上がろうとしても、速人は立っていられない。

「山が崩れる！」

彩葉が叫んだような気がした。

四

東京に住んでいれば多少の地震など珍しくもない。だがそんな速人でも、山ごと滑り落ちるような猛烈な揺れには生きた心地がしなかった。

揺れが収まるにつれて、這いつくばっていた村人たちも起き出して、あたりを見回している。誰かが、ああ、と悲痛な声を上げた。まだ転がっている玉置さんを助け起こしている彩葉を横目に、速人は村人たちと共に村を一望出来る敷地の端へと急ぐ。

「なんてことだ……」

村人たちは一様に口をつぐみ、合掌している者もいる。道は寸断され、何軒かの家屋は倒壊している。天狗の主税は山へと飛び、仲間の安否を確かめに行った。

寿人たちもすぐさま杣着《そまぎ》へと服装を替え、険しい表情で村中へと散っていく。山を見上げれば、緑一色だった山肌に、巨大な爪跡のような山崩れの跡が何箇所も刻まれていた。速人はなす術《すべ》もなく、右往左往する人々を見ていることしか出来ない。

「〝死人〟は出えへんよ」

いつしか隣に立っていた彩葉が、彼の表情を見てぽつりと言った。だが小麦色の顔が青ざめている。彩葉は一度武蔵に戻ったのか、よそゆきからいつもの服装に戻っていた。

「ここは生死の境にあるところやから、生きもせんし死にもせん」

「でも、倒れた家の下敷きになったら……」

「そらめっちゃ痛いわ。気絶は出来るけど、死なれへん分、怪我が重いと地獄の苦しみやで。それこそ死んだ方がまし」

速人は押しつぶされる痛みを想像し、思わず震えた。

「玉置さんは？」

「目を回してはったけど大丈夫。それより、他人の心配してる場合ちゃうよ」

かぐつちを風穴に吊《つ》るしたままにしているという。何度か使った後は、山の聖なる気にあてておかないと力が失われてしまう。

「まずいじゃないか」

「うん、すぐに取りに行かんと。ハヤくん、ついてきて」

駆け出そうとする彩葉の手首を速人は摑《つか》む。村ですら崩壊しているというのに、深い山に入るのは危険だった。だが彩葉はかぐつちを捜しに行くと言って聞かない。

「先代の玉置さんから預かった大切なかぐつちや。それにあれがないと、ハヤくんも虚実の境目を往復出来へんようになるねんで」

速人は彩葉を思いとどまらせる理由を探し、大国が言っていた言葉をそのまま伝えた。辻《つじ》にいる迷える魂も、大型バスで自動的に村まで運び上げるようになれば、かぐつちは必要なくなる。

「そんなんおかしい」

意外なことに、彩葉は大国の方針に異を唱えた。

「死にはった人の魂は、物やないんやで」

「だから村に入ってからみんなでその未練を解きほぐすんだって、大国村長も言っていた。決して物扱いしようってわけじゃない」

「ハヤくんは何もわかってへん」

彩葉は怒り、苛立《いらだ》っていた。

「坂を登られへん人らの未練はどこにあんねん。うつし世にあるんちゃうんか。それを無理やりこっちに連れて来て、ただ説得して納得する魂がどれだけあると思う？　何のためにハヤくんとうちが辻の向こうまで行くようになったか忘れたんか」

「それは……」

答えに窮する速人を置いて、彩葉は崩れた山道の方へと分け入っていく。速人も舌打ちをしながら、跡を追った。

山は、以前入った時とは様相が一変していた。武蔵から見上げても凄《すさ》まじい地震の破壊力がうかがえたが、中に入ってみるとさらにひどかった。木々は山道に倒れ込み、路肩の土は崩れて何メートルか進むたびに道が塞《ふさ》がれている。先を行く彩葉の背中はどこかむきになっているように見えて、速人は危うさを覚えた。

「彩葉、待てって。一緒に行くから」

一度は無視した彩葉だったが、もう一度速人が呼びかけると速度を緩めた。袴《はかま》でも山道は歩きにくい。

「俺も一度戻って着替えてきていいか」

「前にも言うたがな。山はきっちりした格好でないとあかんて。うちは先代の玉置さんにお墨付きもろとるからええねんけど」

「こんな時に細かいことを……」

「こんな時やからや。地震で山が崩れようが、玉置のお山がそうでなくなるわけやないで」

　いつもの彩葉に戻ってきた、と速人は少し安心する。冷静になってきているのなら、何とか説得して山から下ろせるかも知れない。確かにこの村で人々は不死身かも知れないが、痛みを感じるのなら、かえって遭難すれば大ごとになる。速人自身も、永遠に続く苦痛など味わいたくもなかった。

「よしわかった。俺もこんな格好だし、ゆっくり登ろう」

　彩葉を宥《なだ》めるように言うと、そこに、

「あのー」

　と山の荒れように不似合いなのんびりした声がかかった。びっくりして速人が振り返ると、そこには先ほどまで地震で転がり回っていた山の神さまがもじもじと立っている。

「私の方はハヤさんがどんな格好でいらっしゃろうと、別に構いませんので」

「また玉置さん、そんなわやなこと言うて。山のメンツっちゅうもんがあるやろ」

　彩葉の剣幕に玉置さんはたじたじとなるが、

「ハヤさんは私が許します。だいしょごんさんもごうらさんたちも、この方のことは気に入ってはりますし」

　彩葉は面白くなさそうに頰を膨らませると、荒々しい歩調で先へと進みだした。速人も慌ててついて行きながら、山の神が困惑した表情で頰を掻《か》くさまを見ていた。

「人間の女の子というのは難しいものですね」

「玉置さんも女の子じゃないんですか？」

「私には人間でいうところの男女の別はありませんよ。もちろん、ホダくんやミズカミちゃんのような男神女神はいますけどね」

やがて尾根が近くに見えてきた頃、頭上から彩葉の叫び声が聞こえて来た。慌てて駆け寄ると、彩葉は呆然《ぼうぜん》と立ち尽くしている。一際大きな崩落跡が、風穴のあったあたりをごっそり削っていた。

「やっぱりかぐつちが埋まってしもとる……」

彩葉は半べそをかきながら、土を掘り始める。崩落は完全に収まったわけではなく、さらさらと土の小さな流れが斜面を滑っていく。

「やめろ彩葉。危なすぎる」

「このまま泥の中に置いていけるかいな！」

後を追ってきたホダさんとミズカミさんも、玉置さんの懐から飛び降りて手伝い始めた。だが体も小さく、いるべき場所にいない二人の神さまでは力に限界がある。速人は山の主である玉置さんの神通力に期待したが、

「私は肌が弱いので土いじりはちょっと……」

と頼りにならない。

土は軟らかいとはいえ、素手で長時間掘れるものではない。すぐに指先が痛くなって手が止まる。だが彩葉は、指先が傷つくのも構わず、ひたすらかぐつちの気配を探して

掘り続けていた。

速人は伸ばした腰を叩《たた》きながら、岩交じりの崩落跡を眺める。急斜面を覆った土砂は何かの拍子に再び崩れそうで怖い。再び腰をかがめようとした刹那《せつな》、彩葉の十メートルほど上の土が急に盛り上がった。小さな地雪崩が彩葉を襲う。

危ない、と速人が叫ぶ前に地を蹴《け》ったホダさんとミズカミさんが彩葉の体を抱えようとするが、持ち上がらない。

すんでのところを神主の天狗《てんぐ》が飛来して、何とか三人の体を持ち上げる。しかし大天狗の白い羽は羽ばたけど、その体は空へと舞い上がることはなかった。

天狗の足には、土中から伸びた太いみみずのような何かが巻きついている。赤い顔をさらに真っ赤にした天狗に引っ張られるように、巨大な巻き貝の殻が続いて姿を現した。見ぬらぬらとした肌色の体が土砂の中より引きずり出され、遂《つい》に全身が露《あら》わになる。見上げるような化け物の体は、武蔵の建物ほどはあった。速人は最後に土の中から出て来たその生き物の頭部を見て言葉を失う。青白い、性別もわからぬ老人の顔がその先端についていたのである。

震える手で隣に立ちすくんでいるはずの玉置さんの肩を叩こうとした時、速人は玉置さんにも恐ろしい変化が起きていることに気付いた。

おかっぱ頭のかわいらしい横顔は狼のように険しくなり、牙《きば》が剝《む》き出しになった口元からは涎《よだれ》が垂れている。低い唸《うな》り声から咆哮《ほうこう》を一気に爆発させると、玉置さんは手足四本全てを使って跳躍し、大天狗の体に取りつく。その衝撃で土に叩きつけられたように見えた玉置さんの体だったが、しっかりと天狗の羽を握りしめている。地面に半ば埋もれた足をたわめると山を揺るがして跳躍し、速人の方に驀進《ばくしん》してきた。玉置さんにわしづかみにされた天狗の、筋張った足が視界一杯に大きくなる。すると、車にぶつかられたような衝撃に襲われ、体が空へと引き上げられていった。毛穴の縮むような感覚の中で、速人の意識は薄れていった。

五

やけに冷たい手だった。暗くねっとりした水の中でもがこうとする速人の手を、その冷たい手はしっかり握って、どこかへ連れて行こうとしているようだった。

速人は心地よさと、微《かす》かな不気味さを覚えながらその感触を味わっていた。ごつごつした母の手でも柔らかな妻の手でも、ふんわりとした娘の手でもない。その手が、深い闇の中を漂っていた彼の意識を、明るみへと引っ張り上げている。もう少しで光の下へ出る、というところで彼は目を開いた。

枕元には彩葉が座り、速人の隣の布団では玉置さんが横たわっている。

気がつくと朝になっていた。速人の手はきちんと布団の上で組み合わされていて、誰かが握っていた形跡もない。

「大丈夫ですか？」

初めに声をかけてくれたのは、こちらに顔を向けた玉置さんだった。あのときの恐ろしい横顔の痕跡《こんせき》はどこにもなく、気弱な困り顔で速人を見ている。

「ありがとうございます。助けていただいて」

速人が礼を言うと、玉置さんは耳たぶまで赤くして恐縮した。

「彩葉は大丈夫なのか」

「見ての通りぴんぴんしとるで」

軽口は叩いているものの、あちこちに包帯が巻かれ、痛々しい。

「すみません。私が至らぬばかりにお二人に怪我をさせてしまって」

「ほんまやで。加減知りはらへん神さんほど恐ろしいもんはないわ」

遠慮のない彩葉の言葉に、玉置さんはますます小さくなる。助けてもらってそれはないだろう、と速人が口を挟みかけたが、

「でも結界を越えて来たマヨイダマにうちらがやられんですんだんは、玉置さんのおかげです。ほんま、おおきに」

と頭を下げた。

速人は体を起こす。思ったほど痛みはない。

「かぐつちは？　それにマヨイダマが結界を越えて来たってどういうことなんだ」

「残念やけど、かぐつちは見つからへんかった」

彩葉の表情は暗い。

「昨日の大きな地震で黄泉坂と村の間に張ってあった結界が崩れてしもた。いま大国村長らが出て結界の修復とマヨイダマの駆除をやってるわ」

「駆除……」

「村に入ってきたらみんなに迷惑をかけよるもんは害虫みたいなもんやからな。大国さんとその下で働いてる小津さんと根津さんはお祓《はら》いもやりはるから、任せといたらええねん」

これまでも何回か、マヨイダマが村に侵入したことはあるらしい。

「結界が崩れとるとはいえ、普通越えられへん境を越えて来るんやから厄介やで。さっさと追い払ってもらわんと」

彩葉の言葉に、速人はどこか引っかかりを覚える。だが、彩葉はマヨイダマのことよりも、かぐつちのことが気になっているようだった。

「心配いらんよ」

その気持ちを汲《く》んだのか、デューセンバーグの道案内を務める三本脚の鴉《からす》、やったんが一人の老人を連れて来た。白いあごひげに古びた黒い甲冑《かっちゅう》。一尺程度の小さな体の老いた将軍だ。

「捜し物といえばだいしょごんさまというわけか」

山に住む小さな神のいかめしい顔を見て、彩葉はぱっと表情を輝かせた。

「大国さんも村中に廻状《かいじょう》やって、明日《あした》はみんなが彩葉のために手間をかけてくれるゆう話やで」

さらに表情を明るくした彩葉は鴉の羽を握り、激しく上下に振った。

翌朝、村では手の空いている男たちが、大国の呼びかけに応じ、続々と武蔵の前に集まって来た。

「今日はかぐつちを掘り出すため、村の皆に手間をかけてもらいました」

と大国は言う。手間をかける、というのは、近隣の家で手伝いが必要な時は、何をおいても駆けつけるという、村ならではの習慣であるという。一手間をかけてもらったら、また別の家での手間には駆けつける、という掟《おきて》になっている。

速人は下は膝下《ひざもと》までのフンゴミというぴっちりとした袴《はかま》、膝から下は脚絆《きゃはん》でがっちりと固め、上には鹿の皮をなめした陣羽織のような上着を着せられた。そして最後に、藁《わら》を編んだものに紐《ひも》を結わえ付けたカッコというものを持たされる。大国は玉置神社の印が記されたお札を懐から一枚取り出すと、そこに貼り付けた。

「もしマヨイダマが寄ってきたらこれで払って下さい」

「山にまだいるんですかね」

「山道には私たちが結界を張っておきましたが、それ以外の場所は安全とは言えません。

マヨイダマが山中をさまよっていることも考えられます。匂いを嗅《か》ぎつけられて取り込まれそうになったら、このカッコを振り回して下さい」

大国は冷静な口調で説明し、速人の羽織を直してくれた。

「わ、私がハヤさんの傍についていますから！」

横で玉置さんが力みかえる。しかし次の瞬間には気が遠くなってよろめく姿を見て、大国も速人もため息をついた。玉置さんも一応は回復し、かぐっち捜しに参加してくれるというが、速人は不安を抱いた。

村の道筋には朝からかがり火がたかれ、戸口には各家のホダさんが立って山を心配そうに見つめている。山行きの姿をした男たちが清めの杯をあおり、山へと入っていく。

速人と玉置さんも武蔵の裏手にある筧《かけひ》の後ろから、山に入った。彩葉と大国、小津、根津の四人は健脚を飛ばし、あっという間にその姿は見えなくなっている。

「ねえ、玉置さん」

神さまは重たそうな直衣《のうし》をひきずるように速人の後についていたが、声をかけられて派手に転んだ。

「大丈夫ですか」

手を差し伸べると、玉置さんはその手を握りかけて慌てて自分の手を引っ込めた。

「け、穢《けが》れがつくのでそれは出来んのです」

「穢れ……」

さすがの速人も自分の手のひらを見て鼻白む。

「あ、勘違いしないで下さい。あなたの手が汚いといっているわけではなく、うつし世で穢れているだけで」

と何のフォローにもならないことを言う。

「あなただけではないんですよ。人はその、うつし世で大なり小なり穢れてしまうので、そのう、致し方ないのですっ」

玉置さんは必死な口調で言い訳をする。

「わかりましたから落ち着いて……」

「わ、わかっていただけましたか」

ひとしきりつっかえながら言い終えて、玉置さんは胸を撫《な》で下ろす。

道はまだ崩落したままであったが、山に住む妖《あやかし》たちは既に、住まいの修復などに当たっていた。一昨日は玉置さんや彩葉に挨拶《あいさつ》をする余裕もなかった者たちも、今日は首に巻いた手拭《てぬぐ》いを取って玉置さんに挨拶をする。

「やあや、みんな無事でよかったね。怪我はあらへんかね」

玉置さんがその一人一人に挨拶を返しては、頭を撫でていく。

「そういえば武蔵のホダくんと話したこと、ありますか」

しばらく黙って山道を行くうちに、玉置さんがそう速人に話しかけた。いつしか、玉置さんは速人に慣れだしているようであった。

「初めて居間の囲炉裏ばたに座らせてもらったときに、奥座に座って蹴飛《けと》ばされました」

「奥座は一家の主《あるじ》が座る場所ですからね。火の周りを治める神にとっては許しがたいことだったんでしょう」

玉置さんはくすくすと笑った。

「武蔵のホダくんは、村のホダ火の中でも年長者です」

どれくらい？と問うと、玉置さんはごく普通に、五百年くらいでしょうか、と答えた。

「彼と仲良くなれば、村のいろんなことを教えてもらえますよ。大国さんより、私よりも村に詳しいですから」

「玉置さんより？　神さまでしょ？」

ええ、と頷《うなず》いて、しばらく玉置さんは黙った。

「彩葉ちゃんにも聞いていると思いますが、いくら玉置山の神といっても、まだ来たばかりなんです。水害の後、先代が山を下りてから派遣されてきましたから」

「神さまにも派遣ってあるんですね」

しがない宮仕えですよ、と玉置さんは幼い顔に似合わない言葉を吐いた。

「ここに祀《まつ》られている主神《おつしや》は、クニノトコタチという古い神さまだったんですけど、今は自らに修行を課すと仰って、出雲《いずも》の方に行ってるはずです。いつもは代わりをしてくれる同格の神さまがいらっしゃるのですが、その時はたまたまみんな出払っていましてね、見習いで似たような性質の神さまをやってる私が、急遽《きゅうきょ》ここに来ることになったんです」

神さまの世界も意外と人間じみたところがあるんだなあ、と速人は感心する。

「実を言うと、私は人に拝まれる神さまになんかなりたくなかったんです」

「でも村の皆は玉置さんに親しみを持っているみたいですよ」

速人が励まそうとしていると、山のどこかで甲高い鳥の鳴き声がした。しょげていた玉置さんがはっと顔を上げる。

「あかん……」

玉置さんがぎゅっとくちびるを噛《か》んだ。どうしたんですか、と訊《き》く速人に対し、

「強い力を持つマヨイダマが近くにおるみたいです」

と声を潜めて言う。

「あのカケスの声は私が使っている役神の一人なんです」

玉置さんが続いて鋭く口笛を吹くと、メジロが数十羽群れをなして集まってきた。

「山に入ってる村人のみんなに、すぐ集落に戻るよう指示して」

鳥たちは頷いて、四方に散っていく。

「マヨイダマに喰《く》われてしまえば大変です。マヨイダマ自身は正気を失っていますが、ここの村人がマヨイダマに喰われてしまった場合、その未練に苦しめられながら、永遠の時を過ごすことにもなりかねないんです」

「じゃあどうするんですか」

「どうしましょう……」

玉置さんは腕を組んで考え込んだ。

「一昨日俺たちを助けてくれたように変身できないんですか？」

「あれは極度に興奮しないと出来ないんですよ。しかも私が未熟なせいで、ああなると自分を抑えられないんです。一昨日は大国さんに止めてもらったおかげで大したことにはならずにすみました」

ということらしい。

そのうちに大国たちが先行した方向で、腹に響くような音が三度した。山が揺れ、速人は思わず地に伏せる。玉置さんは尻《しり》もちをついて腰をさすっている。

「また地震！」

「い、いいえ違うと思います」

速人が助け起こそうとすると、玉置さんはやはり手を引っ込めた。

「マヨイダマと大国村長たちがやり合っているようです……。あ、あの、これ以上は行かない方がいいんじゃないですか」

玉置さんの腰は引けている。

「でも彩葉たちだけにかぐつちを捜させるわけにはいかないですよ」

「わかりましたよう」

決然とした速人の表情を見て玉置さんも覚悟を決めたのか、速人の腕をつかんでなにごとか呪《まじな》いを唱えた。延々と続いていた山道が目の前でぐにゃりと歪《ゆが》み、気がつくと二人は大国がマヨイダマに対峙《たいじ》しているところに追いついていた。

風穴跡にいたのと同じマヨイダマが、耳障りな威嚇音を出しながら大国たちを見下ろしている。巨大な蝸牛《かたつむり》のようなマヨイダマの頭部には、そこだけが無表情な老人の顔が付いていた。大国は木の陰に隠れる彩葉を守るように立っていた。

ふと見ると、玉置さんがうずくまって吐いている。

「玉置さんはああいう生々しいのが特にだめなんですよ。マヨイダマは穢れの極みですからね」

駆け寄って来た根津が、玉置さんをちらりと見てため息をついた。

「玉置さん、俺とはけっこう話してくれましたよ」

「ハヤさんはナトリに名を取られてますからね。人間臭さが相当部分剝《は》ぎ取られているはずです。だから玉置さんも楽なんでしょう」

咆哮《ほうこう》を上げるマヨイダマは不気味であったが、速人にはどこか憐《あわ》れに見えた。これまで坂を登る手伝いをした人たちの顔が思い浮かぶ。彼らも一歩間違えばこうなっていたかと思うと、不気味だけではすまされない気がした。

「あれを成仏させることは出来ないんですか」

元が人なら何とか出来るのではないか、と考えたが根津は無理ですね、とにべもない。

「妄念が凝り固まってマヨイダマになった魂相手では、未練の源を探ることすら難しい。たとえ探し当てたとしても、妄執の中で人の心を失っている魂が相手ではどうしようもありません」

「おい、のんびり世間話している場合か。弓を寄越《よこ》せ！」

大国村長が長刀《なぎなた》を振り回してマヨイダマとやりあっている。

「村長！」

根津が大国に向かって短弓を投げる。

その弓を受け取った村長は、呪いを唱えながら三たび、弦を鳴らした。体全体が揺らぐような震動が山を包み、マヨイダマの動きが止まる。

「今だ！」

村長が懐からビー玉ほどの黒玉と白玉を取り出し、マヨイダマに投げつける。癇癪玉《かんしやくだま》が炸裂《さくれつ》するような音と共に、閃光《せんこう》がマヨイダマを包む。しかし閃光が収まった後にも、マヨイダマは禍々《まがまが》しい姿で咆哮を上げている。

「ええい、ここはお前の来るところではないと言うに」

弓弦の呪縛《じゆばく》が消えて怒りに我を忘れたマヨイダマは、足をすくませている玉置さんに気付き、狙いを変えた。

「玉置さん、剣をお振るい下さい！」

そう大国は叫ぶが玉置さんは動けない。

「ああ、えらいこっちゃ」

根津が頭を抱えたその時、大国が懐から紅色の玉を取り出して投げつけるとマヨイダマが突然炎に包まれた。

耳をつんざく悲鳴を上げて、マヨイダマがのた打ち回る。うずくまっている玉置さんに走り寄った大国はその腰から短剣を引き抜き、マヨイダマに投げつけると、短剣は光を放って巨大な牛刀へと姿を変え、その首を斬りおとした。血しぶきが周囲に飛び散り、生臭いにおいがたちこめる。

速人は炎と血しぶきの向こうから、微《かす》かな声を聞いた。それは恐ろしげなマヨイダマの外見とは裏腹な、弱々しい声だった。

「助けて」

とその声は言っていた。老いて疲れて、そして悲しい声が大国たちに届いている気配はない。速人は思わず、やめてくれ、と叫んでいた。だが彼の叫びすら、魔を封じようと懸命な村長たちには聞こえないようだった。

大国は煙を上げて動きを止めたマヨイダマを見て、

「根津、もう一度やるぞ!」

と命じた。

再び懐から白い玉を一つ取り出す。そして根津も黒い玉を取り出し、呼吸を合わせて投げつけると、今度はまばゆい閃光が五色に変わりマヨイダマが二つに引き裂かれる。

そして二つに分かれたマヨイダマは耳をつんざく悲鳴と共に、黒白の玉に吸い込まれていった。

光が引き、轟音《ごうおん》も消えると、そこにはもうマヨイダマの姿はなく、ついでに玉置さんの姿もなかった。そしてその代わりに、彩葉を手伝いに来ていたホダさんの姿があった。

「玉置さんが逃げてしまいはった」

根津が汗を拭《ふ》きながら呟《つぶや》く。

「仕方ない。腹減ったら帰って来られるだろう。それにしてもマヨイダマのやつ、厄介かけおって」

大国は白い玉を足元に落とすと、ぽんと蹴飛《けと》ばした。

速人は呆気《あっけ》にとられて、玉の転がっていく斜面を見つめていた。

「どうかされましたか？」

ぽんぽんと手を払った大国が笑顔で近づいてくる。

「あのマヨイダマ、成仏したんですか」

「マヨイダマもあそこまで行くと、成仏させるのは無理です。かといって坂に押し返すのも難しい。だから〝ぬばたま〟という法具の中に閉じ込めたのです」

「しかしあのマヨイダマ、化け物になりきっていませんでしたよ」

馬鹿な、と大国たちは速人の言葉を一笑に付した。

「あそこまで封じてしまえば二度と出てくることはありません。村人に迷惑をかけることはもうありませんし、心配いりませんよ」

そうではなく、と速人が言いかける言葉を抑えるように、

「そうだ。ハヤさんは村に多大な貢献をしているわけですから、何か報いなければなりませんね」

それだけ言うと、村長は二人の秘書たちを引き連れて、さっさと山を下りて行った。

立ち尽くす速人の横には、どこか思いつめた表情の彩葉がその背中を見つめていた。

六

数日後、速人は羽織袴《はかま》を着せられて、新館「武蔵」建築予定地に座らされていた。

改めて地鎮祭が執り行われている。

頭の皿に酒を注いで儀式のしめとした大工の棟梁《とうりょう》は、ごうらの笠松《かさまつ》である。

「かぐつちが戻ってきてほっとしたわ」

速人の隣には普段着の彩葉が座っている。彩葉の手には小さな槌《つち》がしっかりと握られ、不機嫌だった彼女の表情もやや明るさを取り戻していた。探し物の神であるだいしょごんさまと村人たちの協力により、かぐつちは見つかった。しかし風穴の崩壊は激しく、数度使えば力を失ってしまうという。

「村長の言う通りになるんやったら、この子の出番も減るんやろけど……」

大国の方針に賛成していない彩葉は複雑な面持ちである。

「で、ハヤくんは結局新館の面倒を見るんかいな」

「ナトリに勝つ方法を教えてくれるって言われたからな」

「そうかいな」

彩葉はどこかきな臭い顔をして黙り込んだ。

入日村で新たな建物を新たな敷地に建てるのは、ここに村が来て以来初めてのことなのだと大国は言っていた。

このあと工事が進み、大工たちによる棟上げが終われば、屋根葺《やねふ》きをして内装を調える。その後で囲炉裏に新館武蔵専属のホダさんをお招きし、筧《かけひ》をひいて新たなミズカミさんをお迎えして、建物としては体裁が整う。

「旅館の経営なんてやったことないぞ。親父から引き継いだ会社すらつぶしてしまったっていうのに」

「ハヤくんはきっとええ社長さんやったよ。うちも歳は百歳以上やからな。それくらいはわかるで」

そう言って彩葉はいたずらっぽい笑みを浮かべる。

速人はふと不思議に思った。自分にはナトリから名を取り戻して、あちらに帰るという目的がある。ここはうつし世とあの世の間かも知れないが、自分が死んでいるわけではないことも、大国は明言していた。

ではここにいる人たちは、この先どうするのだろうか。百数十年、生と死の間の世界に漂って、迷い惑う魂を導いてきた。マヨイダマを避けながら、無事にその任を果たしてきたのだ。

自分だったら百数十年、自分の姿が老いもせず、死にもしなければ嬉《うれ》しいだろうか。いつ終わるとも知れない人生になど、耐えられるだろうか。

そしてこの先、彼らはどうしていくのだろう。

地鎮祭が終わって武蔵に帰る道すがら、速人は彩葉に訊《たず》ねてみた。

「おもろいこと訊《き》くんやなあ」

と彩葉はおかしそうに笑った。

「そらみんな考えてると思うで。今の村の仕事は人が死んで迷ったり、川の向こうに行くのをようけ見るんやから、自分がどうなんやろうって思う瞬間はあるわ。生きてる世界と死んでる世界にどちらも行けるようになったら、じゃあ自分がどっちなんやろうな、って」

本館武蔵の庭では、ホダさんとミズカミさんが肩を寄せ合って仲良く語り合い、彩葉と速人の気配を感じて振り返る。以前と同じく、慌てて距離を取るのが微笑ましかった。

「村でも線の細い人は、それを苦にして死のうとしたり、頭おかしいなろうとしはったわ。マヨイダマにわざと喰《く》われようとした人もおった。吉埜先生なんか賢い人やから、考えることに疲れはったんやろな」

いつもシルクハットを目深にかぶり、六道辻《つじ》にも頻繁に通っては迷う魂を導いている。

「あの吉埜さんも？」

武蔵の客人の二割は、彼一人が連れてきている。

「吉埜先生は村でも腕利きの導き手やで。でもそうなるまでには、相当時間がかかった」

「自殺しようとしたりマヨイダマにわざと喰われるとどうなるんだ」

「聞きたいか、そんなこと」

時折見せる、彩葉の疲れたような表情に速人はたじろいだ。

「そらぼろぼろになるで。心も体も。そら見られたもんやあらへん。でも治ってまうんや。腕をなくそうが首がもげようが、頭がおかしくなろうが心が壊れようが、村の人はみな元に戻ってまう」

速人は聞いているうちに、口の中がすっぱくなって行くのを感じた。

「それって……」

「せやな、ハイカラな言い方するとゾンビっちゅうんやろな」

皮肉な笑みを彩葉は浮かべた。

しかし目の前の少女から死臭がするわけではなく、生きている人間をとって喰うわけでもない。むしろ迷う魂を救っているのだから、その仕事は天使や地蔵に近いとすら言えた。

「でもその天使やらお地蔵さんは、なんで天使やお地蔵さんになったんやろな」

それは考えたこともないことだ。

「この村には神さまもそのへん歩き回っておるし、天狗《てんぐ》や河童《かっぱ》や物の怪《もののけ》がごく普通に生活しとる。あの人らは人間の何倍もある寿命が普通やし、むしろ人間の生活に遠慮せんでええから楽しそうや。ここは楽園やよ」

そこでぷつりと彩葉は言葉を切った。

「うちはな、この村が好きやで。仲のええみんながずうっとおって、玉置さんとか天狗さんとかとしゃべれて、やりがいのある仕事もある。ええとこやん。うちは納得してるで。何十年もかけて、みんな納得してん。そんで楽しいやろうって」

最後にそう言って、彩葉は自分の部屋へと戻って行った。速人はどこかうすら寒い気持ちを覚えながら、部屋の窓を開けてのどかな山村の風景を眺める。

みんな納得している。そう彩葉は言う。だが村ごとこちらに来たとはいえ、他の集落との付き合いもあったはずだ。山の向こうには、別の村もあったはずだ。本当に納得したのだろうか。

しかし、ナトリに勝ったとして、それだけでよいのか。速人はわからなくなって、村に来てから久しく吸おうとも思わなかったたばこを探している自分に気付いた。

最終話　かぐっち

一

ひどい夢を見た。

起き上がって廊下に出て、外を眺める。ひんやりした外気に全身を浸したくなり、玄関を出て深呼吸した。未明の道に人影はなく、虫の声すら止んでいる。そこに足音が不意に聞こえ、速人はぎくりと肩を震わせた。目を向けると、淡い光が三つ近づいて来る。提灯《ちょうちん》を持って小走りで鳥居をくぐった。

「おや、ハヤさん」

その光は速人の前で止まると、声をかけてきた。

「村長さんたちですか。こんな時間にどうしたんです」

「坂の見回りですよ。この前の一件があってから、結界と坂の巡回を強めているんです」

「遅くまでお疲れさまです」

と速人が頭を下げると、三人は会釈して去って行った。

再び寝床に入ったものの、寝付けないままいるうちに空が白んで来た。

古めかしいが磨き上げられた蛇口を捻《ひね》ると、肌がきゅっと引き締まるほどの冷たい水が出た。もともと、雄大な玉置の頂から湧き出す水をひいている旅館「武蔵」の水は冷たい。

水の質がいいのか、髯《ひげ》を剃《そ》っても剃刀《かみそり》負けをすることがほとんどない。以前、東京で暮らしていたころは、毎日のように血が出て参っていたことを、速人は思い出す。

「何や、自分の顔見てにやにやして。気持ち悪いで」

宿の一人娘の彩葉が、手拭《てぬぐ》いを肩にかけてやってきた。いつもの軽口ではあるが、どこか声に張りがない。

「寝坊するなんて珍しいな」

「そういうこともあるわ……」

と小さい声で返してきたきり、反撃してくることはなかった。それどころか、水場の前に立って、ぼんやりとして動かない。顔を洗い終わってもそのままでいる彩葉を見て、さすがに速人も異変を感じた。

「おい、大丈夫か」

こくり、と頷《うなず》いたところで、彩葉はぱたりと倒れ込んだ。

「彩葉！」

触れてみると、小麦色の肌全体から高熱を放っている。速人は慌てて彼女を抱えて居

間に駆け込み、食事の準備をしているゆかりに異変を告げた。一瞬、顔色を変えたゆかりだったが、

「寿人さんを呼んできてもらえますか」

すぐにそう速人に頼むと、仏間に布団を敷き始めた。

「医者は？」

「この村にお医者さんはいません。いてもあんまり役に立ちはらへんやろし」

あの世とこの世の間にある村に、病も死もないことを速人は思い出した。

「でも熱出してますよ」

「ええ……。こんなことは初めてです」

ゆかりが整えた寝床に彩葉を寝かせ、速人はその枕元に座る。彩葉はくちびるをわずかに開け、苦しそうに荒い息をついている。水で冷やした手拭いを額の上に置いてやるが、熱はますます上がってきている。

やがて仏間にやって来て彩葉の様子を見た寿人はしばし絶句していたが、くちびるを噛《か》んで再び出て行く。

「どこへ行ったんですか？」

「薬草を採りに行ったんかも知れません。医者はおらんでも、村の人らは自分で治す方法を知ってましたから。死ぬことも病もなくなった入日ですけど、玉置のお山は昔のまますから、きっと薬草が生えているでしょう」

「なるほど……」

風邪や熱に効く薬草と言われても、速人は葛根湯《かっこんとう》くらいしかわからない。だが、山暮らしならではの知恵があるのだろうと期待した。だが、一時間ほど経って帰って来た寿人は手ぶらだった。代わりに、大国を連れて来た。

「彩葉の具合はどうですか」

速人の隣に座った大国は彩葉を心配そうに見つめ、ため息をついてしばらく何やら考え込んでいた。

「そろそろか……」

「何がです？」

「え？　いや、何でもありません。ともかく彩葉の看病、よろしくお願いしますよ」

と武蔵を辞去しようとした。

「待って下さい。彩葉の熱を下げる薬などはないのですか」

「病も死もないのに、薬などあるわけないですよ」

とゆかりとは逆のことを言う。

「村の人は皆薬草で病気を治したと聞きましたけど、役場に備蓄とかないんですか」

「使う機会もないものを備蓄しないでしょう」

大国は彩葉にお大事に、と言葉をかけると出て行った。

「どうにかならないんですか？」

速人は苛立《いらだ》ちつつゆかりに訊《たず》ねるが、

「大丈夫でしょう。しばらくすれば治ると思います」

と落ち着いたものだ。

「そういえばハヤさん、今日のお仕事はどうされるんです？」

「仕事？　こんな時にですか」

「村長も言うてはったけど、放っておけば治るらしいし、私らはいつも通りにしといた方がええんとちゃいますやろか」

本気なのか、と速人は思わずゆかりの顔をまじまじと見つめてしまった。だがゆかりは心配そうな表情ではあるものの、速人の目を直視していなかった。

「役場からは坂に出るよう依頼が出ています」

と目を伏せて言う。

「しかし……」

「彩葉の面倒なら私らがきっちり見ときますから」

そう言われれば、速人も出かけるしかない。デューセンバーグのエンジンをかけ、三本脚の鴉《からす》の先導で村を出る。だが、村の入り口にある大鳥居のたもとで、速人は急ブレーキをかけた。道の端に倒れている人影を見つけたのである。

窓を開けて見てみると、まだ小さい子供だった。

「やったん、坂の下の人は待ってもらえるか」

「本気で言うてるんかいな。未練に潰《つぶ》される前に迎えに行ってやらんと」

　鴉は羽を広げ、坂の向こうを指した。

「それはわかるけど、あそこに人が倒れてるんだぞ」

「村の人に任せといたらええ」

「なら村まで運ぶ。いいな」

「まあ、しゃあないけど、あのなハヤくん……」

　返事を最後まで聞かないまま、倒れている人影に近づく。うつぶせに倒れているところを慎重に抱き起こすと、わずかに呻《うめ》いた。意識があることにほっとして、その顔を見下ろした時、速人は呼吸を忘れた。

「まさか」

　速人は大きく息を吐いて空を仰ぎ、もう一度腕の中にいる子の顔をまじまじと見た。

　自分の娘を間違うはずもなかった。だが、喜びにむせんだのもつかの間、その体が発している熱と、流れ落ちる汗に速人は慌てた。すぐにでも手当てしないと大事になる。

　そう思った彼は、さらに一つの推論に愕然《がくぜん》とした。

（ここにいるということは、雪音は死んだのか……。いや、考えるのは後だ）

　雪音を抱き上げて連れて行こうとしたところで、再びやったんがくちばしを開いた。

「武蔵に戻ってその子を置いたら、すぐに出発やで。下では坂を登れない魂はんが待ってるんや」

出迎えた。

苛立たしく答えてハンドルを回す。村に戻って武蔵に着くと、ゆかりが驚いたように
「もう仕事終えて帰ってきはったんですか」

「いえ、俺の娘が村の入り口に倒れていたもので」

「娘？　ハヤさんの？」

信じられない、という風にゆかりは袖《そで》で口を押さえた。

「手当てをお願い出来ますか」

「手当てというか、寝かしてあげることしか出来ませんけど」

「それでもいいんです」

後ろでやったんが苛立ったように声を上げていたが、速人は無視した。会いたいと思わない日はなかった娘が、目の前にいる。速人は何度もその頬の感触を確かめ、汗で貼りついた前髪を撫《な》でた。ハンカチで汗を拭《ふ》きとってやると、わずかに呻き声を上げる。

「ここに来たということは、もう病で苦しむこともありません」

そうゆかりは言うが、彩葉は熱を出して倒れているし、雪音はどうやってここまでたどり着いたのかはわからないが、やはり熱を発して苦しそうである。速人にはその言葉を信じ切れなくなっていた。

ゆかりは寿人と短く相談した後、二階の客室を一つ、雪音のために空けてくれた。

「ここでゆっくり、娘さんを休ませてあげて下さい。私らが見てますさかい」

速人は礼を言ってデューセンバーグに戻った。だがエンジンをかけても、どうしてもアクセルが踏めない。武蔵の方を見て、涙が止まらなくなった。ハンドルを叩《たた》き、額を押しつける。どうしても動くことが出来ないのだ。

「ハヤくん、行かれへんのか」

やったんはもう苛立った口調ではなく、どこかあきらめたように静かな口ぶりに変わっていた。

「ここに雪音がいるということは、もう死んでしまってて、成仏することを納得したらいなくなるってことだろ？　俺が坂の下にいる間にいなくなってしまったら……」

「そんなことはあれへんよ」

「どうしてそう言える！」

速人は一際大きくハンドルを叩いた。不意に、窓が暗くなった。速人が見ると、そこに巨大な黒い影がうっそりと立っている。デューセンバーグを造った鍛冶《かじ》の神、だいだらさんだ。

ドアを開け、速人を引きずり出すように車外に放り出すと、代わりに運転席に乗り込んだ。大きな体を運転席一杯に詰め込んだため、車の中が真っ黒に見える。ボンネットの先端に止まっていたやったんが何度かだいだらさんと言葉を交わし、速人の方を向いた。

「だいだらさんが代わってくれはるって」

「でも、だいだらさんが坂を往復して大丈夫なのか？　それに坂の下にいる人がだいだらさんの姿を見て」

怖がらないだろうか、と言いかけたその時、デューセンバーグがゆらゆらと揺れた。だいだらさんが体を揺らして抗議しているようで、速人は慌てて頭を下げる。

「何回もはしんどいけど、この姿なりのやり方があるって。心配せずに娘の傍にいてやれ、やて」

そしてデューセンバーグは腹に響くエンジン音と共に、大鳥居を駆け抜けて行った。速人は急いで武蔵に戻る。再び驚いているゆかりへの挨拶《あいさつ》もそこそこに、雪音の枕元に座った。

額の上には冷たく絞った手拭《てぬぐ》いが載せられている。速人は雪音の腋《わき》の下に手を入れ、熱を計った。武蔵に運び込んだ時に比べれば下がっている。よかった、とため息をついていると、雪音がうっすらと目を開けた。

「……冷たい」

「ああ、ごめんな。雪音、もう大丈夫だぞ。お父さんがここにいるから」

だが雪音は不思議そうにわずかに首を傾げ、

「おじさん、誰？　雪音って、何？」

そう訊ねると、再び眠りに落ちた。

二

深い眠りに就いている雪音の近くにいると、速人は自分の気持ちをどうまとめていいものやら、わからなくなった。太陽は真上に昇り、武蔵の二階は心地よく暖かくなっていく。それにつれて、雪音の顔にも赤みがさしていった。

「どうですか。それにしても変事が続きますね」

二階に上がってきたのは、大国だった。手には籠《かご》を提げており、中には林檎《りんご》と梨と栗が盛られていた。

「山の中ですからこんなものしかありませんが」

「気を遣っていただいて、ありがとうございます」

頭を下げて受け取り、ふと彩葉のことを思い出した。雪音が村に姿を現したことですっかり頭から抜け落ちていたが、容態が気になった。

「今見て来ました。彩葉は……正直申し上げてあまりよくありません」

「たった半日でそんなに？」

「ええ、まあ……」

そう大国が口ごもる。速人が立ち上がって仏間へ下りようとしたが、

「おやめになった方がいい」

と止められた。

「会えないほど悪いんですか」

「ハヤさんはこれ以降、彩葉を見ないのがあなたのためです。あの子の行く末もそろそろ視野に入れておかないとなりません」

口調は沈痛だが、言っていることが引っかかった。

「村長、それはちょっと冷たい物言いじゃありませんか」

「冷たくはありません。私は常に村のことを考えているだけです」

速人は立ち上がり、階下に降りた。仏間の前には寿人が番をするみたいに座っていて、速人を見るとわずかに目を背けた。

「この村では誰も死なず、病にもかからないはずですよね」

「そうです。しかしそうなるかも知れへん人が、二人おる」

彩葉とあんたや、と寿人は呟《つぶや》くように言った。

「彩葉はこの村を襲った大水害の時、玉置さんに頼んで村を助けてくれた。そのご褒美かどうかはわからんけど、彩葉には実の体が残った。ハヤさんの事情はようわからんけど、彩葉と同じように、あの世とうつし世の狭間《はざま》に実体を持ったまま来た」

寿人が煙管《キセル》に火を付けようとして、思いとどまった。

「もし実の体を持ったまま、人間をうつし世とあの世の狭間に引きこむとしたら、誰やろうね」

「そりゃ……神さまでしょうか」

速人の言葉に小さく頷《うなず》いた寿人の横顔は随分老けこんで見えた。

「あの大水害の時、玉置山とこの村はうつし世とあの世の間に飲み込まれ、わしらの肉体は消し飛んだ。彩葉以外はな。肉体があれば病むこともあり得る。せやけど死ぬのは難儀。因果なこっちゃ」

速人はしばしかける言葉を失ったが、何とか口を開く。

「寿人さんたち他の人たちはもう病む肉体も持たない、ということでしたね……」

これまで百数十年間、彩葉は無事だった。しかしこの先ずっと無事であるという保証は、彩葉にはなかったのだ。当たり前のことに気付いていなかった迂闊《うかつ》を速人は恥じたが、気付いていたところでどうにも出来ない。

「治る見込みはあるのですか」

「ここは人の世に似て、違うところや。わしらは村と玉置のお山におる限り、崖《がけ》から落ちようと鉄砲で撃たれようと死にはせん。マヨイダマに喰《く》われた時だけ、心が狂って自分ではのうなるだけ。医術はいらんからもう長いこと使《つこ》うてへんし、大体今の彩葉にこれまでわしらが使うて来たものが役に立つとは思えん」

寿人の口調はどこか疲れていた。

「何だか皆おかしいですよ。彩葉は大切なあなたの娘でしょ？」

だが寿人は頷かず、木像のようにしばし動かなかった。そして声を潜めるように、

「実の娘やない」

と呟いた。

「え？」

「わしのほんまの娘は大水害で死んだ。彩葉の祈りと玉置さんの力は村を救ったけど、そこからこぼれ落ちたもんもようけおった。ついでに言うたら、ゆかりもわしの妻やあらへんよ」

「そうだったんですか……」

「苗字《みようじ》ちゃうがな」

そう言われて、改めて気付く。

「生き残ったもんで家族を組んで、ここまでやって来たんや。もちろん、ゆかりも彩葉も大切に思ってるで。せやけど、わしの本当の家族はもうおらん」

寿人は懐から煙管を取り出して、煙をくゆらした。

「ほんまの家族は、何にも代えられへん。次の瞬間、おらんようになってるかも知れんっちゅうのを、わしらはあの大水害で思い知らされたんや。あんたはそんな後悔、残したらあかんで」

速人はしばし呆然《ぼうぜん》としていたが、それでも、障子を開けようとした。手で制しかけた寿人だったが、もう止めなかった。

部屋の中は灯《あか》りもなく、障子越しに入ってくる光だけで薄暗かった。部屋の中は病人の饐《す》えた重い匂いではなく、森の中のような匂いがした。彩葉は頭から布団をかぶり、その布団が不規則に上下している。

「彩葉、具合はどうだ」

声をかけると、その上下が止んだ。

「ええことあるかいな」

口調は彩葉のものだったが、声はかすれて弱い。

「顔見せてくれよ」

「あんたに見せるのはもったいないわ」

「その調子ならすぐに治るよ」

彩葉は一つお願いがあるねん、と速人の方に寝返りを打った。

「どうした。何か欲しいものでもあるのか」

「うん」

布団の中でもじもじとしている彩葉は珍しく照れているようにも思えた。

「ハヤくん、お父さんも大国さんも言うてたと思うけど、もううちに会いに来たらあかんよ。娘さんのことだけ、心配しとり」

「何を言ってるんだ。彩葉は俺の相棒だぞ。確かに雪音には敵《かな》わないかも知れないが、この村では大切な人間だよ」

「雪音ちゃんが元気になってる頃には、もううちはここにおらんかも知れへん。せやから、人間の部分が残っているうちに、握手しよ?」

「おい、そんな切ないこと……」

と言いかけた速人は、布団から出てきた手に驚愕《きょうがく》した。

「びっくりしたやろ。逃げ出してもええんやで」

布団から聞こえてくる声は、自嘲《じちょう》の気配すら漂わせていた。

「に、逃げ出すなんて、そんなこと、しないけど」

ごくりと唾《つば》を飲み込み、彩葉の腕であろうものを見つめる。かつての小麦色に焼けたきめ細かい肌は枯れた樹皮のようにかさつき、指は節くれ立って老婆のようになっていた。

「怖いやろ」

「そんなことあるか」

速人は両手でそっと、彩葉の手を包み込んだ。

「気持ち悪いからやめて」

「そんなことない。気持ち悪くないぞ」

「ちゃうわ。おっさんに手握られてうちが気持ち悪いんや」

と言って弱々しい笑い声を上げる。

力を入れると枯れ葉のように壊れてしまいそうで、不意に速人は胸が詰まった。嗚咽《おえつ》が漏れて、我慢出来なくなる。ゆっくりと力を込めると、辛うじて肌の柔らかさを保っていた。

「そういえば、ハヤくんと握手するの初めてやな」

「かぐつちで殴られることはあったけどな」

速人の言葉に笑ったのか、布団がわずかに揺れた。

「ハヤくんの手、熱いね」

そう言うと、彩葉は布団の中に手をひっこめた。

「それから、ハヤくんだけがこの村で人の匂いがした。それが嬉《うれ》しかったわ」

彩葉の言葉に、速人は胸が苦しくなった。ここでは人の体臭がない。どこにいても、人の近くにいても木や花の香りしかしなかった。ただ彩葉だけは、日光を一杯に吸い込んだ干し草のような、少女の匂いがした。

「もうええよ。おっさんに手握られたら脂っぽなるわ。もう雪音ちゃんとこに戻って。そんでもう、来んでええよ」

それ以降は速人が何を話しかけても、返事はなかった。だが部屋を出る間際、

「また来るから」

と言うと、布団がわずかに揺れた。

三

雪音は速人を「お父さん」とは呼ばなかった。そして雪音、と名を呼んでも首を傾げ

るだけで反応しない。名前を思い出させようとすると、激しく泣きだす。ナトリに名前を取られたようだ、と速人はすぐにわかった。だが、見知らぬ者ばかりの村の中で、雪音は速人の横から離れようとしなかった。

「お家《うち》の匂いがする」

と言って離れないのだ。

「大丈夫だ。必ずお母さんの所に返してあげる。だからその時まで、この村でいい子にしてるんだよ」

速人がそう言うと、雪音は安心したように頷くのであった。

口を開くことを怖がっていた雪音が、徐々に話すようになったのは、村に来てから二晩経った朝のことであった。部屋で急須《きゅうす》や徳利《とっくり》のつくも神たちと遊んでいた雪音は、朝食の膳《ぜん》を持ってきた速人に向かって、

「外に出たい」

と訴えた。

「気晴らしに遊びに行くか？」

速人が訊《たず》ねると雪音はこくりと頷いた。どこに連れて行こうか考えた速人は、ガレージの横にある物置に入って、棚を探した。彩葉が使っている釣り竿《ざお》がある。坂の下で未練を持つ魂がいない時は、彩葉に誘われて渓流釣りに出かけたものである。

玉置山の山肌にはいく筋もの清流が流れていて、その大半は滝のような急流である。

だが何本かは山肌に無数の淵《ふち》を作るものもあり、そこでは岩魚《いわな》やあまごが釣れた。

彩葉の使っている竿は竹製の古めかしいものだが、よく磨かれて光っており、手元には滑らないように布が巻いてある。魚籠《びく》や鉤《はり》を整えた速人は、武蔵に戻った。

「あら、ハヤさん」

彼が玄関を開けると、ちょうどゆかりが階段を下りて来るところだった。たたまれた雪音の寝巻きを胸に抱えている。寝汗のひどい雪音の寝巻きを毎日新しいものに取り換えてくれていた。

「雪音ちゃんに聞いたんですけど、これから遊びに出はるんですか」

「ええ。気晴らしに釣りにでも行こうかと」

「彩葉が小さかったころの服が簞笥《たんす》の奥から出てきましたから、使って下さい」

もう雪音に合わせて着させているという。礼を言って部屋に戻ると、雪音が鏡の前で飛び跳ねていた。昔話に出て来るような、袖《そで》の大きな麻の和装である。

「かわいいぞ」

そう言うと、雪音は嬉しそうに笑った。そして玄関に出て釣り竿を見ると、瞳《ひとみ》を輝かせた。

「お魚!」

「そうだ。お魚と遊びに行こう」

お魚、というのは雪音なりの魚釣りの別称である。

「おじさん、お魚好き？」

「ああ、大好きだぞ。君は川でお魚したことはないだろ？」

頷《うなず》いた雪音は、ふと首を傾げた。

「おじさん、どうして知ってるの？」

「おじさんはずっと君を見守ってきたからだよ」

話しているうちに、自分が死んだ先祖になった気分がするのが不思議だった。

「だからおじさん、お家の匂いがするんだ」

速人は鼻の奥が痛くなった。自分がいなくなった家には自分の匂いが残っている。そしてまだ自分も、家の匂いを残している。そこに二人で戻りたい。雪音を連れてすぐにでもうつし世の我が家に帰りたかった。しかしその前に、速人は自分と娘の名を取り戻さねばならない。

「お家はどこだったかな？」

「すぎなみく、おぎくぼ……」

すらすらと諳《そら》んじてみせるが、名前を訊《き》くとうまく答えられない。速人は自分と全く同じ症状を見せる雪音に胸を締め付けられた。

「わからない……」

半べそになる雪音の頭を撫《な》でてやる。

「おじさんも、君のご先祖さまだけど、あんまり昔に死んじゃったから名前を落っことしたんだ」

「落としたの？」

「そう。だから君もきっと落としたんだよ」

「見つかるかなぁ」

「おじさんがきっと見つけてあげる。そしてお家に帰ろう。それまで君をゆきちゃんと呼んでおこうかな」

雪音は俯《うつむ》き、小さく頷いた。

「今はおじさんの友だちに頼んで、捜す準備をしてもらっているから、今日はお魚を思いっきり楽しもう！」

今度は大きく頷いた。


小さいながら釣り竿を操る姿は、いちいち速人の涙腺《るいせん》を刺激した。

「おじさん、釣れた！」

雪音が持つ竿の先には、小さなあまごが跳ねている。いつか見た光景がそこにある。鉤の付け方、竿の持ち方、全て速人が手取り足取り教えたものだ。

「うまいぞ。さ、もう一度だ」

速人が言う前に、雪音は自分で餌をつけて竿を投げていた。微笑んでその様子を見守っている速人の横に誰かが座った。顔を向けると、大国が座っている。

「雪音ちゃん、楽しそうですね」

「まさか入日で会えるとは思わなかったです」

「ハヤさんの方が嬉しそうですな」

また竿がしなった。速人は腰を浮かしかけたが、雪音は見事に二匹目のあまごを釣り上げる。鉤から外す作業だけを手伝ってやると、興が乗って来たのかすぐに三投目にとりかかった。速人も大国の隣に戻って腰を下ろす。

「そりゃ嬉しいですよ。でも複雑です」

「死んでいる、ということですか」

「ええ。うつし世から雪音はいなくなった。妻は夫に続いて娘も失って……」

速人は顔を覆う。ふと自分が入日に来た時のことを思い出した。あの時うつし世では、見知らぬ男が自分のいるべき場所に居座っていた。ではナトリに名を取られた可能性の高い雪音にも、もう帰る場所はないことになる。

「ひどい話だ」

険しくなる速人の横顔を、大国はじっと見つめていた。

「ナトリは残酷な妖怪《ようかい》です。その人の名を奪い、存在を消してしまう。ハヤさんも雪音ちゃんも、ナトリによってうつし世での居場所を失ってしまった」

「村長は、雪音が死……何故ここに来たかご存じですか」

「いえ」

一切表情を動かさず、大国は答えた。

「おかげさまで村に居ることは許されていますが、私たちはすぐにでも帰りたい」

「わかっています。しかし、入日は雪音ちゃんも歓迎しておりますよ」

速人は小さく頭を下げた。

「しかし、俺は雪音をうつし世に返す方法をすぐにでも探してやりたいのです」

「お気持ちはよくわかります」

気の毒そうに頷いた大国だったが、一つ提案があるのですが、と持ちかけてきた。

「雪音と一緒に黄泉坂タクシーを運営してくれ、ですって？　新館武蔵はどうするんですか」

「まずは未練を背負った魂のために、うつし世とあの世を結ぶ黄泉坂の流れを絶やさないようにせねばなりません。ご存じの通り、彩葉は体調を崩してかぐつちを振るえないでいます。かぐつちの力は先代の玉置さんと契りを結んだ彩葉と、お山の風穴から流れ出る聖なる風気に拠《よ》って力を発揮します」

「じゃあ彩葉じゃないと無理ではないですか」

「玉置さんは代替わりしました。今の玉置さんと雪音ちゃんが契りを結べば、かぐつちを振るえるかも知れません。風穴はいま役場の者や村人の協力で復旧作業を進めています。難航していますが、近いうちに直るはずです」

速人は考え込んだ。

「彩葉は何と言ってるんですか」

「好きにしてくれ、とだけ」

「彩葉が治る見込みは?」

「残念ながら、無理です。我らには手の施しようがありません」

雪音が三四目のあまごを釣り上げて、歓声を上げた。

四

速人は玉置山の頂を目指して、急峻《きゅうしゅん》な山道を登っていた。これまで山頂まで登ったことはない。かぐつちに力を与える風穴までは来たことがあるが、山の中腹である。

吐き気を覚えるほどの斜度のきつさに、速人は音を上げそうになる。山道はきれいに整備されているものの、そのほとんどが神代杉の濃い影の下にあって先が見えない。行く手を見れば、永遠に上り坂が続いているように見える。

「彩葉のやつ、こんなところを登りきったのか」

しかも大水害の時であれば、この道も濁流の通り道となったことだろう。そこまでして村を救おうとした少女を、山の神が嘉《よみ》したのも納得がいった。だが今は、速人はその彩葉を救う手だてを探してこの道をたどっていた。

大国ですら匙《さじ》を投げたのなら、もう神頼みしかない。しかもここの神さまは、直接話が出来るのだ。彩葉の遊び仲間である河童《かっぱ》の少年が、

「俺もお願いに行く」

決然とそう言うと、速人と並んで歩きだした。しばらく行くと、石の上に見たことのある小さな影が座っていた。だいしょごんさまが髯《ひげ》を捻《ひね》っている。速人は軽く頭を下げて前を通り過ぎると、甲冑《かっちゅう》の擦《こす》れる音が後ろでした。だいしょごんも速人の後ろについて山を登るつもりであるらしい。

速人の後に続く者の姿は、一つ木立を過ぎるたびに、道を曲がるたびに増えていった。新館武蔵の地鎮祭に来てくれた天狗《てんぐ》の神主もいれば、武蔵の前をよく通りかかっていた蛇娘もいる。どれも、彩葉と遊んだり親しくしていた妖《あやかし》ばかりだった。そして最後に、だいだらさんが後についた。

多くの妖を従えながら、速人は違和感を覚えていた。何故か村人の姿は一つもない。確かに、ゆかり以外の村の誰かに山へ行くと言ったわけではないが、妖だけが速人と共に行こうとしているのは奇妙で、そしてどこか嬉《うれ》しかった。

「玉置さんは何とかしてくれるのかな」

「それがわからないから神頼みと言うんやろ」

河童の少年はぶっきらぼうな口調で速人の問いに答えた。

「河童くんは」

「岩松」

速人が訊《き》き返すと、い、わ、ま、つ、と区切るように繰り返した。名乗っているらしい、と気付くまでにしばらくかかった。

「岩松くんは彩葉の病気の原因とか、わかるか」

「わからないから、こうやって山を登ってるんだ」

そっぽを向いて苛立《いらだ》った口調だが、かといって速人から離れるわけではなく、ぴったりと寄り添うようにして歩いている。

道はさらに急になってきたものの、周囲の植生が変わってきた。それまで見渡す限りの杉木立だったものが、灌木《かんぼく》と飛び抜けて大きな神代杉、という風景になる。そして斜面の向こうに、白い鳥居が見えてきた。

「あれが玉置神社や。ハヤくんは初めてやろ」

最後に数十段の石段を上りきって、ようやく鳥居の真下までたどり着く。遠くからではわからなかったが、五メートルほどの高さはある、石造りの立派な鳥居だ。速人が中へ進もうとすると、妖たちは足を止めた。

「俺らはこれ以上は行かれへん」

「結界でもあるのか」

と訊くと岩松は残念そうに頷《うなず》いた。

「知らん間に大国のおっさんに張られた。玉置さんも外に出られへん。奥から槌音《つちおと》はしてるから、お元気やとは思うけど」

「村長に？　どうして」

岩松が答えようとしたが、天狗がその肩に手を置いて制していた。

「ハヤさん、ここから先へ進める妖は、神主のわしくらいのもんや。一緒に行くから、玉置さんにお出まし願って、妖どもの願いを聞いてもらお」

もちろん速人もそのつもりである。鳥居の中に二人で入って行く。高下駄が玉砂利を踏む小気味いい音と共に、天狗は進んで行く。

「さっきの村長が結界を張った、という話なんですけど、何のためになんです？」

「……わからへんな」

天狗は数歩先を行きながら、首を傾げた。ゆっくり大股《おおまた》で歩いていた天狗は、不意に足を止めて振り向いた。その真っ赤な顔は、怒っているような悲しんでいるような、不思議な表情を浮かべていた。

「何故わしら妖が彩葉のために祈ろうとしているか、わかるか」

「仲良しだから、ですか」

天狗はゆっくりと首を振る。

「確かに、彩葉はわしら妖みんなと仲がええ。わしらもあの子が大好きや。だけどそれは理由ではない。山でひっそりと暮らしてたわしらが、人々の間で楽しう暮らせるように解き放ってくれた恩人やからや」

「解き放った……」

「あんた、うつし世で妖の類《たぐい》を見たことがあるか。見えへんかったはずや。わしらはものすごい力のある化け物のように思われとるかも知れへんが、その実、人の世界の中に交じり込めんほど弱い」

天狗の手足には隆々と筋肉がつき、背中の羽は優美で人よりもはるかに上等な生き物に見える。そう言うと、

「そんなら何で、うつし世は妖のもんになってへんねん」

と問われれば速人も答えることが出来ない。

「わしら妖いうのは、人と近い所に住む。せやけど、人の密度の濃すぎる所では住むことは出来ん。人の間に余裕がなければ、生きていけんのや。つまりは、生きるも死ぬも人次第、いうこっちゃ」

自嘲《じちょう》気味に天狗は笑った。

「人気のない山の中で、薄暗い物置で、陰の多い和室で、妖は一瞬人の視界をかすめる。せやけど、稀《まれ》に妖に近い人間がおる」

「それが彩葉だった、と？」

「あの子はわしらが山の中や村の片隅にひっそり暮らしているのを見て、一緒に遊びたい、暮らしたい、と思ってくれとった。村の人間は、そんな彩葉を心中崇《あが》めつつも気味悪がっておったが、そこにあの大水害が起こった」

「彩葉はその時この神社まで来て、先代の玉置さんに祈ってくれたんでしょう？」

「そうやが、彩葉はその時、わしらのことまで願ってくれた。〝みんな〟一緒に楽しく暮らせますように、ってな。先代の玉置さんはこの村が今の妙な場所へ来ることを見越して、その願いを聞き入れた」

天狗の口調は、どこか苦しげだった。

「それって、良かったんじゃないんですか」

「わしらにとっては喜ぶべきことや。人の間近におっても平気になったんやからな。それに村人もわしらを受け入れてくれると思うておった。何百年も前から、わしらの話は村人の中に息づいておったし、人と暮らすのは楽しみやった。一緒に仕事したり、いたずらし合ったり、考えるだけで皆はしゃいだもんや」

だが村人たちは、表向き彼らを歓迎していたがその実は違った、という。

「わしらは解き放たれた。せやけど、村の人からしたら彩葉の世界に捕らえられた、ともとれるやろ」

速人は思わず、あっ、と声を上げた。

「死なんでええと喜んだ人も最初は多かったが、村から出るのも黄泉坂越えて行かなあかんし、うつし世に触れることはでけへん。しかも、うつし世はどんどん変化していくのに、自分らはいつまで経っても歳もとらへん。それ、人間にとってほんまに嬉しいことなんかな」

すぐには答えられない速人を見て、天狗はため息をついた。

「村人の不穏な様子は、大国さんが来て随分ましになった。不安に囚《とら》われている村人に仕事を与え、うつし世とあの世の中継ぎをさせたんには、わしら妖もびっくりした。それからはただ人と妖が共に暮らすだけではなく、未練を負った魂を送りだすために手を携えることも多くなった」

辺りを見回して、天狗は声を潜める。

「あの大国いう人、ここ最近わしらを邪険に扱うようになったり、どうにも腹の底がわからん。玉置のお社にわしら妖が入り込めへんように結界を張ってみたり、未練を背負った魂を助ける言うわりにはマヨイダマにはやけに冷たかったり。それに……」

あんたを連れてきたり、と最後に付け加えた。

「何ですって？」

「あんたを村に連れてきたり、と言うたんや」

「まさか」

速人は一笑に付そうとした。

「俺はうつし世の裂け目に落ち込んで、ナトリという妖怪《ようかい》に名を盗まれてここにいるんですよ。大国さんには色々助けてもらっているし、どうして俺をここに連れてきたと言えるんですか。何か確証でも？」

天狗は再び背を向けて歩きだした。

「証拠を出せ、言われたら、あらへんと答えるしかない。せやけど、これだけは言える。村長も村の人も、ナトリいう妖がおって人の名を盗むと言うけれど、わしら入日の妖の中にナトリいう者はおらんし、数百年生きてるわしでも聞いたことはない。少なくともナトリいう妖はこの村が出来てから生まれ、ここにしかおらん。元から村と山におるもんで、ナトリであるという疑いがある者もおらん」

速人は足が止まって動かなくなった。

「となると……？」

恐ろしい想像に、体が震えだした。

「何とも言えんけどな。そうかも知れんちゅうだけの話や。今はともかく、玉置さんに彩葉を治す手だてがあるかどうか、お訊《たず》ねするのが先やで」

二人は二の鳥居、三の鳥居をくぐり、白木造りの社殿にたどり着く。天狗《てんぐ》の顔色は心なしか青ざめている。

「あの村長、えげつない結界張りおるわ」

と苦笑した。境内に人の気配はしないが、階には塵《ちり》一つ落ちておらず清浄な空気で満たされていた。社殿の横には小さな泉があり、絶え間なく湧き出しては山肌を下っていく。村の水源になっている泉はここらしい。

天狗は二拍一礼して、

「ほおーいっ！」

と三たび素晴らしい声を拝殿に向かって響かせた。木々にこだまして、彼の声は山全体に広がっていく。

「おころび、言うてな、神さまへの挨拶《あいさつ》みたいなもんや」

天狗はじっと拝殿の方を見つめている。扉は固く閉ざされているが、中から聞きおぼえのある声がした。だが扉は開かず、中から声だけがする。

「どうしました？」

くぐもって、どこか元気がない。速人は気にせず、彩葉の病状を訴え、何とかお山の力で助けてもらえないかと願った。だが玉置さんは消え入りそうな声で、出来ません、すみませんと繰り返すばかりである。

「どうして！」

速人は思わず扉を叩《たた》く。ひっ、と小さな悲鳴を上げた気配がした。玉置さんも扉のすぐ近くにいるらしい。天狗が慌てて速人を扉から引き離した。

「やめんかい。玉置さんのお住まいに乱暴するなんて、なんちゅうばち当たりなやっちゃ。うつし世の人間は怖いもの知らず過ぎて困るわい」

結局、どれだけ二人が粘っても玉置さんはお出ましにならず、速人と天狗は肩を落として山を下りようとした。

「ハヤさんはちょっと残って下さい」

切羽詰まったような声が内側からした。速人と天狗は顔を見合わせたが、天狗は頷《うなず》いて先に鳥居の外へと出て行った。天狗の姿が見えなくなったことを確認するように扉が開き、玉置さんが出てきた。

「妖のみんなとは会うな、って村長に言われてまして。すみません」

相変わらずの恐縮っぷりである。だが彩葉のことは知っていた。

「私も治そうと思ってずっと考えていました。彩葉ちゃんの病は、かぐつちのせいでもあります。あれはお山の気を主な力としますが、やはり振るう彩葉ちゃんの魂も削っているのです。かぐつちは風穴に吊《つ》るせば回復しますが、あの子自身はごくゆっくりとしか回復しない」

「もっと早くわからなかったのですか」

「ここ最近、たて続けに使うことがあったからわかったことなのです」

自分も責められているような気がして、速人はくちびるを噛《か》む。

「あ、ハヤさんのせいではありませんよ」

慌てだす玉置さんを宥《なだ》めて、先を促した。

「私がこの神社に残されたかぐつちの遺文や彩葉ちゃんの病状を見る限り、虚実が離れ始めていることが原因だと思われます。虚実を転換する力を使い過ぎることによって、使用者の虚実自体が割れてしまうのです」

「それをどうにか出来ないのですか」

「出来ますが、あなたの助けが必要です」

これまでにないほど、厳粛な声だった。

「村長も先頃私に、彩葉が持っているのと同じものを作るよう命じました。しかし私はそれを承ったふりをして、別の力も新たなかぐつちにこめました」

「大丈夫なのですか。それに、何故？」

速人が理由を訊ねると、玉置さんはふっと優しい表情に変わった。

「村がここに、そして私が来て百数十年、久々に真摯《しんし》で純粋な祈りを聞いたからです」

速人が来て間もなく、彩葉が真剣な顔で山を登って来たのだという。

「あなたをうつし世に返すように、という彩葉の願いです」

「そんなことを……」

「神はより純粋で強い願いを聞き入れる。新たなかぐつちは誰とも契っていない。もしハヤさんが私と契れば、使うことが出来る」

「しかし、俺はうつし世で穢《けが》れているのでは」

「そうです。でも、私が穢れる覚悟を固めればそれでいい」

決然とした表情の玉置さんは、マヨイダマから逃げ回っている時とは別人のように威厳に満ちていた。玉置さんが差し出したのは、キーホルダーほどの小さな〝かぐつち〟だった。

「引き剝《は》がされた名を再び元の場所に戻し、うつし世に返す力を込めてあります。私の力が至らないばかりに、先代のような立派な物は作れませんでした。従って、一度使えば壊れてしまうでしょう。彩葉のかぐつちにはもう一回分の力が残されていますが、今の彩葉の状態で振るえるかどうか。それに、確実に名を戻せるかどうかはやってみなければわかりません」

速人は何事かに気付き、はっと顔を上げた。

「俺が村に来たばかりの時、彩葉がこの村でかぐつちを振るえば、肉体を持つ俺や彩葉の虚実が割れてしまうと言っていました。ではその逆は？」

玉置さんも目を見開き、じっと速人を見つめている。

「玉置さんと俺が契れば、そのかぐつちも、彩葉のも振るえるようになりますか？」

「私と先代には同じ山を任されるほどの繋《つな》がりがあり、かぐつちに込められた力も非常に似ています。恐らくは可能でしょうが……」

使った者も無事では済まないかも知れない、それでも使いますかと玉置さんは問うた。考えても結論は出ない。ためらいつつ、速人はかぐつちを受け取る。

「迷っていいのです。さあ、彩葉ちゃんのところに戻ってあげて下さい」

玉置さんは小さなかぐつちを握りしめた速人を結界の境まで見送った。だがそこで速人はふと気付いた。

「かぐつちを使うには、玉置さんと契ることが必要と仰《おつしや》っていましたが、何か儀式とかしなくていいのですか」

「ああ、それですか……」

玉置さんはそわそわと落ち着かない様子になり、

「あ、デューセンバーグが！」

と参道を指差す。そちらに気が向いた速人のくちびるが一瞬、柔らかいものに塞《ふさ》がれた。それが玉置さんのくちびるであることに気付いた彼が驚きの声を上げようとした時には、既に玉置さんの姿は拝殿の中に消え、扉は固く閉ざされた。

「私は穢れと引き換えに、あなたと契りました。これ以降、私は清め祓《ばら》いのために社殿にこもらねばなりません。後は頼みます！」

速人がどれほど扉を叩こうと、玉置さんが応《こた》えることはなかった。

五

どうすればいいのか手詰まりのまま、数日が過ぎた。

雪音がナトリに名を取られたのは間違いないらしく、名前に関する話をすると不安がる。だがそれ以外は、ごく健康な状態に見えた。速人は天気が良ければ山や川に連れて行き、共に遊んだ。だが日が経てば、

「お家《うち》に帰る」

と言い出すのは当然のことだった。もう少し待とうな、という速人の言葉も徐々に効果を表さなくなり、釣りに誘っても首を振って部屋に閉じこもるようになった。それに

加え、彩葉の容態は日に日に悪化していた。

居間に漂う森の香りはさらに強くなり、玉置山中と変わらぬほどになっていた。その中心にいる彩葉の姿は、横たわる枯れ木と変わらない。ただ時折上下する胸が、人の痕《こん》跡《せき》を残すのみだった。

だが雪音は、さして怖がる風でもなく彩葉の部屋にいることが多かった。この日も、起き上がれない彩葉と手遊びをしている。

「なあ、ハヤくん」

彩葉は部屋の隅を指差した。そこにはかぐつちが立てかけてある。主《あるじ》の不調を映すかのように、かつての輝きを失ってくすんでいる。

「あれ、持って行ってくれへん？」

「俺が持っていても仕方ないだろ」

「もしハヤくんが使われへんのやったら、玉置さんに返してきて」

「じゃあこれから俺たちの仕事はどうするんだ」

彩葉は天井を向いて、瞼《まぶた》を閉じた。

「ハヤくんはむごい人や。うちの今の姿見て、ようそんなこと言うわ」

彩葉は天井を向いたまま、

「うち、どうやったら死ねるんやろ」

と呟《つぶや》いた。

「玉置さんにお願いした時、みんな楽しう、仲良う、いつまでも暮らしていけたらええと言うたけど、百数十年経って体が朽ちてきたら、死にとうなってきた。勝手なもんや」

「そんな弱気なことを言うもんじゃない。みんな心配してる。岩松くんも、だいしょごんさまも、天狗《てんぐ》さんも、だいだらさんだってそうだ」

そんな彼に、彩葉はかぐつちを持って行ってくれともう一度頼みこんだ。視界に入るとつらくなる、と言う。それほどならば、と速人は雪音を促し、かぐつちを持って二階へと戻った。だが、かぐつちを玉置さんに返してくれ、という頼みは聞くつもりはなかった。これはあくまでも彩葉のものだ。そしてまた、共に仕事をする時に欠かせない。

「おじさん、それは？」

彩葉の部屋から出されて不満げだった雪音が興味を示した。速人は手渡しながら、

「彩葉の宝ものさ。かぐつちっていうんだ」

「かぐつち……」

お気に入りの魔法少女アニメの変身道具にでも見えたのか、雪音は楽しそうに振り回しながら遊び始めた。久しぶりにご機嫌な雪音の様子を見て明るい気分になる。速人が微笑んで見ているのが嬉《うれ》しいのか、同じポーズを何度も繰り返す。

だが速人はその様を見ているうちに、あることに気付いた。

（かぐつちが大きくなってる）

ごくわずかであるが、形を変え、長さも伸びているような気がする。

「ユキ、ちょっと止めて」

雪音は不思議そうな表情を浮かべて、決めポーズの途中で動きを止めた。三十センチほどだったかぐつちは、十センチほど伸び、槌《つち》の部分に花びらのような装飾が現れている。

「どうなってるんだ……」


彩葉は速人に伴われてやって来た雪音を手招きした。

「なあユキちゃん、お願い聞いてくれる？」

雪音は、彩葉の枕元に座る。

「うちの代わりに、かぐつち使ってくれるかな」

「うん！」

元気よくうなずいた雪音に、彩葉は手を差し出す。

「大事に使うって、約束してな」

雪音が枯れ枝のような手を優しく握ると、きぃんと高く澄んだ音が耳の中で響いた。

「ほんま、素直でええ子やね。うちと契ってくれたわ」

速人は彩葉のしたことに気付く。

「お前まさか、かぐつちを使う力を雪音に譲ったのか」

「一か八かやけど、うちが持っているよりましや。玉置さんと契れたうちのことやから、もしかしたら誰かと契れるかも知れんと思って」

彼は聞くなり武蔵を飛び出した。一瞬、大国に相談するのをためらった。玉置神社での天狗の言葉が引っかかっていた。だが頼るべき人だという気持ちが勝ち、全速力で坂を駆け下りて村役場に至る。ノックもせず村長室に飛び込むと、大国は骨董《こっとう》品らしい拳《けん》銃《じゅう》を手入れしていた。それでも速人の顔を見るや表情を和らげて銃を机の引き出しにしまうと、根津にお茶の準備を命じた。

「汗だくですよ。いま手拭《てぬぐ》いを……」

いいです、と止めて、先ほど思いついたことを一気に話す。

「彩葉の中で虚実の平衡が狂って剥《は》がれだしているのなら、かぐつちで治せるのではないか。そして、雪音ちゃんが彩葉と契りを結び、手の中でかぐつちが変形、成長した、ということですか……」

「大丈夫なんでしょうか」

不安そうな速人に目を遣《や》ると、大国は椅子に深く腰掛け、深く息をついた。

「本来、いくら堅固な契りを交わそうと、神の宝であるかぐつちを譲り渡せるとは考えられないのですが」

と首を振る。

「ともかく、雪音ちゃんにかぐつちを振らせて、彩葉を治すということですね。それは一つの考えですが、そう仰るということは、雪音ちゃんをかぐつちの使用者として村に置く覚悟をされたのですか」

そう冷静に訊《き》き返されると、速人も言葉に詰まった。

「ハヤさん、お気持ちは嬉しいのですが彩葉は成仏させます」

厳しい声で村長は宣言した。

「え？」

「あの子はもう十分に頑張った。虚実をともに備えたまま、百数十年にもわたって我らに協力してくれたことは感謝しています。ですが、もう限界です。あの子の心は村への想い、執着に満ちています。このままでは、あの子がマヨイダマになってしまう。そして村の中でマヨイダマは存在を許されない。坂へ追放して永遠に迷わせるか、円満に彼岸へと渡すかどちらかです。但し、ハヤさんが雪音ちゃんと共に黄泉坂タクシーを引き継ぐというなら、彩葉をぎりぎりまで村に置いてあげてもいい」

速人は大国の物言いに、途方もない違和感を覚えた。

「それは……あまりに冷たいですよ」

「私は彩葉も大事ですが、村全体の方がもっと大切です。いくら彩葉でも、マヨイダマになってしまったら村で暮らすことは出来ない。かぐつちの力は、あくまでも黄泉坂を登れないでいる魂のために使うべきなんです」

根津がお茶を淹《い》れて速人の前に置き、目礼して机に戻る。二人の会話など聞いていないかのように、静かに仕事に戻った。

「かぐつちは虚実を転換することは出来ますが、離れかけた二つをくっつけるなど見たことありません」

「いえ、彩葉はこの村でかぐつちを使えば、虚実を割ることが出来ると言っていました」

興味深そうに大国の目が細められ、速人は何故かぞくりと寒気が走った。

「かぐつちの力は虚実を往復させること。だから、割れるのであればつけることも可能だ、と仰《おっしゃ》るわけですね。しかし、風穴がふさがっている今、かぐつちの力を無駄に使うわけにはいきません。風穴の復旧前に魂が坂の下に来たらどうするんです？　マヨイダマにしてもいいと仰るのですか」

「そうは言ってませんが……」

「とにかく、彩葉を安らかに向こう岸へ渡してやることを我々は考えるべきです。彼女の未練を減らすためにも、ハヤさんと雪音ちゃんが黄泉坂タクシーを継ぐ決意をして下さるのが何よりだと考えますが」

速人は肩を落としたが、最後に一つだけ、と村長を見据えた。

「村長、本当にナトリについて心当たりはないんですか」

「はい。ナトリについては謎が多い。私が隠しごとをしているとでも？」

大国は特に表情も変えず否定した。

「いいえ、ないならいいんです」

「誰がそんな世迷《よま》い言《ごと》をハヤさんに吹き込んだのですかな。失礼な話だ」

速人はその穏やかな声の下に潜む凄《すご》みのようなものに、思わず体が震えた。

「いえ、誰というわけではないのですが」

とごまかす。大国はそうですか、とそれ以上追及してこなかった。しばらく二人は、黙ったまま茶をすすった。速人は妙な緊張感から逃れようと立ち上がる。その時、村長室の扉がノックされた。

「はい」

と小津が応対に出る。役場の職員が小津に何か言っている間に、小さな影が村長室に滑り込んできた。

「おお、ユキちゃん。よく一人で来たね」

「ハヤおじちゃん捜してたの」

「そうかそうか。少し借りてしまったよ」

大国は優しく言うと、再び根津にお茶の用意をさせる。しかし、雪音は自分で来ていながら、何も言うことなく速人の後ろに回ってぎゅっとワイシャツの袖《そで》を握っていた。その顔色が青ざめているのを見て、速人は辞去を申し出る。

「せっかくユキちゃんが来てくれたのに。お見送りはしませんが」

「お邪魔しました」

雪音は結局、役場を出るまで口を開かなかった。そして武蔵が見えるまで坂を上ってきたところで、強く速人を引っ張った。

「どうしたんだ？」

膝《ひざ》をかがめて彼が優しく訊《たず》ねると、

「私をこの村に連れてきた人がいたよ。いやだって言ったのに……」

そう言って泣き出した。

六

役場から武蔵に帰ると、珍しいことに雨が降り出した。

山肌に貼りつくようにして建っている入日村の家々は、雨の中に霞《かす》んで静まり返っている。空を行く猫鳥もいず、道を駆け回る河童《かっぱ》の子もいない。今日は坂を登ってくる魂もいないのか、旅館の中はしんとしていた。村も、静かだった。

速人は焦りに似た感情を抱いて、ガレージに走る。

「やったん、いるか？」

デューセンバーグのボンネットには、いつも通り、光沢を放つほどの黒い羽をたたんだ鴉《からす》が止まっている。

「村が変だし、彩葉も心配だ」

ナビの鴉なら事情をよく知っているはずだ。より光のある道筋を指し示してくれることを期待していた。だが、

「彩葉を成仏させた後、大国は村を大きく変えるつもりや。より多くの魂を、円滑に遠つ川を渡せるように人員を増やしていくやろう。ハヤくん、あんたみたいな人が増えてくるわ。もう寂しないで」

そう言うやったんの口調は暗く、そして皮肉めいていた。

「雪音ちゃんはその第一段や」

思わず速人は、鴉の首を絞め上げていた。

「いいかげんなこと言うな！」

「わ、悪いことやあらへん。あれだけ会いたがっていた娘と暮らせる。一番かわいい時期の雪音ちゃんと、おそらくは百二十年は一緒や」

速人は手を緩めた。

「もしかしたらナトリは大国ちゃうか、と岩松は言うてたけど、その確証を摑《つか》んだ者はおらん。村長は時折、小津と根津を連れて、夜更けに坂を下っていくところを、妖《あやかし》どもは見ている。それがナトリであることを意味してるのかは、わからん」

「いつ下ってる？」

「わしが見ている限り、五日おきや。せやけど深入りはやめとき。ハヤくんのためにならへん」

教えておきながら、やったんは止めてきた。理由を訊くと、

「もし村長がナトリやったとしたら、どうするつもりやねん」

と厳しい声で質《ただ》した。

「俺と雪音の名前と居場所を返してもらう」

「返すと思うんか？　彩葉があんなって、タクシーを運転してうつし世まで行けるのはハヤくんだけや。あんたの血を引く雪音ちゃんにかぐっち持たせたら、反応した。村長にしたら、これは使えると思うやろ」

「そう簡単に使わせてたまるか」

「ほならあの連中、代わり探すで。ハヤくんみたいに素直に言うことを聞いてくれる人間はすぐ見つかるかも知れんし、数十年かかるかも知れん。その間あんたらがどんな目に遭うかわからんし、マヨイダマは増える一方になるやろ」

それでもええんか、とやったんは速人の顔を覗《のぞ》き込んだ。

「……そんなひどいことをするような人たちには思えない。もし村長がナトリだったとしても、いや正体が村長ならなおさら、きちんと話をすれば俺たちをうつし世に返してくれる」

「と思いたいだけやろ」

やったんはため息をついた。

「気付いてるかも知れんけど、村からは妖がほとんど消えてる。わしみたいに腹を見せて服従を誓った意気地なし以外は、みな山のどこかに押し込められた」

「どうして？」

「妖たちは彩葉の祈りのおかげでここにおる。せやから、彩葉を何とか助けようとして、玉置さんを引っ張り出そうとしたやろ。それが村長の怒りに触れたんや」

「もし彩葉があの世へ渡ってしまったら、妖のみんなはどうなるんだ」

「わからんよ。死ぬ、いう言葉は適当やないね。消えるかも知れへんし、このまま山におることは出来るかも知れへん。せやけど、大抵の妖は村長の仕事には関わりとうないし、彩葉の言うことしか聞かへんから、面倒やったんやろ。小津や根津みたいな忠実な手下とか、ハヤくんみたいに物分かりのええ人間の方が何倍も使いやすい」

速人は大きなため息をつき、武蔵へと戻る。彩葉がこの村での役割を終えて、あの世へ旅立つのは避けられないようだった。そして、速人と雪音がうつし世に帰るのも、大国が考えを大きく変えない限りは不可能に思えた。

階段を上って部屋に戻ると、雪音の姿がない。かぐつちも消えていた。慌てて階段を駆け下りると、畑仕事から帰って来た寿人が長靴を脱いでいるところだった。

「ハヤさん、慌ててどうしたんです」

「雪音がいないんです！」

「ああ、ユキちゃんなら彩葉の見舞いをしてくれとるわ」

彩葉の今の姿を思い出して、速人はトラウマになるのではと心配であった。だが、彩葉が寝かされている部屋からは、雪音の明るい声がしている。何事かと覗いてみると、雪音は彩葉の前でかぐつちを振るい、魔法少女の変身ポーズを披露しているのであった。

「ユキ、駄目だぞ。彩葉は今具合が悪くて寝てるんだ」

「でも彩葉ちゃんがやってって」

速人が彩葉に目をやると、こくりと頷《うなず》く。それだけで、喉《のど》のあたりの樹皮状の皮膚がぱきぱきと音を立てる。

「変わった子や。さすがハヤくんの娘やね」

彩葉は変身ポーズを繰り返す雪音を見て、微笑んだ。

「うちがこんな姿になってるのに怖いとも言わへんわ。かぐつちを譲るかいがあるいうもんやで」

雪音はひとしきり変身ごっこを終えると、速人の横に腰を下ろした。

「彩葉ちゃん、いい匂い。お父さんと行ったお山の匂いがする」

と大きく息を吸う。確かに、古木のように変貌《へんぼう》した彩葉は、見た目こそ奇怪だが、部屋の中は深山のように清らかな香りで満たされていた。速人は、以前考えていたことが本当にそうなのか、確かめてみることにした。

「ユキ、かぐつちでそっと彩葉を撫《な》でてみてくれるか。元に戻りますように、ってお願いしながら」

「いいよ」

雪音は頷き、彩葉の腕にかぐつちでそっと触れた。すると、触れた瞬間に樹皮だった部分は人のやわ肌へと変化する。喜びかけた速人だったが、肌はすぐに乾いた木のそれへと戻ってしまった。

「ユキちゃん、もう一度」

「ユキちゃん、やめとき」

速人の言葉にかぐつちを差し出しかけた雪音を、彩葉は止めた。

「忘れたんかいな。いま風穴は塞《ふさ》がってるんやで。無駄に力を使ったら、坂の下で待ってはる人を助けられへんようになる。うちに使《つこ》うたらあかん」

雪音は速人を見上げた。速人は頷いて止めさせ、雪音を連れて部屋に戻った。彩葉を助けられるかも知れない、という希望に、速人の胸は躍っていた。

七

五日後の深夜、速人はデューセンバーグの運転席に座っていた。

「ほんまに村長の跡つけるつもりなんか。見つかったらどうなるか知らんで」

「だったら降りていいよ。やったんに迷惑をかけるつもりはない」

「この坂をわしの案内なしで下るなんて自殺行為や。マヨイダマに喰《く》われるで」

「やれるだけやってみるよ」

三本脚をせわしなく動かしていた鴉《からす》は、やがて何かをあきらめたようにうなだれた。

「わしかて彩葉のこと大好きやねんで」

「わしまで村長に歯向かったら、彩葉があの世へ渡るまでの間、誰があの子と一緒におれるねん」

「知ってる」

鴉は小さな黒い瞳《ひとみ》から、ぽろぽろと涙をこぼした。

「彩葉も妖のみんなも村の人たちも、そして俺も雪音も収まるべきところに収まるように、大国さんを説得してみる。そのためには、俺がこの目で確たる証拠を摑まないことには交渉にならないだろ」

速人は腹を括《くく》っていた。大国がナトリであれば、かえって幸いだ。得体も行方も知れない妖よりはよほど話がしやすい。

ここ数日降り続いている雨が激しくなっていた。二つの世界の間に漂う村に降る雨は日ごとにその勢いを増している。速人は外套《がいとう》を着込み、白い手袋をしてじっと待っていた。武蔵の前にはガス灯があるが、深夜には消える。闇夜ではあったが、速人も村に暮らしているうちに暗がりに強くなった。その視界を三つの影が横切っていく。蓑《みの》をかぶり、急ぎ足で坂へと消えて行った。

「あれ、大国村長か」

と速人が訊《き》くとやったんは頷く。

「本当に坂を下っているんだな……」

「何をしに行ってるのかは知らんで」

「それを確かめに行くんだよ」

「せやけど、デューセンバーグで行ってもばれるで。このエンジン、ええ音出しよるんやから」

するとと不意に、デューセンバーグの車体がぐらぐらと揺れた。

「な、何だ」

ガレージの暗闇が急に形をとって立ち上がる。不意を衝《つ》かれた速人は危うく叫び声を上げそうになって、やったんの羽に塞がれた。

「落ち着き。だいだらさんや」

黒い影は速人に向かって手を振ると、ボンネットに覆いかぶさるように乗った。

「音を体で消してやるからこれで行けって。ほんまは改造したかったんやけど、時間がなかったらしいで」

「それはありがたいけど……。だいだらさんも、ここにいられるってことは、やったんと同じように村長派だったのか？」

「ちゃうよ。だいだらさんは鍛冶《かじ》の神。鉄と砂は自分の一部やから、自分の体崩して山の砂に紛れて、結界の外に出て来たらしいわ」

閉じ込められているところから流れ出て来たらしい。

「じゃあ妖の皆はどこにいるんです」

やったんが訊《たず》ねて、答えが返ってきた。しばらく呆然《ぼうぜん》としていたやったんは、

「みんな風穴に閉じ込められとるらしい」

と嘆息しつつ言った。

「崖《がけ》崩れのあと復旧工事してたんじゃないのか」

「そう見せかけて、妖たちを幽閉する大きな牢屋《ろうや》を造ってたらしいわ。復旧の作業はみんな村の人らでやってたし、妖が入れんよう結界が張ってあった。表向きは安全のためや言うてたけど、わしらも嫌われたもんや」

と鴉は憤慨する。

「ともかく跡を追おう」

速人がエンジンをかけると、デューセンバーグはいつも通り小気味いい揺れと共に始動する。だが腹に響くようなエンジン音は、ほとんど消えていた。


坂の雰囲気は不穏であった。

マヨイダマはいつもより多く坂の上に漂い、執拗《しつよう》なまでにデューセンバーグを追った。やったんのナビによって道に迷うことはないが、確かにこれほど坂が荒れていれば、一人で来るのは危険だった。

「村長たち、速いな」

「そらあいつらはあの世から派遣されて来た連中やで。人の姿はしとるけど正体は何やわからん。わしらも怖いもん」

やったんは身を震わせた。

坂を下りきり、六道辻《つじ》に出る。

「あまり近づきすぎると勘付かれる」

「でも近づかないと、大国さんたちがここで何をしてるかわからないぞ」

すると、ボンネットを覆っていただいだらさんが体を薄く伸ばし、車体全てを覆った。

「これで近くまで行ける？　そうなんかいな」

やったんが慎重に周囲の気配を読んで指示を出し、速人が少しずつ車を進ませる。そしてある辻に差し掛かった時、やったんが小声で車を止めるように言った。

「この先におる」

速人は車から降り、そっと角から覗《のぞ》く。大国と小津、根津、そして顔の見えない大小二つの人影がある。目を細めて確認し、速人は声を上げそうになった。

大きな影は、速人も見覚えのある男である。速人は冷や汗が腋《わき》の下を流れ、膝《ひざ》が震えだすのがわかった。自分を騙《かた》って家に居座っている男である。もう一人いる女の子は初めて見た。

「あれがもしかして……」

「娘さんの名をとったやつちゃうか」

走り出そうとする速人の襟をくちばしで摑《つか》んでやったんが止める。

「なんであいつがここに……」

歯の根が合わないほどの震えの次に、怒りが噴き出して来た。振り払おうとしたが、今度はだいだらさんにがっちりと組みとめられた。速人は己を落ち着かせると、三度様子をうかがった。

「根津」

大国が呼ぶと、書生風の男は懐から小刀を取り出した。二人のうち男の肩口に当てると一気に斬り下ろし、さらに女の子の腹も切り裂く。速人は口を押さえたが、二人の体からは一滴も血は流れ出ず、布切れのように地面に横たわった。根津はそれらをまさぐって、何かを取り出した。二枚の金属板のようなものが見えた。

「あれは……」

ただの金属板なのに、異様な熱を持っているように彼は感じた。その熱が、体の至る所に繋《つな》がっている感覚に戸惑う。子供がおもちゃを欲しがるように、それを欲しがっているのが不思議だった。毛穴という毛穴が開いて、速人は震える。

「……あれ、もしかしてハヤくんの〝名〟ちゃうか」

肩に止まったやったんが囁《ささや》いた。速人は確信を持てないまま、目の前の光景を見つめている。すると大国は小津を呼んだ。小津は懐から一枚の袋を取り出し、口をつけて空気を入れ始める。それはやがて、人の形をとる。さきほど小刀で切り裂かれた男と、寸分違《たが》わぬものがそこに立っていた。

大国は金属板ごと、男の中に腕をめり込ませる。すると何度か痙攣《けいれん》した男は、顔をつるりと撫《な》でて三人を順番に見た。

「名前は？」

「磐田……速人……」

大国が頷《うなず》くと、男は颯爽《さっそう》とした足取りで去ろうとした。だがもう、速人は我慢が出来なかった。根津の不意をついて小刀を奪うと、刃を思いっきり偽者に突き刺した。呆気《あっけ》に取られている三人に向かって、

「俺たちの名を返してもらおう」

と言い放った。小津と根津が血相を変えて迫って来たが、大国は声を上げて制した。

「ハヤさん、自発的に坂を下りて迷える魂を探しに来られたのですか。さすがは黄泉坂タクシーを任されているだけはある。素晴らしいですよ」

「俺たちはうつし世に帰ります」

「それは出来ませんね」

大国はゆっくりと首を振った。

「あなたは村に必要な人だ。そして雪音ちゃんはあなたに必要な人だ」

「そういう問題ではない。俺と雪音は、うつし世に生きていたんだ」

「皆そうです。うつし世に生き、いずれは遠つ川を渡ってあの世へ行く」

「ごまかすな！」

「ごまかしてはいません。人はいずれ彼岸へ渡る。その時が前後するだけの話です。考えてもごらんなさい。ハヤさんは実は幸運な人間なのですよ。虚実の狭間《はざま》を自由に往来し、人の何倍もの時間、老いることなく時を過ごせる。しかも愛する娘さんまでこちらに来た。あとは、奥さんが来れば満足でしょうか」

「……何を言ってるんです」

速人は胸の片隅にあった考えを言い当てられて、冷や汗を浮かべた。しかし何とか頭の外に追いやる。

「いまあなたが見たこの術は、人の名を与えてかりそめの生を与えるもの。入日村が黄泉坂の上に姿を現して以来、私たちが研究して来たものです。人の名をいただいて村へと入ってもらい、未練を背負って坂を登ることの出来ない魂を助けていただく。実にやりがいのある仕事ではありませんか」

「悪い仕事だとは思わない。だけど人をさらい、名を奪ってまでやらせることか？」

「さらって駄目なら、求人でも出しますか。きっと多くの人が応募してくるでしょうね。名を取られても、迷える魂を救えるなんて魅力的でしょう」

大国の口調には揶揄《やゆ》が含まれ始めていた。

「我々を手伝ってくれそうなうつし世の人間をずっと探していました。日々の生活に倦《う》み疲れたあなたのような人なら、丁度良いと考えたのですがね」

「……大国さん、あんた何なんだ？」

「私は人の生き死にを司《つかさど》る者に命じられ、うつし世とあの世の間の通行をスムーズにするよう仕事をしているだけです。一つの魂で百のマヨイダマを防ぐことが出来るなら、そうしますよ」

「そのために彩葉をあんな姿にして、妖たちを捕らえたのか」

「彩葉がああなったのは、ある種の寿命です。山の気と彼女自らの願いによってかぐつちを振るい、その結果力尽きた。私たちは彩葉がどれくらいもつのか、慎重に見極める必要がありました。実体を持ったまま世の境にいて、どれほど存在を保てるのか、観察しなければならなかった。あの子はよくその役割を果たしてくれました」

「そんな他人《ひと》ごとみたいに……」

速人の顔は怒りで紅潮した。

「誤解しないでいただきたいのは、私たちは村や彩葉、そして未練を背負った魂のことを誰よりも考えていることです。医師は患者の病を治しますが、その人生に関わり過ぎては身がもたない。私たちだってそうですよ。ハヤさん、あなたもそうです。しっかり割り切っていただかないと、この先の長い時間を平穏に過ごせない。村人もそうやって、自分たちを納得させてきたのですから」

「俺には出来ない」

速人は一歩踏み出す。大国を守るように小津と根津が立ちふさがった。

「仕方ありません。ハヤさんの頭が冷えるまで、雪音ちゃんにお願いして私たちのお手伝いをしていただきましょう。幼く素直なあの子なら、きっと私たちの力になってくれるはずです」

速人は大国の向こうにいる、娘の〝名〟を取り込もうとする傀儡《くぐつ》に飛びかかろうとする。だが小津と根津に難なく取り押さえられてしまった。背中を強く押さえられ、呼吸が止まる。名を返せ、という言葉が喉《のど》もとでつかえる。

だが不意に、背中にかかっていた圧力が消えた。小津が悲鳴を上げて顔を押さえている。見上げると、黒く小さな塊が光を曳《ひ》いて根津の顔にも突っ込んだ。

「やったん！」

しかし根津は身をかがめてかわすと、懐から小さな弓を取り出して矢を番《つが》えた。

速人はその足を引っ張って狙いを定めさせない。根津は速人の頭を蹴《け》って足を抜くと、鴉《からす》に狙いを定めた。すると今度は、咆哮《ほうこう》と共に黒い球体が転がってきて、根津に体当りを敢行した。だいだらさんが立ち上がって牙《きば》を剝《む》く。

「ああもう、面倒くさい。マヨイダマも妖《あやかし》も、最初から全部掃除してしまえばいいと上には勧めていたのに」

静かだった大国の表情が、初めて憎々しげに歪《ゆが》んだ。

「だから下役は嫌なんですよ。手間だけかかって得る所もない。私に必要なのは、肉体を離れた魂に未練があろうがなかろうが、彼岸へ放りこむシステムだけなんです。わかりますかね」

大国は懐から、古めかしい拳銃《けんじゅう》を取り出した。そしてポケットから弾丸を取り出して込める。

「マヨイダマというくらいだから、弾に出来ないかと思いましてね。この未練と執着のエネルギーを使えば、私の理念に盾突く者の頑《かたく》なさなど、軽く吹き飛ばせる。そう思いませんか」

根津に体当たりしただいだらさんが、再び球体となって大国へと飛ぶ。だが大国は慌てず照準を合わせると、ためらうことなく引き金を引いた。だいだらさんは動きを止め、四肢をだらりと伸ばして倒れ伏した。

「ああなりたいですか？」

銃口を速人に向けながら脅す。

「村長、安い悪役みたいな口の利き方するじゃないか」

速人は怒りと共に立ち上がる。

「俺は村の人たちが好きだし、妖たちも好きだ。大国さんがやってる仕事も立派だと思ってる。黄泉坂が延びて、効率が落ちているとか言うけど、それが一番大切なことなんですか」

「そうですよ。マヨイダマがこれ以上の勢いで増えると、私の立場が危ういんです」

「そのために誰かの人生を犠牲にしていいとは、やはり思えない」

「そんなことだから、会社を倒産させてしまうのですよ」

嘲《あざけ》るように歪んだ大国の顔からは、それまで速人が頼りにしてきた冷静な官吏の表情は消えていた。速人は不思議と、怖くなかった。村に来てからずっと、彩葉や村人、妖たちにはよくしてもらってきた。雄大な玉置の山に抱かれて、穏やかな暮らしを営んでいる。大国の勝手にしてよい場所とは思えなかった。

「雪音はうつし世に返す。彩葉も助ける」

そう宣言する速人に銃口を向けたまま、大国は嘲笑《ちょうしょう》を浮かべつつ撃鉄を起こした。

「聞き分けのない人とはしばらくのお別れです。もしかして、永遠かな」

大国は引き金に指をかけた。だが、何かに気付いて辺りを見回した。六道辻《つじ》全体が揺れている。書き割りのような家並みがばたばたと倒れ始めた。

速人たちの周りに白い斑点《はんてん》が浮かび、舞い始める。その一つ一つに人の顔が浮かび、そして消えていく。

「マヨイダマがこんなところまで……」

速人は、匂いのなかった六道辻に、濃密な山の気配が満ちて来るのを感じていた。それは懐かしく、そして愛すべき匂いだった。妖たちとその住《す》み処《か》が放つ、聖なる香りである。

地響きが大きくなり、更地になりつつある辻の向こう側から、黒い一団が迫っていた。妖たちだった。速人は彼らの怒りと哀しみを背中に感じていた。自らを愛した者のために己を捨てることが出来るのは、何も人間だけではない。

「小津、根津、化け物どもを消せ！」

立ち上がった小津と根津が、たて続けに矢を放つ。血相を変えた大国も、銃弾を放った。一本の矢が黒き塊に当たるたびに、妖たちが血しぶきを上げて倒れる。大国の放つ銃弾は、妖たちの体を砕いた。

「やめろ！」

速人は叫ぶ。妖たちの先頭に立つ岩松が、小津の放った矢に体を射貫《いぬ》かれて仰向《あおむ》けに倒れた。駆け寄ろうとする速人を瀕死《ひんし》のだいだらさんが黒き幕となって包み込み、転がってデューセンバーグの陰まで連れて行った。

速人の手に何かが押しつけられた。人形の形をして取り落としそうな熱を持った二枚の金属板だった。何も書かれていないのに、速人にはそれが何かわかった。何年も離れていた肉親に会うような懐かしさが込み上げてくる。〝名〟に他ならなかった。

だが地響きが轟《とどろ》いて、速人は我に返る。何人もの妖が倒れ伏していた。

「だいだらさん、皆が！」

「行け」

だいだらさんは出会ってから初めて人語を発した。その声は重々しく、それでいてどこか温かい響きを伴っていた。

「皆の気持ちを無駄にするな。お前の大切な者たちを、救ってくるのだ」

妖の集団が、大国たちとぶつかり合う。山鳴りのような咆哮と、苦しげな悲鳴が交互に聞こえる。速人はデューセンバーグの運転席に乗り込み、エンジンを吹かす。ルームミラーから、大国がこちらに狙いを定めるのが見えた。老いた小さな甲冑《かっちゅう》姿が立ちふさがり、吹き飛ばされる。速人は絶叫してアクセルを踏み込み、一気に坂を駆け上がった。

八

坂はいつも以上に険しかった。そしてナビのやったんもいない。坂を登り始めてしばらくしてから、速人はようやく気付いた。

黄泉坂は濃霧に覆われているように見えたが、視界を遮る濃密な白は、無数のマヨイダマが群れ集まったものだった。やったんは先ほどの騒動の中で行方が知れず、勢いに任せてアクセルは踏んでいるものの、数メートル先すら見えない。

一つ一つのマヨイダマが、その未練を面に表して、フロントガラスに貼りつく。苦悶《くもん》、執着、激怒、懊悩《おうのう》、抱えたまま離すことの出来ないまま、魂を覆い尽くした感情がデューセンバーグを押しつぶしていく。

どれだけアクセルを踏んでも、デューセンバーグの動きは鈍っていく。遂《つい》にはマヨイダマの重みに耐えきれず、止まってしまった。速人はハンドルを叩《たた》き、アクセルをべた踏みして先へと進もうとする。だが、全ての窓がマヨイダマの見せる無数の顔で埋め尽くされた。

「ここまでかよ！」

雪音を戻してやれず、彩葉も救ってやれず、自分は黄泉坂の途中でマヨイダマに喰《く》われて終わる。既にマヨイダマは、デューセンバーグを喰らい始めていた。だいだらさんが精魂込めて作った名車のパーツが少しずつ、溶けるようになくなっていく。

　マヨイダマに喰われる怖さよりも、雪音と彩葉のことだけが胸に満ちた。あの子たちをこのままにして、マヨイダマとなるのはあまりにも口惜《くや》しかった。歯を食いしばっても嗚咽《おえつ》が漏れる。マヨイダマのいくつかが、不意に動きを止めた。

　顔を上げた速人は、マヨイダマの群れを見上げ、

「あんたたちも、大切な誰かを想って、でも死ななければならなかったんだよな」

と呟《つぶや》いた。

　窓を開けると、どっとマヨイダマが流れ込んでくる。粘りと生温かさを伴ったマヨイダマの塊に身を浸し、そのうちの一つを手に取る。速人の言葉に動きを止めたマヨイダマの一つだ。よく見ると、それは老いた女性の顔をしていた。

　体中をついばまれているような痛みとくすぐったさの間の感覚に包まれる。だが速人は、手の中のマヨイダマを愛《いと》おしそうに撫《な》でた。

「悲しいですよ。何も出来ないまま、命を失い、心を失っていくのは。あなたも、あなたも……でも俺もその仲間入りだ。それでもやっぱり口惜しい」

　速人の目から涙がこぼれ、マヨイダマで溢《あふ》れる車内に何滴も落ちた。別のマヨイダマ

も手に取る。怒りに満ちた表情でその指に喰いつこうとしたマヨイダマも、速人の涙に打たれて動きを止めた。

あきらめないで、と聞こえた。速人は思わずマヨイダマを見つめる。マヨイダマたちはやがて合唱するように、あきらめないで、と繰り返した。

車の中を埋め尽くしていたマヨイダマたちが外へと流れ出していく。霧のように密集して速人に襲いかかっていた白い未練の塊が、デューセンバーグの前に道を空けた。ズボンは破れて体は傷だらけとなり、骨すら見えている。デューセンバーグもエンジンが剝《む》き出しとなって辛うじて原形を留《とど》めている程度だ。

「行かせてくれるのか……」

体を動かそうとすると激痛が走る。それでも速人は、マヨイダマの作ってくれた道に、感謝を捧《ささ》げた。

「ありがとう。俺は約束する。絶対に彩葉たちをあきらめない。そしてあなたたちもあきらめない。一緒にあるべき場所に帰ろう」

マヨイダマたちが風に吹かれたように、一度波打った。それを合図に、速人はゆっくりとデューセンバーグを進ませる。やがて霧は晴れ、坂を登りきると、武蔵へと向かった。

武蔵の前には、多くの村人が集まっていた。暗く沈んだ表情で、速人を見つめている。吉埜が進み出て、武蔵を指差す。山から伸びてきた無数の蔓《つる》が、建物を抱きとるように包み込んでいた。

「彩葉がいよいよだめだ。もう人の姿をとどめておらん。あれはもう……」

「マヨイダマ、ですか」

苦い表情で吉埜は呟いた。

「俺は今、マヨイダマたちと話してきました」

「マヨイダマと？　信じられん……」

「俺も信じられなかった。でも、彼らはやはり人なんです。俺たちと同じ、人の魂を持っている。名前もなく心もない怪物なんかじゃない。だから約束してきました。あるべき場所へ返すまで、あきらめない、と」

速人は獰猛《どうもう》な程の蔦《つた》に覆われた武蔵の敷地へと足を踏み入れる。村人たちはじっとその姿を目で追いながらも、止めなかった。その背中に吉埜が声をかけた。

「ハヤさん、すまん。わしらは最後まで人間やった。彩葉のようにも、妖《あやかし》たちのようにも出来んかった」

振り向いた速人は、首を振った。

「皆さんは百数十年もの間、頑張ったじゃないですか。沢山の魂を癒《いや》してくれたじゃないですか。俺は、うつし世に生きていた人間を代表して、礼を言います」

ありがとう、と頭を下げる。数人が目じりを押さえ、同じように頭を下げた。

速人は意を決したように屋内へと入る。廊下も既に深山の細道のようになっていたが、辛うじて通ることが出来た。彩葉が寝かされている部屋の障子は既に破れ、布団の上に寝かされた彩葉が目に入った。

山から下りてきた蔦と繋《つな》がり、よく見ないとどこが人かすらもうわからない。雪音はその枕元で寝入っていた。速人に気付くと体を起こし、涙を浮かべた。

「彩葉ちゃんが……」

速人は雪音の傍に座り、大国たちから取り返して来た〝名〟を手渡す。

「これ、何？」

「これは、君の大切なものだ。お父さんとお母さんが、懸命に考えて、生まれて来る君のために用意した世界で一つだけの宝物だ。これからおじさんが彩葉ちゃんを治してあげるからね」

雪音は不思議そうに〝名〟をいじっていたが、やがて大事そうに胸に抱いた。速人は安心したように微笑み、ポケットからかぐつちを取り出す。

「ハヤくん、待って……。あんたがそれ使ったらあかん」

かぐつちを手に取った時、意識を失っているように見えた彩葉が、ぱちりと目を開けた。瞳《ひとみ》の色だけはこれまでと変わらず彩葉のものだった。そして彼女は、体を起こそうとした。体の表面が割れる音がして、苦悶の呻《うめ》きを上げる。

「あんたみたいな未熟もんがかぐつち使ったら壊れてまうで。雪音ちゃんと一緒に帰るっていう夢を忘れたらあかん。先にうちが雪音ちゃんをうつし世に戻す。その次にあんたのかぐつちを使って、あんたも名を戻したるわ」

無数の木の根を引きずりながら、彩葉は立ち上がった。

「彩葉、やめろ。お前はもうかぐつちを雪音に譲ったんだろう」

寂しげな表情を浮かべた彩葉は、ゆっくりと首を振った。

「やっぱり返してもらうわ。こんな力、誰も幸せにせえへん。うちはもう、うちではなくなるみたいや。その前に、やりたいことやっとかんと後悔するやろ」

微笑むだけで、顔の一部が剝《は》がれ落ちた。彩葉は雪音にかぐつちを渡すように頼む。

「うちな、雪音ちゃんをお母さんとこへ戻してあげられるねん。また家に帰れるんやで」

「ほんと？」

ほんまや、と彩葉が頷《うなず》くと、雪音はおずおずとかぐつちを差し出した。

「雪音ちゃん、その札、しっかり持っておきや。二度と離さんように」

彩葉は優しい声で、雪音に目を閉じているように言う。怖がる雪音だったが、速人がその肩を抱きしめた。

「大丈夫。このお姉ちゃんとおじさんに任せておきなさい」

こくり、と雪音は頷いて瞳を閉じた。頼む、と目くばせすると、彩葉は心気を凝らしてかぐつちを振りかぶる。瞬く間に速人の背丈ほどになったかぐつちは、まばゆい光を放ち始めた。

「雪音ちゃんの名を戻して、そのまま全力でうつし世まで飛ばす。家は変わってへんな」

「そのはずだ」

かぐつちがさらに光を増す。かぐつちに当たって武蔵の建物が一部崩れたが、彩葉は気にせず思いっきり振り抜いた。

きいん、と高く澄んだ音が速人の耳に響き、雪音の持っていた〝名〟が胸の中へと溶け込んで行く。目をぎゅっとつぶっていた雪音が目を大きく見開き、速人を見た。

「お父さん！」

そう叫んだ次の瞬間、雪音の姿は消えていた。速人は涙をこらえきれず、雪音の立っていた場所を見つめ続けている。

「うまくいったはずやで。手ごたえ十分や。さて、最後にもう一発いこか」

「何を言ってるんだ。お前の体はもうもたないはずだぞ。俺が治してやる。じっとしていろ」

「かぐつちはお山の力を借りるけど、その分がなくなっても、もう一回使える」

彩葉は自分自身を指差した。

「このままお山の一部になるのも癪《しゃく》な話や。最後の一発はハヤくんにぶち込んで、うつし世に返したる。せっかくナトリから名を取り返して来たんやから、さっさと家に帰り」

彩葉は再びかぐつちを振りかぶる。そして寂しげに微笑んだ。

「なあ、ハヤくん。うちはハヤくんが来てからほんまに楽しかった。ずっとずっと、妖のみんなや村の人らとおりたかった。そしてハヤくんと黄泉坂を往復する仕事しながら、一緒に暮らせたらと思ってたよ」

「俺もだ。お前は最高の相棒だった。百数十年もの間、山と村と妖と、そして未練を捨てきれない魂を救い続けたお前ほどすごい奴はいない」

「最後に嬉《うれ》しいこと言うてくれるやん。これで思い残すことはないわ」

既に彩葉の体は崩壊を始めていた。速人はかぐつちを振り下ろしてくるのをじっと待っていた。しかし、かぐつちは直前で空を切り、彩葉は膝《ひざ》をついていた。その一撃を避けた速人が、かぐつちをその手から抜き取り、そっと床に置いたのだ。

「あんた何してんねん。冗談やってええ時ちゃうで」

「彩葉、一つだけ頼みがある。これからは、坂の下にいる人だけじゃなく、マヨイダマの皆もあきらめずに導いてやってくれ」

「何を言うて……。あんた雪音ちゃんはどうすんねん」

「自分だけ助かって、彩葉をあきらめることなんて、やっぱり俺には出来ないよ」

速人は微笑んで一度大きく深呼吸すると、ポケットの中から自分のかぐつちを取り出して強く握った。それまで感じたことのない熱さが、かぐつちから伝わってくる。玉置さんから借りた力が、自分にも漲《みなぎ》ってくることを速人は喜びと共に感じていた。

「彩葉、みんなを預けたぞ」

呆然《ぼうぜん》としている彩葉を、かぐつちが強く叩《たた》く。彩葉が叩くのとは違う、大木に斧《おの》を入れるような音が響いた。かぐつちの先から、速人の意識は彩葉へと入っていく。彩葉の経て来た年月、感じて来た哀しみが一気に流れ込んでくる。そして最後に、引き裂かれつつある彩葉の虚実に行き着いた。

速人はそれを抱きしめた。自分が消えていくことも構わず、ずっと抱きしめていた。

終章

のどかな声を上げて、猫鳥が空を舞っている。

ひぐらしの声が涼しげに響く中を、重厚なエンジン音が横切って行った。運転手は先に車を降りて助手席のドアを開け、座っている年老いた女性に、

「お疲れさまでした。入日村にようこそ」

と声をかけた。静かに目礼した女性は、ゆっくりと旅館武蔵の中へと入っていく。

「よし、一件落着」

運転手は帽子をとりわずかに汗で濡《ぬ》れた額をハンカチでぬぐった。

「彩葉も大分、タクシーの運転に慣れてきたけど、毎回寄り道して雪音ちゃんを見に行くのはようないで」

ボンネットの先端に止まっている三本脚の鴉《からす》がたしなめる。

「雪音ちゃんは、うちが守ったらんと」

「ハヤくんは……気の毒やったな。いくら奥さんと娘さんが思い出したとはいえ、あんまりやないか」

やったんは俯《うつむ》いた。彩葉もわずかに表情を曇らせる。

「雪音ちゃんと一緒に帰ったら良かったのに、あほなやっちゃ」

「よう言うわ。ハヤくんおらんようになってから、どんだけ泣いとってん」

「うっさいな」

彩葉は耳まで真っ赤にして鴉を追いかけ回した。武蔵の中からは河童《かっぱ》と天狗《てんぐ》が顔を出し、客を迎え入れている。

「ほんま、人間はおらんようになったな」

逃げ切ったやったんが、ボンネットの上からしみじみと言った。

「多分ほとんどの人間は、長《なご》う生きるようには出来てへんのちゃうかな。大国さんもうちも、そのあたりをまちごうてたんやわ」

彩葉は布で車体を拭《ふ》き出した。

「村長たち、村の人ら引き連れてあの世に行ってしもうたけど、もう来《け》えへんのかな」

やったんは心配そうに言った。

「大国さん、どうも左遷くさいで」

彩葉は愉快そうにうしし、と笑う。

「どうもあの世の偉い連中の考えを読み違ってたみたいや。大国さんらが帰ってからなんや偉そうなぴかぴかしたんが来て、後は任せるて言われた時はびっくりしたけど、まあええんちゃう。ハヤくんにも任されたことやし、やりがいのある仕事でもあるし、気張ってやるわ」

せやな、と頷《うなず》いたやったんは羽の手入れを始め、その途中で彩葉に声をかけた。

「寂しいないんか、彩葉村長？」

「なんで？　妖のみんなはおるし、やらなあかん仕事も山ほどあるし、ここにハヤくんもおるからな」

一際念入りに磨いた一画をぱしんと叩いた。

そこには妖たちが取り返した速人の〝名〟が燦然《さんぜん》と輝いていた。

参考文献

『十津川郷』西田正俊（十津川村史編輯所）
『十津川』奈良県教育委員会事務局文化財保存課編纂（十津川村役場）
『十津川の民俗』奈良県教育委員会事務局文化財保存課編（十津川村役場）

解説――黄泉坂は、あるかも知れない

堀川アサコ（作家）

仁木英之さんに最初にお会いしたのは、二〇〇六年の八月一日のことです。日本ファンタジーノベル大賞の受賞の説明を受けるために上京した折りで、仁木さんは『僕僕先生』で大賞を受賞され、わたしは室町時代のミステリーを書いて二等賞にあたる優秀賞をいただきました。

そのときの仁木さんは、ジーンズに雪駄《せった》を履いていたように記憶しています。すごい面白そうな人だ、と思いました。髪を短く刈って、形の良い頭がクルンとして可愛らしく、初対面の瞬間からニコニコしていたのが印象に残っています。

仁木さんは同じ年『夕陽の梨――五代英雄伝』で、歴史群像大賞優秀賞も受賞されました。この二作品の執筆に要した時間の短さを聞き、その場に居た誰もが驚嘆したものです。

仁木さんって人は、天才だ。わたしは今、天才と会ってしまっている。

そのときはただミーハーに喜んでいたのですが、仁木さんとの出会いはわたしにとって、その後の人生の転換点となりました。

というのも、デビュー後、どうしても次の刊行に恵まれずにいたわたしに、仁木さんがご自分の担当編集者を紹介してくださったのです。わたしが今日、作家として暮らしていられるのは、仁木さんのはからいのおかげに他なりません。

さて、仁木さんにいただいたチャンスで、わたしは〝この世とあの世を結ぶ物語〟を書いておりました。奇遇にも、それより少し早いタイミングで、仁木さんもまた『黄泉坂案内人』の連載をなさっていました。

生きることと、死ぬこと。

奇《く》しくも同じ題材に向かい合って書いたお互いの本は、ほとんど同じ時期に単行本となりました。

＊

『黄泉坂案内人』の主人公・磐田速人は、タクシードライバーです。

親から受け継いだ会社を立ち行かせるために苦労を重ねるものの、ついに倒産の憂き目をみます。そのときの借金を抱えて、タクシードライバーに転職。一緒に苦労を重ねてきた妻は、愛娘《まなむすめ》を連れて、とうとう逃げるようにして実家に帰ってしまいます。

愛妻家で子煩悩の速人は、事業ばかりか家族まで失いそうになる。

物語の冒頭で、速人はどうにもならないところまで追い詰められます。そうして、死ぬつもりはないと思いながらも、樹海に近い河口湖までクルマを走らせるのです。

——誰かが自ら死んで、周囲が幸せになったという話を速人は知らない。

気持ちを強く持っていたのに、速人は水の中に落ちてしまいます。

湖中へ……ではなく、時空をつなぐ水の穴に落ちたのです。

それが、入日村での速人の活躍の始まりとなりました。

——あんた、あの世との境におるんや。

速人が迷い込んだ入日村は、不思議な村でした。

すでに、この世にはない村なのです。

明治時代に紀伊半島を襲った大水害で村ごと流され、現世の裂け目に落ち込んでしまったのだと、速人は説明されます。入日村は、この世とあの世の間に漂う浮き島のようになってしまった、と。

簡単に信じられることではないのですが、確かに入日村には「うつし世」では出会うことのない妖《あやかし》たちが大勢いますから、ただならぬ場所に来たということを納得しないわけにいきません。

まずは、河童《かっぱ》の岩松くん。

道案内をする三本足の鴉《からす》、やったん。

鍛冶《かじ》神のだいだらさん。

そしてやっかいなのは、名前を盗むナトリ。

さらにやっかいなのは、亡くなった後に未練を抱えて成仏できず、マヨイダマになってしまった大勢のものたち。

入日村にはあの世に通じる「黄泉坂」があり、亡くなった人はこの坂を越え、「遠つ川」を渡ってあの世へと旅立ちます。しかし未練を抱えた魂はその重さに耐えかねて「黄泉坂」を登ることが出来ず、放っておくとマヨイダマになってしまうのです。

元よりタクシードライバーだった速人は、「黄泉坂」を登れずにいる亡者をクルマに乗せて運ぶ役目を引き受けることとなります。しかし、その矢先にとんでもないトラブルに見舞われてしまうのです。

それがナトリ。

入日村に来たばかりで、この世ならぬ入日村のルールも判らないうちに、速人はナトリに名前を盗まれてしまいます。おかげで、彼は自分の名前を思い出せなくなる。いや、それればかりではありません。名前を失ったせいで「うつし世」――つまり妻や娘が暮らす現世における、速人の存在そのものが消滅してしまったのです。

これでは、「うつし世」で彼の不在に気付いてくれる人すらいなくなってしまいます。

妻と娘の居る世界にもどるために、ナトリから名前を取りもどすことを心に決め、速人の入日村での日々が始まります。

そこで力強い相棒となってくれるのが、今西彩葉という女の子です。こんがり日焼けした、すこぶる活発な少女です。

いえ、少女と云っても、入日村が「うつし世」から切り離された時代から変わらずに居るので、百数十年のときを生きていることになります。この年月は彩葉に大人以上の分別を与え、それでいてティーンエイジャーらしい無邪気さが、とても魅力的なキャラクターとなっています。

しかし、何と云っても彩葉が読み手の気持ちを惹《ひ》きつけるのは、彼女の口からポンポンと気持ち良くはじける関西弁でしょう。この彩葉という少女は、数ある仁木キャラの中でも、トップを争うヒロインに育て上げられているとわたしは思います。

さて、この彩葉が持ち歩いているのが、「かぐつち」という大きな金槌《かなづち》のようなもの。かつての大水害で村がうつし世とあの世のすきまに落ちたとき、彩葉は一人で山に登って村の無事を祈りました。祈りを受け止めた神さまが、彩葉に託したのがこの「かぐつち」でした。

神さまの道具ですから、ただの道具ではありません。

虚と実を入れ替えるという、とてつもない力を秘めています。

かぐつちのおかげで、速人は一時的にでも「うつし世」にもどれたり、未練を抱えた魂たちを納得させて「遠つ川」へと送り出すことが出来るのです。反面、このかぐっちという重要な道具には、案外と不便な一面があります。数回使うごとに秘められた力がなくなってしまうのです。そのたびに、霊山にある風穴で力を回復させるのですが、その山登りで、またまた速人はひとかたならぬ苦労をすることになります。

そんな霊山のいただきには、村人たちが「玉置さん」と呼んで親しむ、入日村でもっとも権威の高い神さまが祀《まつ》られています。少女のようにも見えるこの美しい神さまは、チャーミングでドジで、実に愛嬌《あいきょう》のある存在です。名前を呼ばれただけで驚いて転んでしまったり、速人たちがマヨイダマに襲われそうになると、怖ろしい姿になって助けてくれるのですが、その力をみずからコントロール出来なかったり……。この頼りなさにもかかわらず、いえ、この頼りなさゆえに、わたしは玉置さんが登場するシーンは、楽しくて何度も読み返しました。

そして最も肝心なのは、速人の運転する黄泉坂タクシーです。実に立派なクラシックカーで、鍛冶の神さま・だいださらんによって現役の性能を保ち、速人と彩葉はこのクルマを駆り、マヨイダマになりかけた人たちを救ってゆくのです。

そんな過酷だけどやりがいのある仕事を果たしつつも、速人の胸には常に「うつし世」に残して来た妻と娘のことがあります。同時に、入日村での魂救済の仕事にも、だんだんとキナくさい影が差してゆくのですが……。

物語の道案内は、この辺りまでとしておきます。

ここから先は、本編で存分にお楽しみください。

人の数だけ人生があって、この世との決別の形がある。『黄泉坂案内人』は、ひとつも気負うことなく、人生のあり方を示してくれる、味わい深い傑作です。再読するたびに新しい発見があるのも、この作品の持つ大きなパワーだと思います。

＊

おしまいに、この作品を読んだ後でふと思い出したちょっと怖い体験のことを書かせてください。

もう四半世紀も昔のことなのですが、恐山《おそれざん》（青森県）に何の気なしに観光に行ったことがあります。

近くの温泉宿に一泊しました。暮れ方まで時間があったので、あたりを散策してみようと、同行した友人と二人で鬱蒼《うっそう》とした緑の方に近づいたのはよいのですが――。

途中で、どうしたわけか、怖くて足が動かなくなってしまったのです。

何がどうしてどう怖いのか、そうした説明のつかない怖さでした。

「この先には行っちゃいかん」

ほうほうの体《てい》で宿にもどり、翌日に行った恐山では、ふたたびそんな怖さを体験することはありませんでした。

この話を後になって地元出身の人に話したところ、当然のような返事がかえってきました。

「あの辺りは、亡くなった人が恐山に向かう通り道だから」

…………。

仁木さんの『黄泉坂案内人』を読んで、何年ぶりかで思い出したエピソードです。

霊山である恐山では感じなかった怖さを、離れた場所の藪の中に強く感じたのは、あの場所で立ち止まってしまった魂がいたからなのかも知れません。

あのときのわたしは、マヨイダマの気配に触れたのかも知れません。

ひょっとしたら、黄泉坂は、日本のあちこちにあるのではないでしょうか。

『黄泉坂案内人』のページをめくると、そんな風に思えてくるのです。

本書は、二〇一一年六月に刊行された小社単行本を
加筆修正の上、文庫化したものです。

黄泉《よみ》坂《ざか》案《あん》内《ない》人《にん》

仁《に》木《き》英之《ひでゆき》

平成26年 7月25日　初版発行

発行者●堀内大示

発行所●株式会社KADOKAWA
〒102-8177　東京都千代田区富士見2-13-3
電話 03-3238-8521（営業）
http://www.kadokawa.co.jp/

編集●角川書店
〒102-8078　東京都千代田区富士見1-8-19
電話 03-3238-8555（編集部）

角川文庫 18665

印刷所●旭印刷株式会社　製本所●株式会社ビルディング・ブックセンター

表紙画●和田三造

ISBN978-4-04-101782-1　C0193

角川文庫発刊に際して

角川源義

第二次世界大戦の敗北は、軍事力の敗北であった以上に、私たちの若い文化力の敗退であった。私たちの文化が戦争に対して如何に無力であり、単なるあだ花に過ぎなかったかを、私たちは身を以て体験し痛感した。西洋近代文化の摂取にとって、明治以後八十年の歳月は決して短かすぎたとは言えない。にもかかわらず、近代文化の伝統を確立し、自由な批判と柔軟な良識に富む文化層として自らを形成することに私たちは失敗して来た。そしてこれは、各層への文化の普及滲透を任務とする出版人の責任でもあった。

一九四五年以来、私たちは再び振出しに戻り、第一歩から踏み出すことを余儀なくされた。これは大きな不幸ではあるが、反面、これまでの混沌・未熟・歪曲の中にあった我が国の文化に秩序と確たる基礎を齎らすためには絶好の機会でもある。角川書店は、このような祖国の文化的危機にあたり、微力をも顧みず再建の礎石たるべき抱負と決意とをもって出発したが、ここに創立以来の念願を果すべく角川文庫を発刊する。これまで刊行されたあらゆる全集叢書文庫類の長所と短所とを検討し、古今東西の不朽の典籍を、良心的編集のもとに、廉価に、そして書架にふさわしい美本として、多くのひとびとに提供しようとする。しかし私たちは徒らに百科全書的な知識のジレッタントを作ることを目的とせず、あくまで祖国の文化に秩序と再建への道を示し、この文庫を角川書店の栄ある事業として、今後永久に継続発展せしめ、学芸と教養との殿堂として大成せんことを期したい。多くの読書子の愛情ある忠言と支持とによって、この希望と抱負とを完遂せしめられんことを願う。

一九四九年五月三日

角川文庫ベストセラー

図書館戦争
図書館戦争シリーズ①
有川　浩

2019年。公序良俗を乱し人権を侵害する表現を取り締まる『メディア良化法』の成立から30年。日本はメディア良化委員会と図書隊が抗争を繰り広げていた。笠原郁は、図書特殊部隊に配属されるが……。

心霊探偵八雲1
赤い瞳は知っている
神永　学

死者の魂を見ることができる不思議な能力を持つ大学生・斉藤八雲。ある日、学内で起こった幽霊騒動を調査することになるが……次々と起こる怪事件の謎に八雲が迫るハイスピード・スピリチュアル・ミステリ。

魔女の宅急便
角野栄子

ひとり立ちするために初めての町にやってきた13歳の魔女キキが、新しい町で始めた商売、宅急便屋さん。相棒の黒猫ジジと喜び哀しみをともにしながら町の人たちに受け入れられるようになるまでの1年を描く。

僕とおじいちゃんと魔法の塔　1〜5
香月日輪

お化け屋敷のような不思議な塔。幽霊のおじいちゃんと暮らし始めた僕だけど、その塔には、はた迷惑な住人がどんどんやってきて!?　僕とおじいちゃんのびっくりするような毎日を描いた大人気シリーズ!!

芙蓉千里
須賀しのぶ

明治40年、売れっ子女郎めざして自ら「買われ」、海を越えてハルビンにやってきた少女フミ。身の軽さと機転を買われ、女郎ならぬ芸妓として育てられたフミは、あっという間に満州の名物女に——!!

角川文庫ベストセラー